17218
H

MEMOIRES

POUR SERVIR

A L'HISTOIRE

DES

HOMMES

ILLUSTRES.

TOME XXVII.

MEMOIRES

POUR SERVIR

A L'HISTOIRE

DES

HOMMES

ILLUSTRES

DANS LA REPUBLIQUE DES LETTRES.

AVEC

UN CATALOGUE RAISONNÉ

de leurs Ouvrages.

TOME XXVII.

A LA SCIENCE.

A PARIS,

Chez B R I A S S O N, Libraire, ruë S. Jacques,
à la Science.

M. DCC. XXXIV.

Avec Approbation & Privilege du Roy.

TABLE ALPHABETIQUE

des Auteurs.

BARONIUS. (Cefar)   P. 282

BERNEGGER. (Matthias) 323

BOCHART. (Samuel)   201

BOUCHET. (Jean)   1

BZOVIUS. (Abraham)   329

CALCAGNINI. (Celio)   233

CHAMBRE. (Marin Cureau de la)
    392

CHAMBRE. (Pierre Cureau de la)
    397

CONSTANTIN. (Robert)   245

COUTURE. (Jean-Baptiste)   84

CRISPO. (Jean-Baptiste)   267

DANEAU. (Lambert)   21

DAVENNE. (François)   72

GUIDI. (Alexandre)   179

KIRCHER. (Athanafe)   189

LICETI. (Fortunio)   373

MAGIN. (Jean Antoine)   317

MANTUAN. (Baptiste)   104

MARCILE. (Théodore)   125

MASCARDI. (Auguftin)   400

MOLANUS. (Jean)   339

MORERY. (Louis)   308

TABLE ALPHABETIQUE.

MORIN. (Simon) 36

MURET. (Marc-Antoine) 143

OPORIN. (Jean) 272

QUINTIANUS STOA. (Jean François) 98

REUSNER. (Nicolas) 216

RICHER. (Edmond) 356

ROULLIARD. (Sebaſtien) 251

SAINT-JULIEN. (Pierre de) 176

SWEERTIUS. (François) 262

TOURREIL. (Jacques de) 345

VAVASSEUR. (François) 132

Fin de la Table Alphabetique.

MEMOIRES

MEMOIRES

POUR SERVIR

A L'HISTOIRE

DES

HOMMES

ILLUSTRES

DANS LA REPUBLIQUE
des L res ;

Avec un Catalogue raifonné
de leurs Ouvrages.

JEAN BOUCHET.

EAN Bouchet naquit à J. Bou
Poitiers le 30 Janvier CHET.
1476. (a) de *Pierre Bou-*
chet , Procureur de cette
ville , qu'il perdit en 1480. n'ayant

(a) Il rapporte fa naiffance à l'année
1475. dans fes *Annales d'Aquitaine*, parce
qu'il y fuit le Calcul ufité alors dans fon
pays, où l'année ne commençoit que le
25 Mars.

Tome XXVII.

encore que quatre ans, par un accident bien triste. Il étoit allé souper chez un Procureur de ses voisins, un jour que la femme impudique de ce Procureur avoit prémedité de se défaire de lui par le poison; mais par une funeste méprise, le poison fut donné à *Bouchet*, qui en mourut trois jours après.

Le jeune *Bouchet* fit ses études avec goût & avec succès, & conserva toûjours de l'inclination pour les Belles-Lettres, quoiqu'il eût embrassé la profession de son pere, & que les occupations d'un Procureur ne soient gueres compatibles avec celles d'un homme de Lettres.

Il est vrai qu'il eut plusieurs occasions de satisfaire son penchant pour l'étude; car la ville de *Poitiers* ayant été attaquée de la peste sept ou huit fois, il fut obligé chaque fois de se retirer à la Campagne, & d'y passer quelque temps éloigné entierement des affaires & du commerce du monde; & ce fut principalement dans ces retraites forcées qu'il composa la plûpart de ses *Ouvrages*, comme il nous l'apprend lui-même dans la Préface de ses *Epitres*. D'ail-

leurs il ſçavoit dans les autres temps
ſe ménager des momens pour donner aux Muſes, & à l'étude, qui
faiſoit ſa paſſion favorite & ſon de-
laſſement.

La Croix-du-Maine n'avoit point
vû ſes Epitres, lorſqu'il s'eſt aviſé
de le qualifier Avocat de *Poitiers*;
il n'y étoit que Procureur, comme
il eſt aiſé de le voir dans la ſigna-
ture & le corps de pluſieurs de ces
Epitres.

Le même Auteur s'eſt encore trompé, quand il a dit, que *Bouchet* avoit
été ſurnommé *l'Eſclave fortuné*; car
il n'y a eu certainement que *Michel
d'Amboiſe*, qui ait été connu ſous ce
nom. *Bouchet* a ſeulement eu le ſurnom de *Traverſeur des voyes perilleuſes*, qu'il a pris au commencement
de ſes *Renards traverſans*, & qui lui
eſt demeuré depuis.

On ne ſçait aucune particularité
de ſa vie; on voit ſeulement par ſes
Epitres, qu'il étoit en relation avec
pluſieurs ſçavans de ſon temps, qui
l'eſtimoient, & faiſoient cas de ſes
Ouvrages.

Il a été marié, & il a eu une de

J. Bou-
CHET.

ses filles, nommée *Marie*, Religieuse à *Sainte-Croix* de *Poitiers* & un
fils, nommé *Gabriel Bouchet*, à qui
il a adressé sa 51 Epitre familiere,
pendant qu'il étoit encore au College. Sa famille ne se bornoit pas à
ces deux enfans; il nous apprend
dans sa 95 Epitre familiere qu'il en
avoit huit, & entre autres trois filles, qui étoient mariées.

Aucun Auteur ne marque l'année
de sa mort. Le dernier Ouvrage qu'il
me paroît avoir donné au Public, est
celui des *Triomphes du Roi François
I*, qui parut à *Poitiers* l'an 1550. Il
est à présumer qu'il ne survécut pas
beaucoup à cette année, puisqu'il
avoit alors 74 ans.

Au reste ses Ouvrages, quoiqu'e-
stimés de son temps, ne sont plus
recherchés à present qu'à cause de
leur rareté. La plûpart roulent sur
la morale, mais l'on n'y trouve ni
pensées recherchées, ni varieté; c'est
toûjours la même chose repetée presque de la même façon dans ses differens Ouvrages. Pour sa Poësie, elle
est plate & prosaïque, & à la rime
près, elle ressemble assez à sa prose.

Catalogue de ses Ouvrages.

1. *Les Regnards traversans les pe-*
rilleuses voyes des folles fiances du Mon-
de, composées par Sebastien Brand. Paris. *Antoine Verard.* in-fol. It. *Paris.*
Le Noir. in-fol. Tous les deux, éditions Gothiques & sans date. *Bouchet*
nous explique dans la seconde partie
de ses *Epitres Morales*, Epitre 11. &
derniere, la raison pour laquelle cet
Ouvrage porte le nom de *Brand,*
lorsqu'il parle ainsi.

> *Le premier fut les Renards traver-*
> *sans*
> *L'an mil cinq cent, qu'avois vingt*
> *& cinq ans ;*
> *Ou feu Verard, pour ma simple jeu-*
> *nesse ,*
> *Changea le nom , ce fut à lui fines-*
> *se ,*
> *L'intitulant au nom de Monsieur*
> *Brand ,*
> *Un Allemand en tout sçavoir très-*
> *grand ,*
> *Qui ne sçut onc parler langue Fran-*
> *çoise :*
> *Dont je me tus , sans pour ce pren-*
> *dre noise :*

A iij

J. Bou-
CHET.

Forfque marry je fus, dont ce Ve-
rard
Y ajouta des chofes d'un autre art,
Et qu'il laiffa très-grand part de ma
profe
Qui m'eft injure, & à ce je m'oppofe
Au Chatelet, où il me pacifia
Pour un préfent lequel me dedia.

Pour une plus grande intelligence de ces vers, il faut fçavoir, que parmi les Poëfies Latines de *Sebaftien Brand*, imprimées à *Strasbourg* l'an 1498. in-4°. il y a une Elegie de cent vers, adreffée à *Maximilien* Roi des Romains, fous le nom d'*Alopekiomachia*, *de Spectaculo conflictuque Vulpium*. Comme cette piece eut beaucoup de cours, *Verard* crut que fon édition des *Renards traverfans* de *Bouchet* feroit d'un meilleur debit, s'il la faifoit paroître fous le nom de *Brand*, ce qu'il fit en effet.

L'Auteur s'étant ici propofé de montrer que la corruption regne dans tous les états, & de découvrir les moyens qu'il faut prendre pour en corriger les vices, fuppofe que voyageant dans le monde il rencontre en pluſieurs endroits des Renards J. **BOU-** occupez à differentes choſes, ſembla- **CHET.** bles à celles qui occupent les hom- mes, & prend de là occaſion de debi- ter ſa morale. L'Ouvrage eſt en proſe, il y a ſeulement de temps en temps quelques exhortations en vers. On en voit une à la fin du 13ᵉ Chapitre, qu'il eſt étonnant que *Verard*, qui vouloit faire paſſer l'Ouvrage pour une production de *Brand*, n'ait pas ôtée. Elle eſt intitulée: *Exhortation, où par les premieres lettres des lignes trou- verez le nom de l'Acteur de ce preſent livre & le lieu de ſa Nativité.* Or ces Lettres raſſemblées font *Jehan Bou- chet*, natif de *Poitiers*.

Bouchet avoit d'abord terminé ſon Ouvrage à ce 13ᵉ Chapitre; mais il y fit depuis de longues additions en vers ſur la vanité des Sciences, ſur les vices, & ſur les differens états de la vie, & y ajouta une exhorta- tion à un mourant, auſſi en vers, qui égale preſque en longueur le reſte de l'Ouvrage.

2. *Hiſtoire & Chronique de Clotaire* *I. Roi de France, & de Sainte Rade-*

A iiij

J. Bou-
CHET.

gonde son épouse, fondatrice du Mona-
stere de Sainte-Croix de Poitiers. Poitiers 1527. in-4°.

3. *Opuscules du Traverseur des voyes*
perilleuses, nouvellement par lui revûs,
amendez & corrigez. L'Epitre de Ju-
stice à l'instruction & honneur des Mi-
nistres d'icelle. Le Chapelet des Prin-
ces, & la deploration de l'Eglise mili-
tante sur les persecutions. 1517. in-4°.
Gothique. Ces opuscules qui sont
en vers, avoient été imprimés auparavant *in-4°.* sans date.

4. *Les Cantiques de la simple & de-*
vote Ame, amoureuse & épouse de
Notre Sauveur J. C. & comment la-
dite Ame se doit préparer pour avoir
l'amour & la grace de son dit Epoux.
Aussi y sont les meditations sur les sept
jours de la semaine. Lyon. Jean Mou-
nier 1540. in-16. Bouchet avertit dans
sa 95 Epitre familiere, qu'il a tiré
ces Cantiques d'un Ouvrage Latin,
qu'il ne nomme pas. J'ai rapporté
ces Ouvrages de *Bouchet*, suivant
l'ordre qu'il nous a marqué dans sa
onziéme Epitre morale, que j'ai citée plus haut, où il continue ainsi,

Secondement-feis l'histoire à Clotai-
   re,
Roi des François ; & sans me vouloir
   taire,
Feis par après la deploration
De Sainte Eglise, & par affection
Feis quartement le Chappelet des
   Princes
Fait par Rondeaux, aucuns bons,
   autres minces ;
Et par après les Cantiques dictai,
Ou maints bons mots à Jesus-Christ
   dit ai,
Et a ses Saints ; puis feis plusieurs
   Ballades
Et maints Rondeaux, non pour les
   gens malades
Du mal d'aimer, mais pour les gens
   devots,
Prenant plaisir à lire divins mots.

   5. *Rondeaux, Ballades, & autres*
Poësies. Paris 1536. *in-*16.
   6. *Les Angoysses & Remedes d'A-*
mour du Traverseur en son adolescen-
ce. Poitiers de Marnef 1537. *in-*4°.
Gothique. It. *Lyon de Tournes* 1550.
*in-*16. It. Avec *l'Histoire d'Euryale*

& de *Lucresse. Rouen* 1599. *in-*12.
Bouchet n'a point parlé de cet Ouvrage dans sa onziéme Epitre Morale, ci-deſſus citée. Mais *Pierre Ger-
vaise*, Aſſeſſeur de l'Official de
Poitiers aſſure dans ſon Epitre, qui
eſt la 22ᵉ des *Epitres familieres* de
Bouchet, que c'eſt le troiſiéme, qu'il
ait fait. *La Croix-du-Maine* en met
une édition de *Paris* de l'an 1561.

7. *L'Amoureux tranſi ſans eſpoir.
Lyon. Olivier Arnoullet. in-*4º. Il n'eſt
point fait non plus mention de cet
Ouvrage dans la onziéme Epitre morale de *Bouchet*, mais il en parle dans
la 61 Epitre familiaire, où il s'exprime ainſi, après avoir dit quelque
choſe du plaiſir qu'il prenoit à com-
poſer.

*Autre plaiſir n'ai guere pris au
    monde
Depuis trente ans, & ne ſçais choſe
    immonde
Avoir écrit, fors en l'an mil cinq-
    cens,
Que ſol amour avoit ſurpris mes ſens,
Qui contraignit ma folle main écri-
    re.*

L'Amant tranſi , voulant Amour J. BOU-
  decrire : CHET.

Dont (non a tort) me repentis ſoudain,
Par un livret faiſant d'amour dedain.

Ce livret eſt celui des *Angoyſſes &*
Remedes d'Amour.

  8. *Le Temple de bonne Renommée*
& Repos des Hommes & Femmes il-
luſtres , trouvé par le Traverſeur des
voyes perilleuſes , en plorant le décès
du Prince de Thalemont. Paris. Jehan-
not 1518. *in-*4°. Gothique. *La Croix*
du Maine en met une édition de
l'an 1516. faite à *Paris* chez *Galiot*
du Pré , qui eſt apparemment la premiere , puiſque le Prince de *Tale-*
mont , nommé *Charles de la Tremoil-*
le ; fut tué à la bataille de *Marignan*
le 13 Septembre 1515.

  9. *Le Panegyrique du Chevalier*
ſans reproche, ou la vie & les geſtes de
Louis de la Tremoille. Poitiers 1527.
*in-*4°. It. ſous ce titre : *Hiſtoire de*
Louis , Seigneur de la Tremoille , à la
p. 207. de l'*Hiſtoire du Roi Charles*
VIII. publiée par *Denys Godefroy* , à
Paris l'an 1684. *in-fol. Louis de la*
Tremoille fut tué à la Bataille de *Pa-*

J. Bou-vie en 1525. L'Abbé *le Gendre* parle favorablement de cette hiſtoire.
» L'Auteur, dit-il, ne flate que ſon
» Heros; & quand par occaſion il
» parle des Rois & des Reines, il
» ne déguiſe point ce qu'il en ſçait,
» c'eſt un homme entendu, & qui
» s'exprime en bons termes. *Bouchet*
continue ainſi à parler des Ouvrages que je viens de rapporter, & des
ſuivans, dans ſon Epitre Morale onziéme.

Une œuvre après fut par moi con-
ſommée,
Le temple dit de bonne Renommée.
L'Ouvrage après que je fis le plus
proche,
Le Chevalier fut nommé ſans repro-
che.

Dix ans avant j'avois encommencé
Un autre livre, où me ſuis avancé
Ecrire au vrai mainte hiſtoire cer-
taine,
Dont le titre eſt, Annales d'Aqui-
taine,
Que mis à fin l'an prochain prece-
dent
Le Chevalier qui lui fut ſuccedant.

Après je mits , voire sous maints pa-
   raphes ,
Des Rois François au long les Epi-
   taphes ,
Qu'à Monseigneur le Dauphin pré-
   sentai
A Bonivet ; encore à present ai
Autre Traité pour lui , qui est en
   lame.
Finablement des Triomphes de l'A-
   me
Fut fait present à la Royne en pas-
   sant
Près de Poitiers , laquelle allois
   trassant.

10. *Les Annales d'Aquitaine. Faicts*
& Gestes en sommaire des Rois de Fran-
ce & d'Angleterre, Pays de Naples &
Milan. Par Jean Bouchet. Poitiers
1524. *in-fol.* It. *Revûes, & corrigées*
par l'Auteur, & continuées jusqu'en
1535. *Poitiers* 1535. *in-fol.* C'est la
3e édition. On en fit en 1540. à *Pa-*
ris une nouvelle, qui est la 4e &
dont *Bouchet* se plaint fort. » On y
» a, dit-il, continué mon histoire
» sans moi jusqu'au dit an 1540. en
» mon nom, qui est un crime de

» faux, me supposant contre verité,
» ce qu'ils ont continué, être de
» mon Ouvrage, combien que ce
» soient choses triviales, non sen-
» tans l'histoire. Qui m'a été occa-
» sion de publier par impression ce
» que j'ai pû recolliger des gestes des
» Gaules, depuis le commencement
» dudit an 1535. jusqu'en l'an 1545.
Cette continuation de *Bouchet* a été
imprimée plusieurs fois avec ce qui
la précede, & pour la derniere fois,
avec une nouvelle continuation qui
finit en 1555. dont l'Auteur n'est
point marqué, & *plusieurs pieces ra-*
res & historiques extraites des Biblio-
theques & recueillies par Abraham
Mounin, qui a imprimé le tout à
Poitiers l'an 1644. *in-fol.* Ces *Anna-*
les d'Aquitaine doivent être autant
regardées comme l'histoire générale
de la France, que comme l'histoire
d'Aquitaine.

11. *Les anciennes & modernes Ge-*
nealogies des Rois de France, & mê-
mement du Roi Pharamond avec leurs
Epitaphes. Paris. Galiot du Pré 1541.
in-fol. La Croix-du-Maine cite une
édition de 1536. faite chez le même,

12. *Les Triumphes de la noble &*
amoureuſe Dame , & l'art de honnête-
ment aimer. Compoſé par le Traverſeur
des voyes perilleuſes. Poitiers. Jacques
Bouchet 1530. *in-fol.* feüillets 166.
It. Paris 1537. *in-8°.* Ce titre feroit
croire qu'il s'agit ici de Galanterie ;
mais il n'y a rien moins que cela.
C'eſt une allegorie continuelle &
ſuivie de la conduite de l'ame, depuis quelle eſt unie au corps juſqu'à
ſa ſéparation , & un récit detaillé
des inſtructions que lui donnent les
vertus, des combats que lui livrent
la chair , le demon , & les vices , de
la lâcheté , qui la fait quelquefois
ſuccomber à leurs efforts, & des
victoires qu'elle remporte enfin ſur
eux. Il y a bien du verbiage & des
choſes inutiles dans tout cela. En
voulant enſeigner à l'Ame dans la
premiere partie , de bien conduire
ſon Corps , il s'aviſe de faire une de-
ſcription anatomique de ce corps ,
qui n'eſt rien moins qu'exacte ; mais
il n'y a rien de ſi ridicule que ce
qu'il dit au feüillet 46 tourné de la
Matrice des femmes , qu'il appelle
la Marriz. » Cetté Marriz , dit-il , à

» trois chambrettes à la deſtre, eſ-
» quelles les fils ſont conçûs, & trois
» à la feneſtre, où les filles ſont con-
» çûes ; & ſi un enfant étoit conçû
» entre les deux chambrettes, auroit
» deux natures d'homme & de fem-
» me, qu'on nomme Hermaphro-
» dite. L'Ouvrage, qui a trois parties, eſt écrit en proſe ; mais il y a
de temps en temps des diſcours en
vers, comme dans la plûpart des
Ouvrages de *Bouchet*, qui aimoit ce
mêlange.

13. *Les Exclamations, Epitres &*
Oraiſons de la noble Dame amoureuſe
dite l'Ame incorporée. Paris. Vincent
Sertenas 1535. *in-8°.* Ce ſont les Diſcours & Epitres en vers, qui ſe trouvent dans l'Ouvrage précedent, &
qu'on en a ſeparez, pour les imprimer à part.

14. *Epitres, Elegies, Epigrammes,*
& Epitaphes au ſujet du Decès de
Madame Renée de Bourbon, Abbeſſe
de Fontevrault. Poitiers 1535. *in-4°.*

15. *Epitres Morales & Familieres*
du Traverſeur. Poitiers. Jacques Bou-
chet 1545. *in-fol.* Le Privilege eſt du
3 Janvier 1543. Ce Recueil contient

tient d'abord les *Epitres Morales* J. Bou-
adreffées à toutes fortes d'Etats, qui CHET.
font divifées en deux parties, dont
la premiere a quatorze Epîtres, &
la feconde, onze. On voit après
cela les *Epitres familieres*, qui font
au nombre de 127. parmi lefquelles
il y en a 20. qui font de fes amis;
le tout en vers. C'eft l'Ouvrage le
plus intereffant qui nous refte de
Bouchet, parce qu'il y a des particularités fur quelques Savans de fon
temps.

16. *Le Labyrinthe de Fortune*, &
le féjour des trois nobles Dames, compofé en vers par l'Acteur des Renards
traverfans. Poitiers. Jacques Bouchet
1524. *in-*4°. It. Paris. Lotrian 1532.
*in-*4°. It. Paris. Philippe le Noir
1534. *in-*4°. Il n'eft point parlé de
ce livre dans l'Epitre Morale onziéme, mais *Pierre Gervaife* en fait
mention dans fon Epitre familiere,
qui eft la 22e parmi celles de *Bouchet*, & dit que c'eft fon cinquiéme
Ouvrage; ce qui n'eft pas apparemment exactement vrai.

17. *Le Jugement Poëtic de l'honneur
feminin*, & *féjour des illuftres*, clai-

Tome XXVII.   B

J. Bou-
CHET.

res, & honnêtes Dames. avec une Apologie en Profe au commencement. Poitiers 1536. in-8°. It. Poitiers 1538.
in-4°. Bouchet parle ainfi de cet Ouvrage dans fa 96 Epitre familiere.

> Puis demi an, le Chevalier Rouf-
> fart
> A fait prefent au Roi de mon rude
> art
> C'eft le palais ou font les claires Da-
> mes,
> Dont par écrit j'ai mis les Epigram-
> mes,
> Tout à l'honneur du fexe feminin,
> Des detracteurs gueriffant le venin.
> Lequel livret contient la renommée
> D'une qui fut pour fes mœurs bien
> nommée
> Mere du Roi, dont la gloire & le
> nom
> Vivront toûjours par éternel renom.

18. Les Epitres du Panegyric du
Chevalier fans reproche. Paris 1536.
in-8°. Ce font les pieces de vers,
qui fe trouvent dans ce Panegyrique, qu'on en a feparées.

19. La forme & ordre de Plaidoirie

en toutes les Courts Royales & Subal- **J. Bou-**
ternes de ce Royaume , regies par coû- CHET.
tumes, ftyles & Ordonnances Royaux.
Paris 1542. in-8°.

20. *Triomphes du Roi très-Chrétien*
François I. contenant la différence des
Nobles. Poïtiers 1550. *in-fol.*

21. *Recueil de Poëfies. Poitiers* 1545.
in-fol.

22. *Le Parc de Noblefle, Defcription*
du très - puiffant & très - magnanime
Prince des Gaules & de fes geftes. La
forme de vivre de ceux du bon temps ,
qu'on nommoit l'âge doré. Poïtiers. De
Marnef 1565. *in-fol.* Je ne fçai ce
que c'eft que cet Ouvrage, ni quand
il a paru pour la premiere fois.

23. *Le Conflit de l'heur & malheur,*
par Dialogue. Paris. Denis Janot.

Il ne faut pas confondre notre
Auteur avec *Guillaume Bouchet* , qui
pouvoit être fon parent, & qui a été
Juge & Conful des Marchands à
Poïtiers. On a de ce dernier un Ou-
vrage intitulée.

Serées de Guillaume Bouchet. Poitiers
1584. *in-*4°. It. *Lyon. Jean Veyrat*
1593. *in-*16. trois tomes. It. *Paris*
1608. *Perier in-*12. 3 vol. It. *Rouen*

B ij

Loudet 1635. *in-8°*. trois vol. *Guillaume Bouchet sieur de Brocourt* publia pour la premiere fois en 1584.
ce livre, qui est divisé en trois parties ou livres, dont chacun contient
douze serées. La raison du titre qu'il
y donna, est qu'il suppose que les
discours qu'il y rapporte ont été te-
nus par des personnes qui passoient
les soirées ensemble. Ces discours
sont farcis de toutes sortes de plai-
santeries, & de quolibets, souvent
assez fades, & dont les meilleurs
ont été pillez par une infinité d'Auteurs, qui sont venus depuis. Les
obscenitez grossieres y sont assez fre-
quentes. On y trouve beaucoup d'é-
rudition, mais la plûpart des faits
tirés des anciens Auteurs y sont estro-
piés, & rapportez fort infidelement.
Ils marquent toûjours que *Bouchet*
avoit beaucoup lû, quoique sa memoire le trompât souvent. Il n'est
rien de moins solide que ce qu'il
dit sur les questions Physiques, qui
s'agitent dans chaque serée. En un
mot on peut dire que tout l'Ouvrage n'est pas quelque chose de fort
considerable, quoiqu'il fût estimé

autrefois. *Bouchet* n'étoit plus en vie, J. Bou-
lorſque l'Epitre dedicatoire de ſon CHET,
troiſiéme volume fut écrite le 1 Novembre 1607. Des vers qu'on a fait
ſur ſa mort, marquent qu'il a vêcu
80 ans.

V. *Les Bibliotheques Françoiſes de
du Verdier & de la Croix-du-Maine.*

LAMBERT DANEAU.

L AMBERT *Daneau* naquit à L. DA-
Orleans vers l'an 1530. NEAU.
Se deſtinant à la Juriſprudence,
il étudia en Droit dans ſa ville natale, pendant quatre ans, ſous *Anne
du Bourg*, qui l'enſeignoit avec beaucoup de réputation, & qui ayant
été depuis reçu Conſeiller Clerc au
Parlement de *Paris* le 19 Octobre
1557. fut brûlé le 20 Decembre
1559. pour avoir embraſſé les ſentimens de *Calvin*.

Daneau fut ſéduit par la conſtan-
ce qu'il témoigna à la mort, & ſen-
tant du penchant pour la Religion
Calviniſte, il ſe retira l'année ſui-

L. DA- vante 1560. à *Geneve*. Là renonçant
NEAU. à la Jurifprudence, il fe tourna du
côté de la Théologie, dans laquelle
il fit de fi grands progrès, qu'il a
paffé pour un des meilleurs Théologiens de fon parti.

Il fut d'abord Miniftre & Profeffeur en Théologie à *Geneve*. On l'appella enfuite à *Leyde* en 1581. pour
y profeffer; mais après y avoir demeuré un an, il paffa à *Gand*, où il
enfeigna peu de temps, à caufe des
troubles du Pays.

Il revint donc en France, & alla
à *Orthés* en Bearn, où on le demandoit. La Chambre de l'Edit ayant
été enfuite établie à *Caftres*, il y fut
appellé en 1594. & y fit les fonctions
de Miniftre jufqu'à l'an 1596. qu'il
mourut âgé d'environ 66 ans.

Ceux qui l'ont fait mourir à *Orthés*, ont ignoré qu'il avoit quitté
cette ville, pour aller à *Caftres*.

Catalogue de fes Ouvrages.

*Lamberti Danæi Opuscula omnia
Theologica, ab ipfo Autore recognita,
& in tres claffes divifa. Geneva* 1583.
in-fol. pp. 1625. L'Auteur a diftribué
fes Ouvrages Théologiques en trois

Claſſes, dont la premiere contient les livres Didactiques, ou d'inſtruction; la ſeconde eſt compoſée des Exegetiques, où des explications; & la troiſiéme comprend les Polemiques.

Les Didactiques.

1. *Elenchi Hæreticorum, ubi facili & ſingulari Methodo explicatur quâ ratione Hæreticorum paralogiſmi deprehendi & ſolvi poſſint. Geneva* 1573. *in-8°.* Cet Ouvrage eſt daté de *Geneve* le 1 Janvier de cette année; c'eſt un de ſes meilleurs.

2. *Ethices Chriſtianæ libri tres; in quibus de veris humanarum actionum principiis agitur, atque etiam legis divinæ, ſive Decalogi explicatio, illiuſque cum ſcriptis Scholaſticorum, Jure Naturali ſive Philoſophico, Civili Romanorum & Canonico collatio continetur. Præterea Virtutum & Vitiorum quæ paſſim vel in ſacra ſcriptura vel alibi occurrunt, quæque ad ſingula legis divinæ præcepta revocantur, variæ definitiones. Geneva* 1577. 1588. 1601. *&c. in-8°.* Cet Ouvrage eſt daté du 1^r Mars 1577.

3. *Tractatus de Amicitia Chriſtiana*

L. DA- *Geneva* 1579. *in-8°.* It. *traduit en Al-*
NEAU. *lemand. Hanau* 1614. *in-8°.* Ce traité est daté du 1er Janvier 1579.

4. *De Ludo Aleæ libellus adversus*
corruptissimos hujus sæculi mores omnino
necessarius. Geneva 1579. *in-8°.*

5. *Physica Christiana, sive Chri-*
stiana de rerum creatarum origine &
usu Disputatio, è sacræ scripturæ fon-
tibus hausta. Geneva 1576. *&* 1606.
in-8°. Daté du 1er Decembre 1575.

6. *Physices Christianæ pars altera,*
sive de rerum Creatarum natura, quæ
in sex Tractatus pro dierum, quibus
Deus ipse operatus est, numero divi-
ditur. Ibid.

7. *De Veneficis, quos olim sortilegos,*
nunc autem vulgo sortiarios vocant,
Dialogus. Geneva 1574. *in-8°.* It. *Co-*
lonia Agrip. 1575. *in-8°.* It. *Geneva*
1581. *in-8°.* Daté du 1 Juillet 1574.

Les Exegetiques.

8. *Methodus sacræ scripturæ in pu-*
blicis tum Prælectionibus, tum Concio-
nibus, utiliter atque intelligenter trac-
tandæ, quæ praxi, id est, aliquot
exemplis, & perpetuo in Epistolam
Pauli ad Philemonem Commentario il-
lustratur. Geneva 1570. 1579. 1581.
in-8°.
                                    9. *In*

9. *In Divi Pauli priorem Epiftolam* L. DA-
ad Timotheum Commentarius. Genevæ NEAU.
1577. *in-8°.* Daté de Geneve le 1^r
Août 1577.

10. *Orationis Dominicæ explicatio.*
Genevæ 1583. *in-8°.* Cette explication eft datée de Leyde le 1^r Janvier
1582.

11. *Paratitla in D. Aurelii Augu-*
ftini tomos duos præcipuos , nimirum
fextum & feptimum , in quibus illius
contra Manichæos, Prifcillianiftas,
Arrianos, Jovinianiftas, Donatiftas
& Pelagianos Polemica, five certami-
na continentur. Genevæ 1578. *in-8°.*
Daté du 13 Fevrier 1578.

12. *D. Aurelii Auguftini Enchiri-*
dion ad Laurentium, five fumma &
præcipua totius Chriftianæ Religionis
Capita; Liber ex veteri MS. repurga-
tus, & Commentariis illuftratus. Ge-
nevæ 1579. *in-8°.* Daté du 1^r Fevrier
1573.

13. *D. Aur. Auguftini liber de Hæ-*
refibus ad Quodvultdeum , Lamberti
Danæi opera emendatus, & Commen-
tariis illuftratus , à quo eodem additæ
funt Harefes ab Orbe condito ad con-
fitutum Papifmum , & Mahumetif-

Tome XXVII. C

L. DA-
NEAU.

mum, *etiam ea quæ hic erant ab Au-gustino prætermissæ. Geneva* 1595. *in-*8°. Daté de *Geneve* le 1^r Janvier 1576. Les Polemiques.

14. *Tractatus de Antichristo ; in quo Antichristi locus , tempus , forma , ministri , fulcimenta , progressio , & tandem exitium & interitus ex Dei ver-bo demonstratur , ubi etiam aliquot dif-ficiles antea & obscuri tum Danielis , tum Apocalypseos loci perspicue jam explicantur. Adjecta sunt quædam ve-tustissimorum Episcoporum , Monacho-rum , & aliorum scripta , jam pridem adversus Antichristi Romani tyranni-dem edita. Geneva* 1576. *in-*8°. Daté du 1^r Août de cette année. It. en François : *Traité de l'Antechrist revû & augmenté en plusieurs endroits en cette traduction Françoise par l'avis de l'Auteur, Lambert Daneau, qui l'a écrit en Latin, duquel il a été traduit en François par* J. F. S. M. *Geneve* 1577. *in-*8°.

15. *In Petri Lombardi , Episcopi Parisiensis , librum primum sententia-rum , qui est de vero Deo , essentia qui-dem uno , personis autem trino , Lam-berti Danæi Commentarius triplex ;*

*unus ad marginem ipſius libri, ſecun-
dus locorum à Lombardo prolatorum
accurata collatio, tertius cenſura Doctrinæ Methodique Lombardi. Acceſſerunt initio Prolegomena, ubi Scholaſti-
cæ Theologiæ origo, progreſſiones, &
ætates oſtenduntur, & ad calcem Sy-
nopſis ſanæ & veteris Doctrinæ de S.
Trinitate ex Orthodoxis Symbolis, &
veteribus Synodis collecta atque primo
ſententiarum P. Lombardi libro oppo-
ſita. Genevæ* 1580. *in-*8°. Daté du
1ᵉ Septembre de cette année.

16. *Ad novas Gulielmi Genebrardi
Calumnias, quibus tum Orthodoxam
Evangelicorum omnium de S. Trinitate
doctrinam traducit, tum etiam horren-
dum Valentini Gentilis errorem tuetur
ac renovat, L. Danæi Reſponſio. Geneva* 1578. *in-*8°. Daté du 1ᵉ Août
de cette année. C'eſt une réponſe
aux trois livres de la Trinité de *Ge-
nebrard.*

17. *Demonſtratio Antitheſis, ſeu
repugnantiæ Theſium & Doctrinæ Jacobi Andreæ de Perſona Chriſti, ex
ipſismet illius Theſibus collecta. Lugd.
Bat.* 1581. *in-*8°.

18. *Examen libri de duabus in Chri-*

C ij

L. DA-
NEAU.

sto naturis, de earum hypostatica unione, & varia, quæ ex illa unione sequitur, communicatione, à Martino Kemnitio conscripti. Genevæ 1581. in-8°.

19. *Apologia, seu vera & orthodoxa orthodoxæ Patrum sententiæ defensio ac interpretatio de adoratione carnis D. N. J. C. adversus Blasphemam & vere idololatricam Jacobi Smidelini, Andreæ filii, hæresim & sententiam, in libro qui inscribitur solida admonitio ad Joannem Sturmium, nuper edito. Antuerpiæ 1582. in-8°.* Il composa cet Ouvrage pendant son séjour à *Gand.*

20. *Anti-Osiander, sive Apologia Christiana simul & necessaria, in qua tum Helveticæ Ecclesiæ, & quæ cum iis in fidei confessione consentiunt, tum etiam earum vera de S. Cœna D. N. J. C. sententia defenditur adversus injustam Lucæ Osiandri condemnationem. Genevæ 1580. in-8°.*

21. *Ad insidiosum Lucæ Osiandri scriptum, quod Pia & fidelis ad Gallicas & Belgicas Ecclesias Admonitio inscribitur, Lamberti Danæi necessaria Responsio & salutaris præcautio ad easdem Gallicas & Belgicas Ecclesias.*

Geneva 1580. *in-8°.* Daté du 1ᵉʳ Septembre de cette année.

22. *De tribus graviſſimis, & hoc
tempore maxime vexatis Quæſtionibus.
1°. De S. Domini Cœna. 2°. De Ma-
jeſtate Hominis Chriſti. 3°. De non
damnandis Dei Eccleſiis nec auditis
nec vocatis, ad Fratres Tubingenſes
Reſponſio. Geneva* 1581. *in-8°.* Cet
Oúvrage, qui eſt daté du 1ᵉʳ Janvier de cette année, a été fait après
les deux ſuivans, qui portent la même date, & qui ont été imprimés
en même temps.

23. *Encauſtice & colluſtratio colo-
rum, quibus injuſta omnium Orthodoxorum Eccleſiæ Dei Paſtorum condem-
natio à Luca Oſiandro & aliis quibuſ-
dàm facta, prius delineata tantum fue-
rat in Lamberti Danæi Anti-Oſiandro,
adverſus Laconici, ſeu Nicodemi, E-
quitis à Sturmeneck inanem, & ut ipſe
vocat, quatriduanam ſpongiam.* Avec
l'Oúvrage précedent. C'eſt une réponſe à un Ecrit, que *Luc Oſiander*
avoit compoſé contre l'*Anti-Oſian-
der de Daneau,* ſous le nom de *Lao-
nicus à Sturmeneck,* & ſous ce titre :
Laonici Anti-Sturmii à Sturmeneck,

L. DA-
NEAU.

Equitis Aurati spongia adversus Lamberti Danæi, Calvinistæ Gallicani, Anti-Osiandrum. Tubingæ 1580. *in-4°.*

24. *Ad Stephanum Gerlachium & illius Anti-Danæum necessaria Responsio.* Avec les deux précedens. L'*Anti-Danæus* imprimé à *Tubinge* en 1580. *in-4°.* est destiné à réfuter les sentimens de *Daneau* sur les trois questions qu'il avoit agitées dans le livre marqué ci-dessus *N°.* 22. Ce fut pour y répondre que *Daneau* composa l'Ecrit, dont il est ici question, & qui en attira bientôt un autre de *Gerlach*, qui parut sous ce titre : *Hyperaspistes Anti - Danæi.* 1°. *De Condemnatione Errorum.* 2°. *De S. D. N. J. C. Cœna.* 3°. *De Majestate Christi Hominis, adversus Danæum. Tubingæ* 1581. *in-4°. Daneau* repliqua à celui-ci par le suivant.

25. *Sophismatum Stephani Gerlachii Elenchus, sive adversus Stephani Gerlachii languidum, elumbem, & Caducum Hyperaspistem Lamberti Danæi, Clibanarius tutissimus & firmissimus,* 1582. *in-8°.* Daté de *Leyde* le 1ʳ Janvier de cette année. *Gerlach*

ne voulut pas demeurer en refte , &   L. DA-
oppofa bientôt un nouvel Ouvrage NEAU.
à celui de *Daneau* ; il l'intitula : *De-*
certatio cum Lamberti Danæi profano
milite , quem ille Clibanarium vocat.
Tubingæ 1583. *in*-4°.

26. *Ad Nicolai Selnecceri librum*,
qui infcribitur : *Neceffaria & brevis*
repetitio &c. in quo Exegefis Saxonica
oppugnatur , brevis, modefta & necef-
faria Refponfio. Daté de *Geneve* le
17 Juin 1579.

27. *Ad Nicolaum Selneccerum de*
Exegefi Saxonica brevis Epiftola. Cette Lettre a été imprimée en 1581.
avec l'Ouvrage *De tribus Quæftioni-*
bus &c. marqué au N°. 22.

28. *Articuli de Cœna Dominica ,*
Miniftris Ecclefiarum & Scholarum
Marchiticarum , mandato D. Joannis
Georgii , Marchionis Brandemburgici,
Electoris &c. proponendi , ut fide cor-
dis & oris confeffione eos approbent ,
ac majoris confirmationis gratia ma-
nuum fubfcriptionem addant , & ad
eofdem brevis & neceffaria piorum &
Orthodoxorum virorum Refponfio. Je
ne fçai de quel temps eft cet Ouvrage.

29. *Ad libellum ab Anonymo quo-*
dam libertino recens editum hoc titulo,
de externa seu visibili Dei Ecclesia,
ubi illa reperiri possit, & quænam illa
sit, seu potius, adversus externam &
visibilem Ecclesiam utilis ac necessa-
ria Responsio. Geneva 1582. *in-*8°.
Cet Ouvrage est daté de *Leyde* le 11
Mars 1582.

Voilà tout ce qui est contenu
dans le Recueil des œuvres de *Da-*
neau; il en a fait encore d'autres,
qui n'étant point Théologiques, ou
qui n'ayant paru qu'après l'an 1583.
auquel il a donné ce Recueil, n'ont
pû y avoir place. Il faut en parler
maintenant.

30. *Christianæ Isagoges ad Christia-*
norum Theologorum locos communes li-
bri duo. Geneva 1583. *in-*8°. It. *Par-*
tes quatuor. Geneva 1588. *in-*8°. deux
tomes.

31. *Assertio quod Humana Christi*
Natura neque in unione personali, ne-
que per unionem cum Deitate τȣ λόγȣ
sit & evaserit Deus, contra postremum
Jacobi Smidelini scriptum de adora-
tione Carnis Christi. Geneva 1585. *in-*
8°.

32. *Ad Roberti Bellarmini Dispu-*   L. DA-
tationes Theologicas de rebus in Reli- NEAU.
gione controversis Responsio. Geneva
1596. & 1598. in-8°. deux volumes.

33. *Confirmatio Orthodoxa Doctri-*
na quod Christus sit & verus Deus, &
Patri Homousios & aqualis, contra
Genebrardum. Geneva 1585. in-8°.

34. *Symboli Apostolici explicatio.*
Geneva 1592. in-8°.

35. *Harmonia seu Tabula in Pro-*
verbia & Ecclesiasten. Avec le Commentaire de *Jean Mercier* sur ces
livres de l'Ecriture. *Geneva.* 1573.
in fol.

36. *Commentarius in* XII. *Prophe-*
tas Minores. Geneva 1578. & 1586.
in-8°. It. *Ibid.* 1594. *in*-4°.

37. *Commentarius in Matthaum.*
Geneva 1583. *in*-8°.

38. *Quastiones & Scholia in Evan-*
gelium secundum Marcum. Geneva
1594. *in*-8°.

39. *Commentarius in Evangelium*
Joannis. Geneva 1585. *in*-8°.

40. *Commentarius in Epistolas Joan-*
nis & Juda. Geneva 1585. *in*-8°.

41. *Primi Mundi Antiquitatum*
sectiones quatuor. Geneva 1596. *in*-8°.

L. DA-
NEAU.

42. *Politices Christianæ libri septem.* *Genevæ* 1596. & 1606. *in-8°.*

43. *Aphorismorum Politicorum Sylva:* *Antuerpiæ* 1583. *in-8°.* It. *Lugd.* *Bat.* 1612. *in-16.* It. sous cet autre titre : *Politici Aphorismi, ex optimis* *quibusque, tum Græcis, tum Latinis* *scriptoribus collecti. Lugd. Bat.* 1620. *in-12. pp.* 645. It. *Auctiores ab Ever-* *hardo Bronchorst. Lugd. Bat.* 1623. *in-12. pp.* 756. It. *Ibid.* 1639. *in-12.* It. *Ultrajecti* 1552. *in-12.*

44. *Geographiæ Poëticæ libri qua-* *tuor ; seu universa terræ descriptio ex* *optimis Poëtis Latinis. Genevæ* 1580. *in-8°.*

45. *Traité des Danses, auquel est* amplement resolue la question, à sçavoir s'il est permis aux Chrétiens de danser. (*Geneve*) 1579. *in-8°.* It. 2e. édition. *Geneve* 1580. *in-8°. Daneau* se declare ici fortement contre les Danses.

46. *Deux Traitez de Florent Ter-* *tullian ;* l'un, *des parures & ornemens,* l'autre *des habits & accoustremens des* *femmes Chrétiennes, traduits du Latin* par *Lambert Daneau. Paris* 1565. *in-* 8°. It. *Geneve* 1580. *in-8°.*

47. *Traité de l'état honnête des Chré-* L. DA-
tiens en leur accouſtrement. Geneve NEAU.
1580. in-8°.

48. *La Phyſique Françoiſe , compre-*
nant en treize livres , ou traitez , à
ſçavoir un d'Ariſtote , onze de S. Ba-
ſile , & un de Damaſcene , le diſcours
des choſes naturelles tant celeſtes que
terreſtres , ſelon que les Philoſophes les
ont décrites , & les plus anciens Peres
ou Docteurs les ont puis après conſide-
rées & mieux rapportées à leur vrai
but; traduite de Grec en François par
Lambert Daneau. Geneve 1581. in-
8°. On peut juger par ce ſeul titre
que cette Phyſique eſt fort peu de
choſe.

49. *Les trois livres d'Heſiode , inti-*
tulez les Oeuvres & les Jours. 1571.
Antoine Chuppin. in-8°.

50. *Les Sorciers , Dialogue très-utile*
& très-neceſſaire pour ce temps. 1574.
Jacques Bourgeois. in-8°.

51. *Remonſtrance ſur les Jeux de*
ſort ou de hazart , & principalement
de Dez & de Cartes. 1575. Jacques
Bourgeois. in-8°.

V. *Meurſii Athenæ Batavæ. Mel-*
chioris Adami Vita Theologorum exte-

36 *Mém: pour servir à l'Hist.*
rorum. Les Eloges de M. de Thou &
les additions de Teissier. Præstantium
aliquot Theologorum Elogia per Jaco-
bum Verheiden.

SIMON MORIN.

SIMON *Morin* naquit vers l'an 1623. à *Richemont*, près d'*Aumale*, dans le Pays de Caux en Normandie, d'une famille obscure, & peu aisée.

Ne trouvant pas dans son pays de quoi subsister, il vint à *Paris* pour y chercher fortune. Il écrivoit parfaitement bien, & cela lui procura une entrée chez M. *Charron*, Trésorier de l'extraordinaire des Guerres, qui le prit à son service en qualité de Commis. Mais le peu d'application & d'assiduité que *Morin* donnoit à son emploi, & les visions qu'il commençoit à mettre au jour, furent cause que M. *Charron* le congedia au bout de quelque temps.

Obligé de se menager une resource pour subsister, il se servit du seul talent qu'il avoit, & se fit Ecrivain copiste.

Les erreurs des Illuminez re- S. Mo-
gnoient alors ſecrétement à *Paris*; & RIN.
Morin, qui étoit un homme ſans
lettres & d'une ignorance groſſiere ,
& qui d'ailleurs avoit l'eſprit naturellement Viſionnaire, y avoit d'a-
bord donné avec empreſſement.
N'ayant pû diſſimuler ce qu'il penſoit ſur cette matiere, il fut compris
dans la recherche qu'on faiſoit de
ceux qui étoient infectés de cette
mauvaiſe doctrine. On l'arrêta , &
on le conduiſit dans la priſon de
l'Officialité. Il s'y comporta ſi bien,
qu'on jugea qu'il n'y avoit rien de
reprehenſible en lui. Son eſprit parut ſeulement un peu dérangé ; ce
qu'on pouvoit attribuer aux hor-
reurs de la priſon obſcure , où il
étoit renfermé , ou à la mauvaiſe
nourriture qu'on lui donnoit , ou à
la crainte des ſupplices qui le mena-
çoient : deſorte qu'on ne fit pas
grande attention à ſes égaremens,
& il fut renvoyé comme un eſprit
foible, qui pourroit ſe rétablir de
lui-même, lorſqu'il ſeroit dans un
état plus tranquille.

Des Mareſts de S. Sorlin marque

dans sa déposition contre *Morin*, que la Demoiselle de *la Chapelle* allant visiter par charité les prisons de l'Officialité, y avoit trouvé *Morin sur de la paille, avec une patience comme celle de Job, & qui lui parut comme un Saint*, suivant qu'elle le lui assura elle-même, & que cette vûë l'ayant prévenue favorablement pour lui, la fit ensuite tomber dans ses erreurs.

Morin remis en liberté, alla loger chez une Fruitiere dans la ruë de *S. Germain l'Auxerrois* près d'un jeu de paume, qui est à present le grenier à Sel. Là occupé de ses visions, qui alloient toûjours en augmentant, il songea à les communiquer aux autres, & à se faire des Sectateurs. Le voisinage du jeu de paume lui en fournit l'occasion ; les joueurs avoient coûtume d'aller se refraîchir & boire de la biere chez la fruitiere, & *Morin* se fit parmi eux des connoissances, qui furent utiles à ses desseins.

La fruitiere n'avoit qu'une fille, assez jolie, appellée *Jeanne Honatier*; *Morin* en devint amoureux, &

parvint bientôt par ses artifices à coucher avec elle ; le mariage , qui suivit , repara cette irregularité , & il en eut quelques enfans. La depo-sition de *des Marests* fait mention de sa fille aînée, ce qui montre qu'il avoit plusieurs filles , & *Claude Mo-rin* son fils est compris dans son Ar-rêt.

Il assembloit tous les jours dans sa chambre le plus de personnes qu'il pouvoit , leur faisant des especes de Sermons pour les exhorter à la pe-nitence. Plusieurs esprits foibles s'é-tant laissé séduire par ses discours , sa chambre ne fut plus assez grande pour contenir tous ceux qui venoient l'écouter ; il fut obligé de loüer un plus grand appartement dans une autre maison voisine , où il continua de faire plus à son aise ses exhorta-tions.

Mais ces Assemblées ayant fait du bruit , *Morin* fut arrêté , & con-duit à la Bastille le jour de *Sainte-Anne* , c'est-à-dire le 28 Juillet 1644. & y demeura vingt-un mois.

En étant sorti après ce temps-là , il continua toûjours dans ses rêve-

S. Mo-
RIN.
ries, & composa le livre de ses *Pen-*
sées, pour faire connoître ses sentimens, & pour satisfaire, dit-il,
dans sa Requeste, dont je vais parler, un Curé de *Paris* qui le lui avoit
demandé dans sa prison. Il distribua
d'abord quelques copies Manuscrites
de cet Ouvrage ; mais ne pouvant
suffire à le copier tant de fois, il le
fit imprimer secrétement, avec ce
titre.

Au nom du Pere, du Fils, & du
S. Esprit.

Pensées de Morin dediées au Roi.
Naifve & simple deposition, que Mo-
rin fait de ses pensées aux pieds de
Dieu, les soubmettant au jugement
de son Eglise très-Sainte, à laquelle il
proteste tout respect & obéissance, a-
voüant que, s'il y a du mal, il est de
lui, mais s'il y a du bien, il est de Dieu,
& lui en donne toute gloire. Suppliant
très-humblement toutes personnes de
quelque condition qu'elles soient de le
supporter un peu pour Dieu, à cause
de la verité qu'il a à dire, & pour les-
quelles il encourreroit la condamnation
de Dieu, s'il se taisoit. Avec Appro-
bation. 1647. in-8°. pp. 176.

Dans

Dans ce livre , qui eft rare, on
voit

1. *Un Avant-propos.* p. 1.

2. *Trois Oraifons à Dieu , à Jefus-Chrift , à la Vierge.* p. 8.

3. *Quatre Epitres.* 1°. *Au Roi.* 2°. *A la Reine & à Nos-Seigneurs de fon Confeil.* 3°. *Au Chrétien Lecteur.* 4°. *Aux faux freres fourez en l'Eglife Romaine.* p. 12.

4. *Confeffion de l'Auteur.* p. 29.

5. *Penfées de Morin.* p. 50.

6. *Cantiques Spirituels.* p. 126.

7. *Quatrains touchant les trois Etats du Chrétien.* p. 153.

8. *Miffive de l'Auteur écrite pendant fa prifon à quelques ames defireufes de la perfection.* p. 165.

Quoique le titre de ce livre porte *avec Approbation* , il ne s'y en trouve cependant point ; & *Morin* en donne la raifon à la fin , lorfqu'il avertit fon Lecteur *de ne point s'étonner de ce qu'il n'y en a point à l'ordinaire , vû qu'il fe trouve peu d'enfans , fi amoureux de la correction , qu'ils veuillent donner des verges pour fe fouetter.*

L'Ouvrage en lui-même eft un

Tome XXVII. D

S. Mo-tiſſu de rêveries & d'ignorances,
RIN. qui renferme les principales erreurs
condamnés depuis dans les Quieti-
ſtes, ſi ce n'eſt qu'il les pouſſe encore plus loin; car il y enſeigne for-
mellement que les plus grands pe-
chés ne font pas perdre la grace, &
qu'ils ſervent au contraire à abbat-
tre l'Orgueil humain; que dans toute ſecte & toute nation Dieu a des
Elus vrais membres de l'Egliſe;
qu'un Directeur, pour dépoüiller
ſon penitent de toute proprieté &
préſomption, peut lui interdire l'aſ-
ſiſtance à la Meſſe aux jours de Fête, la Communion &c. lui défen-
dre ce qui eſt commandé, & lui
commander ce qui eſt défendu, &
autres choſes ſemblables.

Le Curé de *S. Germain de l'Auxer-*
rois, ſous la paroiſſe duquel il demeuroit, & qui étoit peût-être celui
qui dans ſa priſon lui avoit demandé ſes ſentimens par écrit, ayant
reçu ce livre de *Morin* même, qui
l'aſſura que c'étoit un livre tout di-
vin, qui ouvroit aux Pécheurs la
grande porte du Ciel, ſuivant les
ordres de Dieu, lui demanda qu'el-

le étoit sa Mission & de qui il la te‑
noit. A quoi *Morin* répondit que sa
Mission étoit plus certaine que celle
du Curé, qui ne la tenoit que des
hommes, au lieu que la sienne ve‑
noit de *Jesus-Christ* même, qui s'é‑
toit incorporé en lui pour le salut
de tous les hommes.

Le Curé le regardant comme un
fou dangereux, lui demanda s'il avoit
fait reflexion aux châtimens qu'un
sentiment si pernicieux meritoit &
pourroit lui attirer? *Morin*, sans
s'intimider, repliqua qu'il ne crai‑
gnoit ni menaces ni supplices, & eut
même la hardiesse de proferer ces pa‑
roles de blasphême, qu'il ne seroit
jamais assez lâche pour dire: *Tran‑
seat à me calix iste.* Le Curé indigné
de ce discours, le chassa alors de
chez lui, & alla avertir le Lieute‑
nant de Police de ce qui s'étoit passé
entre eux. Ce Magistrat convint de
le faire arrêter de nouveau, & en‑
voya le lendemain un Exempt pour
se saisir de lui, mais inutilement,
on ne le trouva plus dans sa mai‑
son.

Après l'entrevûe du Curé, ayant
D ij

S. Mo-RIN.

fait reflexion fur le danger où il fe trouvoit, il avoit fur le champ changé de quartier & de nom, & s'étoit retiré avec fa femme & fes enfans dans l'Ifle Notre-Dame, en une maifon, où il apporta toutes les précautions poffibles pour fe bien cacher.

Ce fut apparemment en ce lieu qu'il compofa la Requefte fuivante.

Requefte au Roi & à la Reine Regente, Mere du Roi. Cette piece imprimée en 8 pages eft datée du 27 Octobre 1647. *Morin* après y avoir parlé de fa prifon de la Baftille, demande au Roi, qu'on ne l'arrête pas davantage, que fa Majefté ne foit inftruite par elle-même de fes fentimens.

Mais on n'eut point d'égard à fes demandes, & quelque foin qu'il prît pour fe cacher, on découvrit bientôt le lieu de fa retraite par un hazard fingulier.

Le Commiffaire *Picart* revenant un foir de chez un de fes amis, où il avoit fouppé, accompagné de fon Clerc, & de fon laquais, rencon-

ra en fon chemin un petit garçon,   S. Mo-
qui portoit une chandelle allumée RIN,
à la main, pour s'éclairer dans les
ruës. Cette chandelle étoit entour-
rée de la premiere feüille du livre
de *Morin*, qui fervoit de Lanterne,
& qui étoit difpofée de maniere,
qu'on y lifoit diftinctement à la faveur de la lumiere qui étoit dedans
Penfées de Morin.

Cette rencontre excita la curiofité du Commiffaire, qui favoit
qu'on cherchoit par tout *Morin*; il
aborda le petit garçon, & lui fit
plufieurs queftions, aufquelles il
répondit avec beaucoup de réferve,
& d'une maniere embaraffée. Pour
le faire expliquer plus clairement,
il lui dit qu'il étoit ami intime de
Morin, & qu'il le cherchoit pour
lui apprendre une nouvelle de con-
fequence, qui lui feroit plaifir,
mais qu'il falloit qu'il lui parlât
fur le champ. Le petit garçon donnant dans le panneau lui répondit
alors : M. puifque vous êtes ami de
M. *Morin*, je crois que vous ne vou-
driez pas nous tromper : je vous
avouërai donc que je fuis fon fils;

c'eſt pourquoi ſi vous avez une ſi
bonne nouvelle à lui dire, & que la
choſe preſſe, vous n'avez qu'à venir
avec moi, je vous ferai parler à lui.

Ils ſuivirent donc le petit *Morin*,
qui les conduiſit à la porte de la
maiſon. Le Commiſſaire après avoir
donné ſecrétement ordre à ſon laquais d'aller chercher ſa Robbe &
d'amener avec lui le guet, entra
avec ſon Clerc chez *Morin*, qui fut
ſurpris d'une telle viſite. Le ſieur
Picart pour le raſſurer, & gagner ſa
confiance, lui dit, qu'ils étoient
venus pour lui rendre leurs homma-
ges en qualité de nouveau Meſſie,
& recevoir ſes inſtructions; qu'ils
avoient exprès choiſi ce temps pour
pouvoir lui parler plus à loiſir; &
qu'il y avoit pluſieurs perſonnes de
leur connoiſſance, qui ſouhaittoient
comme eux être de ſes diſciples.

C'étoit prendre *Morin* par ſon
foible; il fut encore plus flatté,
quand le Commiſſaire lui parla de
ſon livre de *Penſées*, comme d'un
Ouvrage dicté par le S. Eſprit; ainſi
il n'eut point de peine à le ſatisfaire,
quand il le pria de le lui faire voir.

Croyant n'avoir rien à craindre d'un homme, qui paroiſſoit ſi prévenu en ſa faveur, il lui montra confidemment tout ce qu'il avoit d'imprimé de ſon livre en un gros paquet enveloppé d'une mechante toile, & caché dans un coin, avec quantité de Lettres, qui lui avoient été écrites par differentes perſonnes.

Le Commiſſaire l'amuſa de diſcours vagues juſqu'à ce que ſon laquais arriva avec ſa ſuite. Ce fut alors qu'il fallut lever le maſque.

A l'aſpect de la robbe que le ſieur *Picart* endoſſa, *Morin* & ſa femme ſe voyant découverts, pâlirent d'effroy, & entrerent en fureur. Ils lui firent mille reproches ſur ſa perfidie, & lui dirent tout ce que le deſeſpoir peut ſuggerer de plus piquant. Le Commiſſaire laiſſa paſſer ce premier feu, ſaiſit tous les exemplaires des *Penſées*, & fit conduire enſuite *Morin* en priſon. Ce fait s'eſt trouvé marqué dans les Papiers du Commiſſaire, qui ont été communiqués après ſa mort à ſes amis; & c'eſt de là qu'il a été tiré.

Morin fut conduit pour la ſecon-

S. Mo-
RIN.

de fois à la Baſtille, où il demeure juſqu'au commencement de l'année 1549. qu'il en ſortit, après avoir fait une retractation de ſes erreurs, qu'il fit imprimer enſuite ſous ce titre.

Declaration de Morin, depuis peu delivré de la Baſtille, ſur la revocation de ſes Penſées, données au Public par les mauvais ſouffles, empoiſonnemens & enchanteries, que les Demons lui avoient donnez pour tromper les Hommes, ſous prétexte de Religion. Nouvellement deſabuſé par M. l'Abbé de Loreſſe de Montmorancy, ſur le ſujet de ſon livre, intitulé: Penſées de Morin; *invitant tous ceux qui y ont eu créance, de le rebuter & le faire brûler, & venir trouver ledit ſieur Abbé, pour être éclairci de leur erreur. Paris* 1649. *in-4°. pp.* 4. Cette declaration eſt du 7ᵉ Fevrier 1549. *Morin* y reconnoît qu'il a été trompé par l'eſprit malin, & detrompé par l'Abbé de *Montmorancy*, auquel il renvoye ceux qui veulent être détrompés comme lui. » J'anathematiſe, dit-il en parlant de ſon livre de *Penſées*, la doctrine qu'il contient;

« tient, reconnois avoir corrompu S. Mo-

« en icelui les fentimens & la pa- RIN.

« role de l'Ecriture Sainte, depofe

« aux pieds de l'Eglife Catholique

« Apoftolique & Romaine toutes

« les opinions qui ont corrompu

« mon efprit jufqu'à prefent.

Quatre mois après *Morin* fit imprimer une nouvelle declaration
fous ce titre :

Declaration de Morin, de fa fem-
me, & de Mademoifelle Malherbe,
touchant ce qu'on les accufe de vouloir
faire une fecte nouvelle, & comme
quoi ils ont toûjours été & demeurent
foumis à l'Eglife. 1649. *in-*4°. *pp.* 4.
Cette declaration commence ainfi.
Je Simon Morin, cy-devant Commis
à l'extraordinaire des Guerres, & de-
puis fait deux fois prifonnier à la Ba-
ftille pour raifon de la foy &c. Il y
protefte en general de fa Catholici-
té. Sa femme, & *Marguerite Lan-*
glois veuve *Malherbe*, qui a figné
feule, parce que la femme de *Mo-*
rin a declaré ne favoir écrire, pro-
teftent de la même chofe. Cette piece eft datée du 10 Juin 1649.

Nous apprenons du *Factum de M.*
Tome XXVII. E

le Procureur du Roi du Châtelet, dont je parlerai plus bas, que *Morin* retracta l'abjuration qu'il avoit faite entre les mains de l'Abbé de *Mont-morancy*, pour sortir de la Bastille, par un Acte qu'il fit imprimer ; mais je ne sçai de quel temps il est.

Morin demeura tranquille pendant quelque temps, intimidé apparemment par les disgraces qu'il avoit eu à essuyer jusques-là. Il pourroit bien avoir eu part depuis aux pieces que *François Davenne*, son disciple, qui donnoit dans les mêmes visions que lui, publia en 1650. & 1651. Car on y reconnoît le même esprit & le même stile. J'en parlerai dans l'article suivant.

Mais enfin ne pouvant se contenir, il s'attira de nouvelles affaires. Le Parlement le fit arrêter, & après l'avoir tenu quelque temps prisonnier à la Conciergerie, jugea qu'il avoit dans son fait plus de folie que de malice, & le condamna par Arrêt à être envoyé aux petites Maisons, pour y finir ses jours.

Morin se lassa bientôt d'un séjour si disgracieux ; & oubliant, comme

il avoit déja fait auparavant, la fer-
meté qu'il avoit temoignée dans les
commencemens au Curé de *S. Germain*, il chercha les moyens d'en
ſortir par une nouvelle abjuration.

Elle ſe fit le Dimanche 26 Mars
1656. dans l'Egliſe de cet Hôpital
en préſence de deux Notaires, du
Curé, & de pluſieurs témoins. L'Acte de cette abjuration, dont on voit
une Copie dans le Recueil des Pieces ſur *Simon Morin*, ramaſſé par
M. de *Cangé*, qui eſt à la Bibliotheque du Roi, marque qu'il a abjuré
l'hereſie dont il étoit entaché, &
fait la profeſſion de foy uſitée de
l'Egliſe Catholique, Apoſtolique &
Romaine; & qu'il a brûlé publiquement les Manuſcrits de ſon hereſie;
après quoi on a chanté le *Te Deum*
en action de graces.

Cette abjuration étoit auſſi peu
ſincere, que celle qu'il avoit faite
pour ſortir de la Baſtille. A peine
fut-il en liberté qu'il la déſavoüa,
comme ayant été exigée par force,
& recommença à enſeigner ſes erreurs.

Ses viſions alloient même toû-

S. Mo- jours en augmentant, & il y ajoû-
RIN. toit tous les jours quelque chose de
nouveau. Entêté d'un prétendu Regne du fils de l'homme, qu'il assu-
roit n'être autre que lui-même , il
composa au mois de Janvier 1661.
un écrit intitulé : *Témoignage du se-*
cond avenement du fils de l'homme,
qu'il eut la hardiesse de présenter au
Roi dans son Carosse.

Au mois de Decembre de la même année 1661. *Jean des Marests, de*
S. Sorlin , autre Visionnaire, qui par
jalousie de métier, avoit juré la perte de *Morin* , commença à feindre
de vouloir être son disciple, pour
tirer de lui tout le secret de ses sentimens.

Il s'adressa d'abord à *la Malherbe,*
& à la demoiselle de *la Chapelle* ,
qui étoient ses disciples, & sçut
gagner leur confiance. Cette derniere l'assura que l'esprit de *Jesus-*
Christ étoit incorporé & ressuscité
en *Morin* pour son second avenement, qu'il étoit le fils de l'homme, à qui Dieu avoit donné tout
jugement sur la terre, & que l'esprit
de la Sainte-Vierge étoit incorporé
en sa femme.

Etânt enfuite parvenu à voir *Mo-*
rin, cet homme lui voulut paroître
un homme fort Savant, Saint, & de
grand récüeillement, pour le prévenir en fa faveur. Mais *des Marefts*
voyant, que s'il s'humilioit tant
devant lui, il pourroit le traiter
long-temps en novice, & qu'il n'a-
voit point de temps à perdre, il ne
feignit point de lui dire ce qu'il favoit des états interieurs, felon leurs
degrés, & de la fpiritualité.

Alors *Morin* ravi de joye, lui prit
la main, & la ferra entre les fien-
nes, en lui difant qu'il voyoit bien
qu'il étoit fpirituel & dans l'état de
Grace, & qu'il s'en falloit peu qu'il
ne fût parfait, & dans l'état de gloire.

Des Marefts l'ayant été voir chez
lui dans l'Ifle Notre-Dame, *Morin*
lui dit entre autres chofes qu'il ne
faut plus penfer à la mort de *Jefus-*
Chrift, comme font les Ecclefiafti-
ques, qui ne parlent d'autre chofe,
parce qu'ils n'en favent pas davantage; que ce n'eft que l'état de grace, mais qu'il faut s'élever à l'état
de gloire, bien plus relevé; que

E iij

S. Mo-
RIN.

l'impeccabilité eft en ceux qui font
divins & parfaits, que toutes fortes d'Oeuvres font indifferentes d'el-
les-mêmes, & que l'impeccabilité
confifte à adherer à Dieu en foy fans
réferve d'Oeuvres.

Le 21. Decembre *Morin* écrivit à
des Marefts une lettre, par laquelle
il lui demandoit une foumiffion
aveugle & fincere, pour fuivre &
obferver tout ce qu'il lui ordonne-
roit fans réferve des temps ni des
chofes, & *des Marefts* lui renvoya
un écrit par lequel il s'obligeoit à
cette foumiffion, ajoutant feulement
ces mots, *de la part de Dieu & felon
Dieu.*

Dans un entretien qu'ils eurent
enfuite, *des Marefts* lui dit qu'il
croyoit que l'Oeuvre de Dieu s'ac-
compliroit par le Roi que Dieu
avoit deftiné à de grandes chofes;
mais *Morin* lui répondit que ce ne
feroit pas le Roi, qui la feroit, mais
fon fils; que le Roi mourroit ayant
rejetté le *Témoignage,* qu'il lui avoit
fait donner, pour le reconnoître,
pour embraffer fa doctrine, & pour
donner le commencement à l'Egli-

ſe Univerſelle, mais que cela ſe feroit pendant l'enfance du jeune Prince, ſous la Regence des deux Reines. Il ajouta que la puiſſance du Roi
ne pouvoit ſubſiſter, qu'en admet-
tant la ſienne, que celui qui ne la
recevoit pas étoit déja condamné, &
que les Diables à cauſe de leur alliance avec Dieu devoient le ſervir
& l'aider juſqu'au jour du Jugement.

Des Mareſts ne fit pas d'abord attention à ces paroles, que *la Malherbe* lui expliqua dans la ſuite plus
clairement, comme on le verra ci-
deſſous.

Un autre entretien qu'il eut le 22
Decembre avec *la Malherbe* & la
demoiſelle de *la Chapelle* lui fit connoître plus particulierement les ſentimens de *Morin.*

Elles lui dirent que, ſuivant *Morin,* le corps de l'Egliſe Romaine
eſt l'Antechriſt, parce qu'elle eſt
corrompue, mais qu'elle eſt fidelle
en l'eſprit de chacun qui eſt fidelle, & qui eſt au-deſſus de la Loy,
de la Foy, & de la Grace, & par
conſequent au-deſſus de l'uſage des

S. Mo-
RIN.

prieres, des Sacremens, de la Mef-
fe , & de toutes les chofes exterieu-
res, parce qu'il eft alors impecca-
ble & n'a plus befoin de grace, &
par confequent n'a plus befoin de
rien demander à Dieu , parce qu'il
eft à Dieu même , & qu'il eft Dieu.
Que Dieu & le Diable ont fait alliance enfemble pour fauver tout le
monde, tant juftes que pécheurs ;
que les derniers le font par le moyen
du peché, qui en les humiliant les
porte à la penitence. Que le temps
de la Grace de *Jefus-Chrift* eft paffé ,
& qu'il ne faut plus s'adreffer à lui ,
mais feulement adherer au Pere en
efprit. Que le temps de la gloire eft
maintenant par le jugement du fils
de l'homme en fon fecond avéne-
ment, qui rend à la Nature ce qui
lui appartient, après la confomma-
tion de la grace.

Morin avoit une confiance entiere en *des Marefts* , qui par fes artifices avoit fçu le prévenir en fa faveur ; mais il n'en étoit pas de même de fa femme , qui avoit de vio-
lens foupçons contre lui , & dont
l'efprit étoit fort inquieté à fon fu-

let. *Des Marefts* apprehendant qu'el- S: MO-
le ne communiquât fes craintes à fon RIN,
mari, & que cela ne fît ceffer leur
commerce, avant qu'il eût tiré de
lui tout ce qu'il defiroit fçavoir, ré-
folut de donner à *Morin*, par la
premiere lettre qu'il lui écriroit,
une declaration par laquelle il le ré-
connoîtroit *pour fils de l'homme, &*
pour fils de Dieu en lui comme un tout,
fçachant bien que ce feroit le meilleur moyen de lui ôter tout fujet de
défiance.

En effet cette Lettre, qu'il lui
écrivit le 1 Fevrier 1662. fut fi agréable à *Morin*, que pour lui témoigner fa reconnoiffance de cette declaration, qu'il croyoit fort nette, il
lui fit le lendemain une réponfe,
par laquelle il lui donna, comme
par grace particuliere, la qualité de
fon Précurfeur, le nommant un véritable *Jean-Baptifte* reffufcité.

Des Marefts l'ayant été voir le 3.
Février, *Morin* lui parla de l'état de
la gloire, & lui dit que les corps
ne reffufciteroient pas, parce que la
chair & le fang n'hériteroient point
du Ciel; mais que l'ame fuivroit par

S. Mo-
RIN.

tout le corps celeſte de *Jeſus-Chriſt*;
& ſur ce que *des Mareſts* lui demanda ce que c'étoit que ce Corps
Celeſte, il répondit, que le fils de
Dieu, avant que de prendre au Monde un corps terreſtre, avoit un corps
celeſte ; que chacune des trois perſonnes divines avoit un corps ſemblable ou un ſupport ſur lequel ſub-
ſiſtoit ſa perſonne ; ce qui diſtin-
guoit les perſonnes divines.

Des *Mareſts* lui ayant demandé
de nouveau, ſi après la mort des
corps les ames ſeroient en gloire
éternellement ſans corps, il repliqua qu'elles ne ſeroient jamais ſans
corps, parce qu'elles paſſeroient de
corps en corps de generation en generation, que ceux qui auroient été
parfaits en cette vie ſuivroient l'a-
gneau par tout, & ſe mêleroient
dans les plaiſirs des hommes, comme *Jeſus-Chriſt*, qui prit plaiſir avec
les enfans des hommes.

Sur la demande que Des *Mareſts*
lui fit encore, ſi ces corps en engen-
dreroient d'autres ; il ajouta que
tous revivroient en leurs enfans ou
en d'autres de generation en gene-

ration , & feroient ainfi continuellement en gloire éternelle , avec cette difference que les parfaits pour-
roient aller au Ciel & par tout avec
l'agneau, au lieu que les autres n'ha-
biteroient que la terre & n'auroient
gloire que fur terre ; que c'étoit là
le regne ou l'Eglife du S. Efprit &
la Communion de tous les Saints,
parce que tous feroient fauvés fans
réferve d'aucun.

La Malherbe avoit auparavant
appris à *des Marefts* que *Morin* ad-
mettoit une Metempfycofe , & prétendoit que les ames après la mort
du corps paffoient dans d'autres
corps , & même dans les corps de
ceux qui étoient vivans , & qui
avoient déja une ame ; qu'ainfi l'ame
du Cardinal *Mazarin* étoit paffée
dans le corps du Roi ; ce qui faifoit
qu'il fuivoit fes Maximes.

Il feroit affez inutile de chercher
à accorder toutes ces imaginations
entre elles ; des Vifionnaires, tels
qu'étoit *Morin*, n'ont jamais de fi-
ftême fuivi ; c'eft toûjours un compofé bizarre d'opinions peu liées
enfemble , & qui fe contredifent
même le plus fouvent.

La Déposition de *des Marests* fait mention d'un écrit de *Morin*, intitulé : *Bouclier de la Foy*, que ce fanatique lui communiqua ; mais il n'a pas été imprimé, & *des Marests* lui-même n'en dit rien de particulier, apparemment parce qu'il ne contenoit rien de nouveau.

Quelque-temps après la femme de *Morin*, dont les soupçons contre *des Marests* subsistoient toûjours, vint enfin à bout de les lui communiquer ; & *Morin* se détermina par ses sollicitations à rompre entierement avec lui. Il lui écrivit pour cela, en lui renvoyant quelque argent qu'il lui avoit donné pour l'aider à subsister, & lui déclara qu'il ne vouloit plus qu'ils eussent aucun commerce ensemble.

Des Marests ne laissa pas de voir toûjours *la Malherbe* & la demoiselle *la Chapelle*. Cette derniere lui donna le 22 ou 23 Fevrier deux Ecrits de *Morin*, l'un contenant les clauses de l'alliance de Dieu avec Lucifer & ses adherans, & l'autre contre la Transubstantiation.

Le 24. du même mois *la Mal-*

herbe vint voir *des Marests*, & lui
dit que *Morin* étoit fort inquiet, apprehendant d'être arrêté de nouveau; mais qu'il faisoit encore un
Ecrit, qu'il étoit résolu de présenter
au Roi, comme des plus importans;
que c'étoit une chose résolue & con-
certée dans le Conseil, qu'il falloit
que le Roi se convertît & le recon-
nût, ainsi qu'il étoit porté par cet
écrit, sinon qu'il mourût. Cette parole horrible effraya *des Marests* avec
d'autant plus de raison, qu'elle s'ac-
cordoit avec ce que *Morin* lui avoit
déja dit lui-même; cependant il ne
fit pas paroître son émotion, pour
sçavoir tout le reste.

 La Malherbe ajouta que le Roi
étant mort, les deux Reines gou-
verneroient toûjours le jeune Roi;
que le Diable, dont elle croyoit
être possedée, devoit passer en la
jeune Reine pour la gouverner &
tout l'Etat, & que l'Oeuvre se feroit
sous ce Regne-là.

 Des Marests ayant entendu toutes
ces choses, qui pouvoient être pri-
ses pour une véritable conspiration,
ne regarda plus *Morin* seulement

S. Mo-
RIN.

comme un fou, mais comme un fanatique furieux, dont on avoit tout
à craindre, & crût ne devoir pas dif-
ferer plus long-temps à en avertir la
Cour.

Les ordres furent donnez pour
l'arrêter ; l'Exempt qui alla pour cela chez lui le trouva mettant au net
un discours qu'il avoit composé
pour le présenter au Roi, & qui
commençoit par ces mots : *Le fils
de l'homme au Roi de France.*

Il fut d'abord conduit avec sa
femme & son fils à la Bastille ; &
ensuite au Châtelet, où on lui fit
son procès.

Des Marests se rendit son accusa-
teur, & l'on a sa deposition, qui est
du 23 May 1662. & d'où j'ay tiré
les faits que je viens de rapporter.

On y voit que *Morin*, malgré les
termes de devotion qu'il affectoit
continuellement, n'étoit pas fort
reglé dans ses mœurs, & qu'en com-
mençant par l'esprit avec les filles &
les femmes qu'il séduisoit, il finis-
soit quelquefois par la chair. C'é-
toit une suite de ses principes : car
des Marests lui ayant demandé un

jour ce que l'on pouvoit faire, étant feul avec une fille ou une femme, ayant un defir naturel réciproque, il lui répondit franchement qu'a-lors il ne falloit pas faire l'action corporelle par adhérence à la vo-lonté brutale d'autrui, ni par adhé-rence à la volonté brutale de fon propre corps, mais par adhérence à la volonté de Dieu en nous, & par la liberté qu'ont les enfans de Dieu, Jefus-Chrift ayant fanctifié la nature & le corps, lorfqu'il s'eft fait homme & a porté tous nos pe-chez; qu'alors on faifoit la chofe par pure charité pour fon prochain.

Des Marefts fut confronté à *Simon Morin* le 11 Juillet de la même an-née; & cette confrontation, qui fe trouve Manufcrite, auffi bien que la depofition, dans les Cabinets du quelques curieux, ne dit rien de plus que la depofition.

Le Procès de *Morin* ayant été in-ftruit, il fut condamné par fentence du Châtelet de 20 Decembre 1662. à faire amende honorable, & enfui-te à être brûlé vif avec fon livre & tous fes écrits.

Il appella de cette sentence au Parlement, & fut pour ce sujet transferé avec tous ses complices aux prisons de la Conciergerie. La Cour ayant examiné de nouveau son affaire, confirma la sentence du Châtelet par Arrêt du 13 Mars 1663. & le renvoya à ses premiers Juges.

On dit qu'après la lecture de cet Arrêt, qui lui fut faite par le Greffier, M. le premier Président *de Lamoignon* lui ayant demandé s'il étoit écrit quelque part, que le Nouveau Messie passeroit par le feu, *Morin* répondit qu'oüi, & que c'étoit de lui que le Prophéte a voulu parler au verset du 16e Pseaume, où il a dit : *Igne me examinasti, & non est inventa in me iniquitas.*

Le lendemain 14 Mars 1663. jour de l'exécution, son Arrêt lui fut lû de nouveau & à ses complices. Il portoit que le dit *Morin* avoit été düement atteint & convaincu de crime de Leze-Majesté divine & humaine, pour reparation de quoi il avoit été condamné à faire amende honorable, nud en chemise, la corde au cou, devant la principale porte

te de l'Eglife de *Nôtre-Dame* de *Pa-*
ris , où il feroit mené dans un Tom-
bereau , & là , nud & à genoux , tenant en fes mains une torche de cire
ardente du poids de deux livres ;
dire à haute & intelligible voix ,
que méchamment , fauffement ,
avec impieté , il auroit pris la qualité de Fils de l'homme , entendu
Fils de Dieu , & que fous icelle il auroit été l'Auteur d'une damnable
doctrine , qu'il auroit enfeignée verbalement & par écrit , & par laquelle il auroit féduit & corrompu plufieurs perfonnes , à l'effet de détruire
la Religion Catholique , Apoftolique & Romaine , dont il demandoit pardon à Dieu , au Roi , & à
la Juftice ; ce fait , conduit en la
place de Gréve , pour y être attaché
à un Poteau , & brûlé vif avec fon
livre intitulé : *Penfées de Morin :*
enfemble tous fes écrits & fon procès , & les cendres jettées au vent.

A l'égard des nommés *Rondon* &
Thouret , Prêtres ; *Poitou* , Maître
d'Ecole , & *la Malherbe* , fes Sectateurs , qui avoient été arrêtez à fon
fujet , l'Arrêt portoit qu'ils affifte-

S. Mo-
RIN.

roient à l'amende honorable & à l'e-
xécution dudit *Morin*, auquel lieu
d'exécution ladite *Malherbe* feroit
battue de verges par l'Exécuteur de
la haute Juftice, flétrie d'un fer
chaud marqué de deux fleurs-de-
Lys, & enfuite bannie à perpetuité
du reffort du Parlement ; & que
lefdits *Rondon*, *Thouret*, & *Poitou*
feroient conduits & attachez à la
chaîne, pour fervir le Roi à perpetuité comme forçats dans fes galé-
res.

Quant à *Jeanne Honatier*, femme
de *Morin*, & *Claude Morin* leur
fils, ils étoient bannis pour cinq ans
hors de la ville, Prévofté & Vicom-
té de *Paris*.

Morin ayant fait amende honorable, & étant remonté dans le tom-
bereau, fit appeller les Officiers de
la Juftice du Châtelet, & leur dit
tout haut en préfence du fieur *Dru-
geon*, fon Confeffeur, *qu'il reconnoiffoit que par malice & méchanceté,
fauffément & avec impieté il avoit pris
la qualité de Fils de l'homme, entendu
Fils de Dieu, que fous icelle il avoit en-
feigné verbalement & par écrit cette*

damnable & abominable doctrine dont
il étoit l'Auteur, & même corrompu
& féduit plufieurs perfonnes, à deffein
de détruire la Religion Catholique,
Apoftolique & Romaine, laquelle doctrine il reconnoiffoit fauffe, qu'il dete-
ftoit & abjuroit de tout fon cœur, priant
Dieu de lui pardonner & de lui faire
mifericorde, & qu'à préfent il ne reconnoiffoit point d'autre doctrine, que
la veritable Religion Catholique, Apoftolique & Romaine, enfemble tous les
Mifteres tant vifibles qu'invifibles, en
laquelle il defiroit vivre & mourir.

Confeffion qu'il réitera en Gréve,
ajoutant qu'il prioit Dieu de le recevoir dans fon Paradis, & qu'il lui
plût agréer la mort qu'il alloit fouffrir
en facrifice pour fes crimes énormes, &
laquelle mort il fouffrira pour l'amour
de lui.

Le Procès-Verbal d'exécution,
qui nous apprend ces particularitez,
ajoute qu'il profera jufqu'à l'article
de la mort ces mots : *Jefus-Maria,
Mon Dieu, faites moi Mifericorde,
je vous demande pardon.*

Morin mourut ainfi au milieu des
flammes le 14 Mars 1663. âgé d'en-

S. Mo-
RIN.

viron quarante ans, comme le marque *Michel Ange Mariani*, Italien,
qui étoit alors à *Paris*, dans un livre intitulé: *Il piu Curioso e Memo-
rabile della Francia. In Venetia* 1673.
in-4°. où il parle assez exactement
de *Morin*, si ce n'est en ce qu'il dit
p. 173. que *Morin* étant sur le bu-
cher, dit aux Juges: *Messieurs, vous
me condamnez dans ce monde, & je
vous condamnerai dans l'autre.* Ce qui
est contraire à ce qu'on lit dans le
Procès-Verbal d'exécution.

Ce fanatique s'étoit vanté aux
gens de sa secte, que si on le faisoit
mourir, il ressusciteroit à l'exemple
du Sauveur trois jours après sa mort;
c'est pour cela qu'on en vit d'assez
fous pour se transporter au bout de
ce temps au lieu de son exécution,
pour être témoins de cette résurrec-
tion miraculeuse; mais le prétendu
Messie ne tint point parole.

Les pieces, qui nous instruisent
des particularitez de son procès &
de sa mort, sont les trois suivantes.

*Factum pour M. le Procureur du
Roi au Châtelet de Paris, demandeur.*

*& accuſateur pour le Roi, contre Si-
mon Morin, natif d'Aumale, François Randon, Prêtre, Curé de la Madeleine lès-Amiens; Marin Thomet,
Prêtre, Vicaire de S. Marcel lès-Pa-
ris, la femme & le fils dudit Morin,
la Demoiſelle Malherbe, & autres
leurs Complices défendeurs & accuſez.*
*in-*4°. *pp.* 15. Les noms des complices de *Morin* ſont eſtropiez dans
le titre de ce Factum, *Rondon* &
Thouret étant changez en *Randon* &
Thomet. Lui-même y eſt mal à propos dit natif d'*Aumale*, puiſque ſon
Arrêt marque qu'il étoit de *Richemont* près d'*Aumale*. Cette piece renferme quelques particularitez de la
vie de *Morin* & de ſes ſentimens.

*Arrêt de la Cour du Parlement de
Paris rendu à l'encontre de Simon Morin, natif de Richemont proche d'Aumale, & de ſes complices. Paris* 1663.
*in-*4°. *pp.* 3. It. *in-*8°.

*Le Procès-Verbal d'exécution de
mort de Simon Morin brûlé vif en la
place de Gréve le* 14 *Mars* 1663. *contenant l'abjuration de ſon hériſie &
mauvaiſe doctrine. Paris* 1663. *in-*4°.
pp. 6. It. *in-*8°.

Les Ouvrages Manuscrits de *Mo-*
rin, dont quelques-uns se trouvoient
dans la Bibliotheque du Baron de
Hohendorf, & qui se voyent dans le
Recueil des pieces sur *Morin*, fait
par M. *de Cangé*, qui est maintenant à la Bibliotheque du Roi, sont
les suivans.

Dernier sentiment de l'Auteur, é-
crit de sa propre main sur l'exem-
plaire des *Pensées* de la Bibliotheque
du Baron de *Hohendorf* en vers & en
prose ; adressé à M. *de Bois-Dauphin.*
pp. 2. Je transcrirai ici une note qui
accompagne la copie de M. *de Can-*
gé. » *Moette* le pere, (Libraire) di-
» soit en 1699. avoir connu ce M.
» *de Bois-Dauphin*, qu'il étoit Gen-
» tilhomme Gascon, entêté de Chi-
» mie & de Philosophie naturelle,
» homme de très-bonne mine, âgé
» d'environ 60 ans vers 1660. ami
» particulier de M. de *Montarsy*,
» fameux joüeur d'Echecs, qui pré-
» tendoit avoir une Medecine uni-
» verselle, & qui a fait imprimer un
» petit *in-8°*. où il prétend donner
» des regles certaines pour parvenir
» à la connoissance d'un Dieu.

*Lettre que Morin avoit commencée
ſeulement, pour témoigner à un particulier ſes juſtes reſſentimens, de ce qu'il
ſe mêloit injurieuſement des affaires de
ſa conſcience.* Cette Lettre, qui eſt
du 15 Octobre 1647. tient onze
feüillets dans le Recueil de M. *de
Cangé.*

*Deux Miſſives de l'Auteur; la 1*re*.
du 19 Octobre 1647. pour témoigner
à un Paſteur comme il le menaçoit ſans
raiſon, & la 2*e*. du 28 Octobre de la
même année, pour faire voir à celui de
qui il ſe plaint dans ſa Requeſte au Roi,
qu'il ne deſire autre choſe que de s'occuper & vivre en paix avec tous.*

*Avis à un particulier ſcrupuleux,
qui peut ſervir à pluſieurs.* Toutes ces
pieces n'ont rien de remarquable.

*Abjuration de Simon Morin du 6
Mars 1656.*

Cet article eſt tiré des pieces que j'ai
marquées ci-deſſus, & d'un Memoire
fort curieux, qui m'a été fourni par M.
Barré, Auditeur des Comptes, & où
j'ai trouvé toutes les Anecdotes que j'y
ai inſerées.

FRANÇOIS DAVENNE.

FRANÇOIS *Davenne* de *Fleurance*, ville du Bas-Armagnac, capitale du Comté de *Gaure*, surnommé *le Pacifique*, fut un des principaux disciples de *Morin*, & un aussi grand Visionnaire que lui, comme il paroît par ses Ouvrages, ausquels quelques uns prétendent que *Morin* a eu bonne part ; ce qui est assez probable, puis qu'on y voit regner le même esprit, & le même stile entremêlé de Prose & de Vers. Il y en a même qui veulent que *Davenne* n'ait fait que prêter son nom à *Morin* ; mais je crois que c'est en trop dire.

Tout ce qu'on sçait de lui, est qu'en 1651. le Lieutenant Civil le fit arrêter, pour avoir fait des libelles injurieux à l'autorité du Roi ; mais qu'ayant recusé ce Magistrat, parce qu'il le soupçonnoit de vouloir se venger de ce qu'il avoit dit contre lui dans un écrit intitulé *Conclusions*, & ayant appellé au Parlement,

ment, il fut transferé dans les Priſons de la Conciergerie. Sur quoi le
Parlement *évoqua le procès Criminel
commencé à faire audit Davenne, &
ſans s'arrêter à l'Appel, ordonna que
ledit procès ſeroit inſtruit par ledit
Lieutenant Civil juſqu'à ſentence défi-
nitive excluſivement ; pour ce fait, &
rapporté, communiqué au Procureur General du Roi, être ordonné ce que de raiſon.* Cet Arrêt eſt du 17 Mars 1651.
comme on le voit par les Regiſtres
du Parlement.

On ignore la ſuite de cette affaire ; mais il eſt à préſumer que *Davenne* ſortit de priſon l'année ſuivante 1652. car il publia pendant celle-
ci ſa *Tragedie Sainte.*

Il étoit mort apparemment en
1662. lorſque *Morin* fut arrêté,
puiſqu'il n'eſt fait aucune mention
de lui dans toutes les procedures
qui furent faites contre ce fanatique.

Le P. *le Long* dans la remarque
qui ſuit le *N°.* 9411. de ſa *Bibliotheque de la France* fait bien voir
qu'il n'a pas connu *Davenne,* puiſque ne pouvant démêler l'Auteur

Tome XXVII. G

des pieces marquées dans l'*Inventaire* & dans le *Factum de la sapience
éternelle*, il soupçonne qu'elles sont
de *Charpy de Sainte-Croix*.

Dans la piece intitulée : *La Pierre de touche aux Mazarins. Paris
1652. in-4°.* l'Auteur se déchaîne
contre le Lieutenant Civil, & parle
à cette occasion de *Davenne*. Voici
ses termes : » Ceux qui travaille-
» ront, dit-il, à la composition
» d'un Panegyrique du Cardinal
» *Mazarin* seront les bons amis du
» Lieutenant Civil, & ses Pension-
» naires. Ceux qui veillent à la dé-
» couverte de quelque piece contre
» ce pernicieux Ministre, sont bien
» recompensez. Témoin le surnom-
» mé *Pacifique*, qui est dans la Con-
» ciergerie, & qui a passé par ses
» mains sans nul hazard, après avoir
» fait *la puissance des Rois & le pou-
» voir des sujets sur les Souverains,
» l'Harmonie de la Cour,* & plusieurs
» autres pieces horribles & detesta-
» bles (dont le Lieutenant Civil a
» connoissance) contre la propre per-
» sonne du Roi & de S. A. R. Le gar-
» çon de son Imprimeur est mort en

> prifon, imaginez-vous comment,
> dans deux jours, afin qu'il n'ache-
> vât point de découvrir le refte des
> pernicieux Ouvrages de cet infa-
> me Auteur. Cependant le fieur
> *Pacifique* ne reçoit point de cha-
> timent, parce que M. le Lieute-
> nant Civil prétend qu'il a merité
> fon pardon en écrivant contre M.
> le Prince. Cet Auteur fe trompe

en prétendant qu'on faifoit grace au
Pacifique, parce qu'il écrivoit contre M. le Prince. Ce Magiftrat étoit
trop éclairé pour fe fervir d'un auffi
mauvais Ecrivain, qui n'étoit redevable de fon impunité qu'à fa folie,
qui paroît vifiblement dans tout ce
qu'on a de lui.

Catalogue de fes Ouvrages.

1. *Le Veritable ami du Public.* in-
4°. *pp.* 7. L'Auteur dit p. 3. que la
premiere édition de cet Ouvrage
avoit été enlevée & portée au Lieutenant Civil, & qu'il n'eft pas fûr que
celle-ci y foit conforme, parce qu'il
a récrit de mémoire ce qu'il a crû y
avoir mis. Je ne fçai de quelle année eft cette piece.

2. *Epitre écrite à Henri III. en lui*

G ij

adreſſant ſes Centuries. Il fait, men̄-
tion de cette Epitre à la p. 31. de
ſa *Hieruſalem celeſte*, où il dit : *Liſez cette Epitre, & vous verrez que
j'ai prophetiſé la renovation, la deſcen-
te du S. Eſprit, & ſon combat contre
le Royal, l'Antechriſt, & le mauvais
Chef de l'Egliſe, laquelle, avec le
tremblement de terre, & l'Eclipſe du
Soleil, va s'accomplir maintenant pour
la reforme de toutes choſes.*

3. *Soupirs François ſur la paix Italienne.* En vers, in-4°. pp. 8. Cette
piece a été refutée par une autre, qui
a pour titre : *Cenſure,* ou *Refutation
du Libelle intitulé :* Soupirs François
ſur la paix Italienne. *Paris* 1649. *in-
4°.* en proſe. Il parle ainſi de ces
deux pieces à la p. 33. de la *Lettre
particuliere de Cachet. Liſez les ſou-
pirs François ſur la paix Italienne,
& vous verrez un Prophete, qui a pré-
dit les malheurs de ce temps. Jettez
enſuite la vûe ſur la réponſe qu'on y
fit, & vous contemplerez une vaine,
qui merite la malediction de la terre &
du ciel. C'eſt à preſent que ces deux
pieces doivent être examinées mot à
mot, & non pas au moment qu'elles ſe
firent en chaleur.*

4. *Histoire du Temps & Harmonie* F. DA-
de l'Amour & de la Justice de Dieu. VENNE.
Au Roi, à la Reine Regente, & à
Meſſieurs du Parlement. La Haye
1650. in-8°. pp. 225. Depuis la page
r85. ce ſont des vers & une eſpece
de Comedie, qui a pour titre : *Com-*
bat d'une ame avec laquelle l'Epoux
eſt en divorce.

5. *De la puiſſance qu'ont les Rois*
ſur les Peuples & du pouvoir des Peu-
ples ſur les Rois. 1650. in-4°. pp. 200.
Cette piece eſt extrémement ſedi-
tieuſe, & ſe reſſent du temps de
révolte pendant lequel elle a été
compoſée.

6. *Conclusions propoſées par la Rei-*
ne Regente à Meſſieurs du Parlement,
& à ſes ſujets, tant pour chercher les
moyens de la generale paix, afin de
bannir du Royaume mille particulieres
guerres, que pour inſtruire à fond le
procès des Princes. 1650. in-4°. pp.
24.

7. *Copie d'une Lettre écrite de Ro-*
me par un Pelerin François en l'année
Sainte, ſur le ſujet d'un Sermon fait
par le ſieur Herſan à Rome, en l'Egli-
ſe Nationale de S. Louis. in-4°. pp.

P. DA-
VENNE.

3. Cette Lettre est datée du 3 Octobre 1650. *Davenne* étoit grand partisan d'*Hersan*, comme il paroît par ce qu'il en dit à la p. 11. de ses *Conclusions*.

8. *Lettre particuliere de Cachet envoyée par la Reine Regente à Messieurs du Parlement. Ensemble une Réponse à plusieurs choses couchées en la lettre envoyée au Maréchal de Turenne, & aux Avis donnés aux Flamans.* 1650. *in-*4°. *pp.* 36. Cette lettre n'est rien moins que ce qu'elle paroît par le titre. On y fait parler, non point la Reine Mere du Roi, mais la vérité, qui est, dit-on, Reine Regente du Ciel & de la terre. Un Avis, qui est à la tête, marque que celui qui l'a donnée au Public, n'en est pas l'Auteur. Ce qui pourroit faire croire qu'elle seroit de *Morin*, quoique *Davenne* l'ait mise au nombre de ses propres œuvres, pour ne le point compromettre.

9. *Avis à la Reine d'Angleterre & à la France, pour servir de réponse à l'Auteur, qui en a représenté l'aveuglement.* 1650. *in-*4°. *pp.* 7.

10. *Ambassade de la bonne paix ge-*

F. DA-
VENNE.

nerale, avec un combat contre ceux
qui publient un faux repos & par con-
sequent la mechante guerre. in-4°. pp.
16.

11. *Réponse au Frondeur desinteressé*
par un autre Frondeur desinteressé.
1650. in-4°. pp. 12.

12. *La Balance stable de la vérita-*
ble Fronde. 1650. in-4°. pp. 7. C'est
une réponse en prose à un Ouvrage
en vers, qu'on avoit fait contre la
piece précedente.

13. *Le Journal des deliberations te-*
nues en Parlement, toutes les Cham-
bres assemblées, & à l'Hôtel d'Orleans,
depuis le 5e jour d'Août 1650. jusques
à present, où ont assisté Monseigneur
le Duc d'Orleans, MM. de Beau-
fort, de l'Hôpital, de Brissac, & le
Coadjuteur, touchant l'éloignement du
Cardinal Mazarin, la guerre de
Bourdeaux, & l'affaire de Messieurs
les Princes. Avec les Harangues fai-
tes sur ce sujet par MM. les Présidens
& Conseillers, & les Arrêts donnez en
consequence. 1650. in-4°. pp. 15.

14. *Advis d'un Religieux contre les*
faiseurs de libelles diffamatoires tou-
chant l'emprisonnement des Princes &

G iiij

*affaires du temps. Paris 1650. in-4°.
signé F. D. F. (François Davenne de
Fleurance.)*

15. *L'Ombre de Madame la Prin-
cesse, apparu à la Reine, au Parlement & à plusieurs autres. 1651. in-
4°. pp. 16.*

16. *Lettre d'un particulier sur la
sortie de Messieurs les Princes. in-4°.
pp. 4.*

17. *Satyre, ou feu à l'épreuve de
l'eau pour consommer ce chiffon intitulé:* Réponse des vrais Frondeurs au
faux Frondeur, *soi disant désinte-
ressé; & Foudre qui chasse de la maison d'Abraham ces Ismaëlites impatriés
& descendus de la race batarde d'Italie. En vers. in-4°. pp. 4.*

18. *Le Jugement & les huit béatitu-
des de deux Cardinaux* (Richelieu &
Mazarin) *confrontez à celles de Jesus-
Christ; leurs prieres à son oraison dominicale, & les Commandemens de
leur Dieu au Decalogue de Moyse.
1651. in-4°. pp. 20.*

19. *La sapience du Ciel estimée folie des sages du Monde: foudre pour
consommer un tas de pieces qui roulent
avec leurs Auteurs à la faveur des te-*

nebres : & Phiole de l'ire de Dieu, F. DA-
verſée ſur le ſiege du Dragon & de la VENNE.
beſte, par l'Ange & le Verbe de l'Apo-
calypſe. 1651. *in-*4°. *pp.* 30.

20. *Reflexions morales ſur la ſapien-*
ce eſtimée Folie des ſages du Monde,
adreſſée à ſa Majeſté Regente, à leurs
*Alteſſes, & à l'Auteur d'icelle. in-*4°.
pp. 4.

21. *Factum de la ſapience éternel-*
le, & Requeſte remonſtrative preſentée
*au Parlement. in-*4°. *pp.* 11. L'Auteur
p. 3. parle ainſi de lui-même.

» Il y a ſix ans que Dieu me fit
» parler aux Rois, aux Eccleſiaſti-
» ques & à Noſſeigneurs de la Cour.
» Je vous déclarai en public & en
» particulier, que le dernier juge-
» ment venoit, ou du moins la re-
» novation du Monde, ſuivant qu'il
» plaira à Dieu d'élire l'un ou l'au-
» tre de ces deux. Je fus goûté de
» quelques ſages, mais les fols ſe
» moquerent de moi. Le Clergé me
» fit empriſonner ; M. le Procureur
» Général du Roi de votre Com-
» pagnie, me fit nouvellement ar-
» rêter ès priſons où j'étois détenu.
» Bref les Juges Eccleſiaſtiques me

F. DA-
VENNE.

» firent fortir à caution ; ils firent
» lever l'Arrêt dudit Procureur Gé-
» néral pour me laiffer en liberté.
» Il me fut enjoint de garder le fi-
» lence, ce que je fis. Deux années
» s'écoulèrent en de continuelles
» agitations ; après lefquelles une
» perfonne à qui j'ofai dire la veri-
» té, fema mille menfonges contre
» moi ; l'amitié me trahit. Je fus
» derechef garotté dans une prifon
» pendant quatre mois, fans fçavoir
» pourquoi. Enfin la divinité, par
» le moyen de la Reine Regente,
» me fit fortir.... Je conclus à ce
» qu'il plaife à la Cour ; attendu
» que les principaux du Châtelet
» font mes Juges & Parties, à caufe
» que je les ai particulierement tan-
» cez, de leur interdire la connoif-
» fance de ma caufe, & d'ordonner
» que je ferai transferé à la Concier-
» gerie du Palais, fi à tout hazard
» je fuis enfermé dans leurs prifons.
On a vû ci-deffus qu'il obtint en
partie ce qu'il demandoit.

22. *La Hierufalem Celefte, l'Af-*
fomption de la Théologie de Dieu, le
Lyon de la tribu de Juda, & l'Inven-

taire de la verité. in-4°. pp. 32. L'Auteur y paroît encore plus visionnaire que dans les pieces précedentes.
Il y donne une espece de liste de ses
Ouvrages, mais les titres en sont de-
figurez.

23. *Tragedie Sainte, divisée en trois
Théatres, ou autrement les Evangiles
de J. C. mis en Poëme par F. D. P.
(François Davenne Poëte) Paris* 1652.
in-12. pp. 322.

24. *Inventaire des Pieces que met &
baille par devers vous, Nosseigneurs
du Parlement, la sagesse éternelle, estimée folie des sages du Monde, deman-
deresse en restitution de la Monarchie
Françoise, de laquelle elle pourvoit par
un don à jamais... afin d'entretenir la
paix du Ciel, qu'il portera aux hommes sur la terre, leur administrer la justice, & de réduire tout sous l'Empire
de Jesus-Christ suivant les Prophetes.
in-4°. pp. 4.* La lacune, qui se trouve ici, doit être remplie par le nom
de *Simon Morin*, & une autre qui
suit, doit l'être par celui de *Louis
XIV.* Cette piece est le comble des
extravagances de *Davenne.* Les Ouvrages de sa façon dont il y parle,

F. DA-
VENNE.

font au nombre de dix-fept, qui font 1°. *l'Harmonie de l'amour & de la juftice de Dieu.* 2°. *La puiffance des Rois* &c. 3°. *Les Conclufions.* 4°. *La Lettre particuliere de Cachet.* 5°. *L'Avis à la Reine d'Angleterre.* 6°. *L'Ambaffade de la bonne paix.* 7°. *La Réponfe au Frondeur.* 8°. *La Balance ftable.* 9°. *Le Journal du Parlement.* 10. *L'Ombre de Mad. la Princeffe.* 11. *Le Jugement de deux Cardinaux.* 12. *La Satyre.* 13. *La fapience du Ciel eftimée folie.* 14. *Le Factum de la fapience éternelle.* 15. *La Hierufalem Celefte.* 16. *La Tragedie Sainte.* 17. *Le prefent Inventaire.*

Toutes ces pieces ont été ramaffées par *M. de Cangé*, dont le Recueil eft maintenant à la Bibliotheque du Roi, & c'eft de là que j'ai tiré cet article.

JEAN-BAPTISTE COUTURE.

IL y a fur la naiffance & les premieres années de *Jean-Baptifte*
Couture deux traditions prefque op-
pofées, & d'une autorité à peu près
égale.

J.B. Cou-
TURE.

On lui a entendu dire plufieurs
fois, foit au College de *la Marche*,
où il a profeffé plus de vingt ans,
foit au College Royal, où il a paffé
un pareil nombre d'années au moins,
foit à l'Academie des Infcriptions,
où il entra en 1701. & dans une infinité de maifons particulieres, qu'il
étoit né fur l'Ocean, dans les hor-
reurs d'une tempefte, à laquelle fa
mere & lui n'avoient échappé que
par une efpece de Miracle; & qu'à
l'âge de fix ans, on l'avoit tranfpor-
té en *Canada*, & abandonné dans
une habitation d'Iroquois, d'où fon
retour en France tenoit du prodige.
Voici comment il contoit la chofe.

Gilles Couture fon pere étoit un
fort Matelot des environs de *Notre-*
Dame de la Delivrande, fameux pe-

J. B. Cou-
TURE.

lerinage fur la côte de la baffe Normandie. Il avoit une barque à lui,
& portoit tous les ans en Angleterre des toiles & autres marchandi-
fes femblables, avec lefquelles il y
trafiquoit.

Dans un de fes voyages, plus
long que de coutume, fa femme
jeune & impatiente de fçavoir de fes
nouvelles, l'alla chercher en Angleterre. Elle y devint groffe, & comme elle avançoit extrêmement dans
fa groffeffe, fans que fon mari fût
encore en état de repaffer en France,
ni qu'il voulût qu'elle accouchât en
Angleterre, il la fit embarquer fur
le bâtiment d'un de fes amis, qui
faifoit le même commerce, & lui
donna une vieille femme pour l'ac-
compagner.

Ils avoient à peine gagné la haute Mer, qu'il s'éleva un furieux ou-
ragan, qui les porta en deux fois
vingt-quatre heures jufqu'au détroit
de *Gibraltar*, & ce fut au fort d'une
fi violente agitation, que la mere
du petit Couture le mit au monde.
La premiere terre, où l'on dit qu'il
avoit abordé, étoit la pointe de

Sainte-Marie en Efpagne, à l'entrée J. B. Cou-
de la Baye de *Cadix* ; & on affuroit TURE.
qu'il y avoit été batifé très-précipi-
tamment ; parce que la guerre où
l'on étoit alors avec l'Efpagne, ne
permettoit pas à des François de
s'arrêter long-temps dans un de fes
ports.

Rendu enfin en Baffe-Norman-
die, à la maifon paternelle, il y
fut élevé & nourri par fa mere, qu'il
perdit à l'âge de trois ans.

Son pere s'étant remarié, & ayant
eu des enfans de fa feconde femme,
marqua trop de prédilection pour
celui qu'il avoit eu de la premiere,
& lui attira par-là la haine de cette
femme, qui profita d'une des abfen-
ces ordinaires de fon mari, pour fe
delivrer de cet objet d'inquiétude.
Elle avoit un frere, qui paffoit en
Amerique pour la feconde fois ; elle
l'engagea à y mener fecrétement le
petit *Couture*, & à l'y laiffer en quelque endroit affez inconnu, pour
qu'on n'entendît jamais parler de
lui. L'exécution de ce projet ne leur
fut pas difficile. L'enfant déja fami-
lier avec tout ce qui regardoit la

J. B. Cou-mer, n'eut pas de peine à s'embarquer. On fit accroire au pere, qu'il
s'étoit noyé, en courant imprudem-
ment fur le rivage; cependant fon
conducteur étant arrivé dans un lieu
propre à fon deffein, lui fit boire
quelques liqueurs, & le laiffa en-
dormi fous un feüillage, fans s'em-
baraffer de ce qu'il deviendroit.
Comme il étoit d'une figure aima-
ble, qu'il avoit de la vivacité, de
la gentilleffe, & tout ce qui peut in-
tereffer dans un âge auffi tendre;
ceux, auprès de qui le hazard le
conduifit d'abord, en furent tou-
chés, & ce qui l'empêcha peut-être
encore de fentir une partie de fa dif-
grace, c'eft qu'on lui laiffa faire
tout ce qu'il voulut.

Il menoit cette vie depuis près de
dix-huit mois, lorfque joüant un jour
fur les bords du fleuve de *S. Lau-*
rent, il découvrit un Vaiffeau, dont
le Pavillon lui parut le même, que
celui du Vaiffeau qui l'avoit amené.
Il ne douta pas que ce ne fût, ou
fon oncle, ou fon pere, qui venoient
le reprendre; il craignit feulement
de n'en être pas apperçu, & dans
cette

TURE.

cette crainte, il s'éleva le plus qu'il
put, fit des ſignes, appella de toute
ſa force, & excita enfin l'attention
des gens du Vaiſſeau, qui lui en-
voyerent l'Eſquif. Le Vaiſſeau étoit
du *Havre*, & celui qui lui conduiſit l'Eſquif, étoit un Matelot de
Cherbourg, qui fut bien ſurpris de
trouver ſi loin un enfant abandonné, qui parloit bon François, c'eſt-
à-dire, le François de ſon propre canton, & qui lui demandant des nouvelles de ſon pere & de ſes autres
parens, lui nommoit tous gens de ſa
connoiſſance & de ſon voiſinage. Il
ſe fit un plaiſir de le mener à bord,
& quand après avoir fini ſa courſe,
le Vaiſſeau fut de retour au *Havre*,
& le Matelot à *Cherbourg*, *Gilles*
Couture informé de la deſtinée de
ſon fils, l'alla querir avec empreſſement, ne le montra chez lui qu'autant qu'il falloit pour confondre la
malice de ſa femme, & le mena tout
de ſuite à *Caën*, à Madame la Mar-
quiſe de *Cauvigny*, qui l'honoroit
de ſa protection, & qui, attendrie
par le récit de l'avanture, rétint le
petit *Couture* dans ſa maiſon, où elle

Tome XXVII. H

J.B. COU-
TURE.

J. B. Cou-en fit prendre un foin particulier,
TURE. jufqu'à l'âge de dix à douze ans.

On ne fçait comment concilier
une hiftoire fi fouvent dite & repetée par *Couture*, avec deux efpeces
d'enquêtes trouvées jointes, non en
original, mais en copie collationnée
à fes Lettres de Tonfure & de Maître-ès-Arts. Ces Enquêtes paroiffent
faites, l'une en 1672. & l'autre en
1696. toutes deux à fa requefte. La
copie collationnée, qui tient lieu
d'original, eft écrite de fa propre
main, & il n'eft pas plus difficile
d'y reconnoître fon ftile que fon
écriture.

Dans la premiere il expofe au Curé de *Langrune*, Diocèfe de *Bayeux*,
qu'étant né le onze Novembre 1651.
de *Gilles Couture*, & de *Guillemette
Meriel*, fa premiere femme, au Ha-
meau de *Saint-Aubin* dependant de
la paroiffe de *Langrune*, il y avoit
été baptifé trois jours après; mais
que comme la Cure étoit en déport,
& deffervie cette année-là par de
fimples Prêtres, qui ne font plus
dans le Pays, & qui ont negligé de
tenir des Regiftres, il n'a pû, quel-

que recherche qu'il ait faite, y trou- J.B. Cou-
ver la preuve de fon baptême ; que TURE.
pour y fuppléer il le requiert de recevoir fur cela le témoignage de *Gil-*
les Couture fon pere, celui de plufieurs autres de fes parens, celui de
la fage-femme, qui le reçut en ve-
nant au monde, & le porta à l'Eglife ; enfin celui des principaux habi-
tans du lieu, qui le connoiffent dès
l'enfance, pour l'avoir toûjours vû
dans la maifon de fon pere. Le Curé
de *Langrune* reçoit les témoignages
indiquez, & les trouvant conformes
à l'expofé, il y joint d'office fon
propre témoignage, pour le temps
depuis lequel il eft en poffeffion de
la Cure, & qui, à fix femaines près,
remonte jufqu'à la naiffance de l'enfant; en faveur duquel, il ajoute aux
circonftances rapportées par les autres témoins, que lui ayant reconnu une grande difpofition pour les
bonnes Lettres, lui Curé, & fes differens Vicaires s'étoient fucceffivement fait un plaifir de la cultiver,
jufqu'à le mettre en état d'aller étudier & fe perfectionner dans l'Univerfité de *Caën*, où il avoit fait fa
Philofophie.   H ij

L'Enquête de 1696. eft fort fuc-
cincte. Elle rappelle celle de 1672.
& fait mention d'une feconde recherche, auffi inutile que la premiere, dans les Regiftres de batê-
me de la Paroiffe de *Langrune*, dont
le nouveau Curé donne acte pour
fervir & valoir ce que de raifon.

Toute la difference de ces récits,
quelque grande qu'elle paroiffe, ne
change rien à l'Hiftoire de *Couture*,
en tant qu'homme de Lettres; car
cette hiftoire ne commence qu'avec
fes premieres claffes. Il eft certain
qu'il les fit à *Caën* au College des
Jefuites, & qu'enfuite il étudia en
Philofophie dans les Ecoles de l'U-
niverfité de la même ville, fous M.
Cailly, Profeffeur de réputation,
dont nous avons plufieurs bons Ouvrages.

Il fit toutes fes études avec tant
de fuccès, que M. *de Luc*, Gentilhomme qualifié des environs de
Caën, lui confia, à l'âge de 20 ans,
l'éducation de fes deux fils; & que
l'Univerfité de cette ville le nomma
peu après Regent de feconde au College des Arts.

La ville de *Vernon*, quoique J. B. Cou-

moins confiderable que celle de TURE.

Caën, le lui enleva bientôt par les

avantages qu'elle joignit à la Chaire

de Rhetorique du College qu'elle

venoit d'établir, & qu'elle vouloit

rendre floriffant ; mais elle n'en joüit

pas long-temps. On offrit à *Couture*

la Chaire de Rhetorique du College

de *la Marche* à *Paris*, & il crut de-

voir l'accepter. Il y eut cependant

quelque difficulté ; parce que les

Statuts de l'Univerfité de *Paris* por-

tent expreffement qu'on n'y admet-

tra pour profeffer, que des fujets,

qui y auront eux-mêmes fait leurs

études & pris leurs degrés, & que

Couture n'avoit étudié, & n'avoit

été reçu Maître-ès-Arts qu'en l'U-

niverfité de *Caën*. Mais cette diffi-

culté fut bientôt levée, par un autre

article de ces mêmes ftatuts, qui

dans des cas finguliers & preffans,

autorifoit la voye de cooptation,

c'eft-à-dire, le paffage fubit d'une

Univerfité à l'autre. On n'héfita

point à en faire ufage pour la pre-

miere fois ; & cette diftinction ac-

credita également le Profeffeur &

J. B. Cou- le College. Le nombre des Ecoliers
TURE. y augmenta chaque année ; les exercices y devinrent plus folemnels &
plus fréquens ; & ce qui devoit être
pour les autres Colleges l'objet d'u-
ne loüable émulation, degenera
par rapport à quelques-uns, en une
jaloufie, qui donna lieu à differentes pieces de vers, dont plufieurs
ont été imprimées & fubfiftent encore.

Le College de *Harcourt* en particulier voulut le revendiquer, comme un fujet qui lui appartenoit,
parce qu'il étoit tiré de la Normandie, & lui fit des offres fort avan-
tageufes ; mais celui de *la Marche*
s'empreffa de le retenir par deux
actes en forme, dont l'un lui accor-
doit une augmentation annuelle de
trois cens livres d'honoraire, & l'autre une indemnité de toutes les pen-
fions qu'il devoit & qu'il devroit
dans la fuite au Principal du College, pour raifon de fes nourritu-
res.

Quelque temps après il fut élevé
à la dignité de Recteur. Il fut alors
connu de prefque tous les gens de

Lettres. On lui fit l'honneur de l'ap- J. B. Cou
peller au Palais Royal, pour y tra- TURE.
vailler fur les principes de la Rhetorique avec M. le Duc *d'Orleans*,
qui conferva toûjours pour lui beaucoup d'eftime & de bonté. Il entra
dans un grand Commerce de Litterature & d'amitié avec M. l'Abbé
Bignon, qui lui procura une Chaire
d'Eloquence au College Royal, dont
il fut enfuite nommé Infpecteur. Il
fut pourvû de cette Chaire le 8 Juillet 1697. à la place de *Pierre Lenglet*, & fit fa harangue d'entrée le
6 Decembre fuivant.

Il fut reçu en 1701. à l'Academie des Infcriptions en qualité d'Affocié, & eut auffi le titre de Cen-
feur Royal des Livres, avec une
penfion fur le fceau.

Il quitta alors la chaire de Rhetorique du College de *la Marche*,
après l'avoir remplie près de vingt-
cinq ans, & fe borna à celle du College Royal, dont il fit les fonctions
avec honneur, & avec diftinction,
toûjours fuivi d'une foule d'Auditeurs de tout genre, & de tout âge.

Des maux de tefte, legers à la ve-

J.B. Cou-
TURE.

rité, mais habituels, le rendirent
pendant les dernieres années de sa
vie incapable d'une application suivie. Il mourut le 16 Août 1728.
dans sa 77 année.

Catalogue de ses Ouvrages.

1. Il a traduit en Latin le petit
Traité des Automates de *Heron d'A-*
lexandrie, qui parut en 1693. dans
le Corps des anciens Mathemati-
ciens Grecs, rassemblés par M. *The-*
venot, & publié par M. *Boivin*.

2. Nous avons cinq ou six pieces
de vers Latins de sa façon, en feüilles volantes, composées en differentes occasions. On prétend que les
Muses Françoises lui avoient été
aussi favorables que les Latines; car en
1689. il remporta le prix du Palinod
à *Caën*, par une Ode allegorique
sur la Conception Immaculée de la
Vierge, mais elle n'a pas été imprimée.

3. On trouve dans les *Memoires*
de l'Academie des Inscriptions & Bel-
les-Lettres, les pieces suivantes de
lui.

Des Fêtes des Anciens Romains.
Tom. 1. p. 60.

De

De la vie privée des Romains. Ibid.
p. 303.

*Nouvelle explication d'un paſſage
d'Horace.* Tom. 2. p. 333.

*Des Veterans, diſſertation Hiſtori-
que.* Tom. 4. p. 281.

Diſſertation ſur un endroit du 2ᵉ *livre de Denys d'Halicarnaſſe.* Ibid. p.
573. Il promettoit depuis long-
temps une traduction de cet Auteur
avec des notes ; mais ſes maux de
tête l'ont empêché vraiſemblable-
ment d'y travailler.

*De quelle maniere on pouvoit enten-
dre les Orateurs Romains qui haran-
guoient dans la place publique.* On
voit ſeulement l'extrait de cette diſſertation, dans l'Hiſtoire du tom. 5.
p. 229.

*Des Ceremonies de la Religion, pour
leſquelles on a eu recours à la Dicta-
ture, c'eſt-à-dire, du Clou Sacré, &
des Feries Romaines.* Tom. 6. p. 190.

V. *Son Eloge par M. de Boze,
tom.* 7ᵉ. *de l'Hiſtoire de l'Academie
des Inſcriptions & Belles-Lettres.*

Tome XXVII. I

JEAN FRANÇOIS QUINTIA-
NUS STOA.

**J. F. Q.
STOA.**

JEAN *François Quintianus Stoa*
naquit au commencement de
l'année 1486. à *Quinzano*, Bourg du
territoire de *Brésse*, dont il a pris son
nom de *Quintianus*, à la place de
celui de *Conti*, qui étoit le nom de
sa famille. Il a prétendu par une vanité, qui convenoit bien à son caractere pedantesque, que les Poëtes
ses Camarades le nommerent ainsi,
parce qu'il prenoit soin de les ga-
rantir des plagiaires, à l'exemple de
ce *Quintianus*, qui en garantissoit
Martial, comme celui-ci le témoigne Liv. 1. ch. 53. Mais cela est tiré
d'un peu loin, & semble être une
imagination de *Quintianus* même,
venue après coup.

Un autre trait de vanité encore
plus grande lui a fait dire, que ses
mêmes Camarades admirant sa prodigieuse facilité pour composer des
vers, qui étoit telle qu'il en faisoit
quelquefois plus de huit cens par

jour, s'écrioient en le voyant, qu'il J. F. Q.
étoit Μυσῶν Στοὰ, *le Portique des Mu-* STOA.
ſes, d'où l'autre ſurnom de *Stoa* lui
eſt demeuré.

Jean, ſon pere, étoit un homme
des Lettres, habile pour ce temps-
là, qui enſeigna à *Quinzano* pendant
plus de 60 ans la langue Latine,
c'eſt-à-dire, qui y étoit Maître d'E-
cole.

Quintianus commença ſes études
ſous lui, & alla les continuer à *Breſ-*
cia ſous *Jean Britannicus*. Il vint enſuite à *Paris* ſe perfectionner ſous
les Maîtres qui y enſeignoient, & il
y fit imprimer en 1514. quelques
Ouvrages de Poëſie, qui, quoiqu'aſſez mauvais, lui acquirent cependant
de la réputation, à cauſe du petit
nombre & de la mediocrité des Poëtes de ce temps-là, & lui meriterent
la Couronne Poëtique que le Roi
Louis XII. lui donna.

Ghilini ajoute qu'il fut fait Pré-
cepteur du Roi *François I.* & peu
après Recteur de l'Univerſité de *Pa-*
ris ; mais ces deux faits ſont abſolu-
ment faux, & n'ont pas même de
vraiſemblance. Auſſi *Jean Planerius*

J. F. Q. de *Quinzano* n'en dit-il rien dans l'É-
STOA. loge qu'il nous a laiffé de *Quintianus.*

De retour en Italie, *Quintianus*
fut choifi pour profeffer les Belles-
Lettres à *Pavie*, & il remplit ce pofte
pendant plufieurs années.

La guerre qui défola le pays l'obligea à le quitter, & il fe retira alors
à *Quinzano*, où il vécut jufqu'à la
fin de fa vie, occupé de la compo-
fition de divers Ouvrages.

On lui offrit fur la fin de fes jours
la conduite d'un College de *Padoue*,
mais fon âge trop avancé ne lui permit point d'accepter cet emploi.

Il joüit pendant plufieurs années
d'une fanté parfaite; mais enfin il
reffentit les infirmitez de la vieilleffe, & mourut d'Efquinancie à
Quinzano le 7 Octobre 1557. dans
fa 72 année; c'eft l'âge que lui donne *Ghilini*, & qui s'accorde fort bien
avec fa naiffance placée en 1486. au
lieu que *Planerius*, en le difant âgé
de 73. s'eft trompé d'une année.

On ne peut nier que *Quintianus*
n'eut beaucoup lû, & n'eut acquis
une certaine érudition; mais il n'a-
voit ni jugement ni ftile. C'étoit un
vrai Pedant, dont la profe ni les

vers n'ont de remarquable que l'ex-
travagance de ses pensées, & la dureté, l'obscurité, & les barbarismes
de ses expressions. Ses Ouvrages sont
pour cette raison tombés presque entierement dans l'oubli, & ils ne se
trouvent presque plus.

Catalogue de ses Ouvrages.

1. *Joannis Francisci Quintiani Stoæ,
Brixiani, Opera, nempe. Theandro-
genitus, Ode de Nativitate Domini.
Theandrothanatos, Tragædia de Passio-
ne Domini. Theoanastasis, Sylva de
Resurrectione Domini. Theoanabasis,
Corollarium de Ascensione Domini.
Theocrisis, Tragædia de extremo Judicio. In Deiparæ Virginis laudem O-
ratio, cui titulus Parthenoclea. Pari-
siis. Badius* 1514. *in-fol.* La Préface,
qui est à la tête du Panegyrique de
la Vierge, est un Chef d'Oeuvre
d'obscurité; il l'a intitulée : *In Par-
thenocleam Orphnilogia.* On la peut
voir dans le premier tome du *Menagiana.* p. 94. La Tragedie sur la Pas-
sion a été imprimée separément à
Basle chez *Oporin,* l'an 1547. *in*-8°.
avec quelques autres Poësies Chrétiennes.

J. F. Q.
STOA.

2. *De Parisiorum Urbis laudibus Sylva, cui titulus : Cleopolis. Orpheos libri tres. Disticha in omnes fabulas P. Ovidii Metamorphoseon. Elegiæ, Monodia & Threni. Parif.* Joan. Gourmont 1514. *in-*4°. Les Distiques sur *Ovide* ont été imprimés avec *Bartholomæi Bolognini, & Francisci Nigri Epitome Elegiaca in Ovidii Metamorphoses. Basileæ* 1544. *in-*8°.

3. Dans un Recueil intitulé : *Poëmata aliquot insignia illustrium Poëtarum recentiorum. Basileæ* 1544. *in-*16. on trouve les pieces suivantes de notre Auteur. *Elegia quâ deflet Philippum Beroaldum, Bononiensium. Epitaphium de Sepulchro Beroaldi. Monodia in Beroaldi gratiam intonanda. Epistola ad Jacobum Euraldum, Eduensium Antistitem.* Cette Lettre, qui est en prose, est datée de *Blois* l'an 1514. Elle sert de dédicace pour les Poësies suivantes. *In Reginæ Gallorum Annæ immaturum fatum Elegia, cui titulus Threnos. Epitaphia Reginæ Annæ. Monodia in gloriam ejusdem intonanda.* Avec quelques autres pieces. *Anne de Bretagne* mourut le 9 Janvier 1514. *Margareta Scotorum*

Reginæ Monodia. Toutes ces pieces ſe
trouvent dans le Recueil précedent.

J. F. Q
STOA.

4. *De Syllabarum Quantitate. Ve-*
netiis 1544. *in-*8°. Cet Ouvrage, auquel il a donné le titre d'*Epogra-*
phies, a été imprimé pluſieurs fois.
On voit par une de ſes Lettres, datée du 12 Juillet 1533. qui eſt jointe à celles de *Jean Planerius*, qu'il
venoit alors de s'en faire une nouvelle édition à *Veniſe.* C'eſt un traité
de Proſodie, où voulant enſeigner
la juſte meſure des Syllabes, il enſeigne ſouvent à faire bréves les longues, & longues les bréves. On
trouve à la ſuite *Ars brevis Quintia-*
ni Stoa de aliquibus Metrorum gene-
ribus.

5. On a inſeré dans les *Delitiæ Ita-*
lorum Poëtarum. p. 500. de la 2ᵉ partie quelques-unes de ſes Poëſies en
fort petit nombre. Ce ſont les mêmes que celles que j'ai indiquées au
N°. 3. avec quelques autres de peu
de conſequence.

V. *Ghilini*, *Teatro d'Huomini Let-*
terati. tom. 1. p. 106. *Joannis Planerii*
Quintiani Patriæ Deſcriptio. Venetiis
1584. *in-*4°.

I iiij

BAPTISTE MANTUAN.

BAPTISTE *Mantuan* naquit à *Mantoue*, d'où il a pris son nom, l'an 1448. Ceux qui ont mis sa naiſſance en 1444. & entre autres *Cardan*, qui dans ſon livre *de exemplis centum Geniturarum* l'a placée au 17 Avril de cette année, ſe ſont ſûrement trompez; puiſque *Mantuan* nous dit lui-même dans l'abregé de ſa vie, qu'il étoit né ſous le Pontificat de *Nicolas V.* & que ce Pape ne fut élû que le 6 Mars 1447.

Etienne Paſquier a fait une faute d'un autre genre, lorſque dans ſes *Icones*, il a appellé *Mantuan, Baptiſta Fauſtus Mantuanus :* faute, qui peut être venue de ce que *Mantuan* s'eſt deſigné dans ſes Egloges ſous le nom de *Fauſtus.*

Il étoit de la famille des *Spagnoli*, & bâtard de *Pierre Spagnolo*, comme nous l'apprenons de *Paul Jove.* Le P. *Laurent Cuper*, Carme, s'eſt aviſé dans l'Epitre dedicatoire, qu'il a miſe à la tête de l'édition des œuvres de *Mantuan* faite à *Anvers* en 1576. de s'infcrire en faux fur cet article contre *Paul Jove.* Le P. *Lucius*, autre Carme, en a fait autant, dans la Bibliotheque des Ecrivains Carmes, qu'il a publiée en 1593.

L'un & l'autre a crû apparemment qu'il étoit de l'honneur de leur ordre, de purger la naiffance d'un de leurs Generaux, de la tache dont elle étoit fouillée par-là. Ils pouvoient cependant faire reflexion, que quelque confiderable que foit la dignité de General d'Ordre, celle de Pape, qui eft au-deffus de toutes les autres, n'a pas empêché les Hiftoriens, même Florentins, d'avoüer que *Clement VII.* étoit fils naturel de *Julien de Medicis.*

On ne voit pas que *Jove* ait eu interêt à décrier la naiffance de *Baptifte Mantuan.* Un homme né comme lui dans le voifinage de *Mantoue*, & âgé de 33 ans, lorfque *Mantuan* mourut, pouvoit être fort bien inftruit de la verité. Il ne falloit pas attendre trente années à le contredire, & cela fur des préfomptions qu'il eft aifé de détruire par d'au-

B. MAN-tres incomparablement plus fortes.
TUAN.   *Baptiste Mantuan* à la verité parle
dans ses œuvres hautement & fré-
quemment de *Pierre Spagnolo* son
pere, en vante la noblesse, récon-
noît que c'est lui qui avoit pris soin
de le pousser à l'étude, traite sans
façon de freres *Ptolomée*, *Gilles*, *Frederic*, & *Alexandre*, quatre fils de
Pierre, incontestablement legitimes.
La famille eut pour lui toute l'affection imaginable; jusques-là que
Ptolomée, le plus qualifié des quatre
freres, tout-puissant alors auprès de
François de Gonzague, Marquis de
Mantoue, entreprit, & publia en son
propre nom une Apologie contre
les envieux & les Critiques de *Baptiste*. Cela paroît spécieux.

    Cependant si l'on fait attention,
que dans un temps tel que celui-là,
où les lettres ne faisoient que de re-
naître, *Baptiste* s'étoit acquis par sa
Poësie, & par ses autres talens une
réputation très-éclatante & très-éten-
due, on ne sera pas surpris que les
Spagnoli l'aïent volontiers reconnu
pour leur frere; il n'y avoit à cela
aucun inconvenient. C'étoit un hom-

me qui leur faisoit honneur, & qui
ne leur pouvoit être à charge ; sa
plume étoit toûjours taillée pour
leur gloire. Lui de son côté se re-
paissoit de la satisfaction que lui donnoient ces témoignages de leur estime & de leur amitié. Aussi toutes
les fois que l'occasion se presente de
parler des *Spagnoli* , il l'embrasse
avec plaisir. Il triomphe sur la ligne
paternelle , tout lui est commun là-
dessus avec ses freres ; mais il n'en
est pas de même de la maternelle.

Il ne paroît pas par tout ce qu'on
a de ses œuvres , que son pere ait
été marié plus d'une fois. *Constance
de' Maggi*, d'une des meilleures familles de *Brescia* , est la seule épouse qu'il lui donne. Cependant dans
sa septiéme Eglogue , qui est un Ouvrage de sa premiere jeunesse , il se
plaint , sous le nom de *Pollux* , des
rigueurs & de la fierté de sa belle-
mere , qui ne peut-être autre que
cette *Constance*. D'ailleurs son silen-
ce affecté sur sa propre mere , dont
il ne parle en aucun endroit , ne fait
que trop connoître , qu'il n'avoit
rien à dire sur ce sujet , qui pût lui
faire honneur.

B. MAN-
TUAN.
Mantuan se donna avec beaucoup d'ardeur à l'étude dans sa jeuneſſe, & commença de bonne heure à s'occuper de la Poëſie Latine, qu'il cultiva pendant toute sa vie.

On ne ſçait dans quel temps il entra dans l'Ordre de Carmes ; mais il eſt ſûr qu'il s'y diſtingua, & s'y fit un grand nom, par ſon merite perſonnel & par ſes Poëſies.

Il en remplit pendant pluſieurs années les principales charges, & fut juſqu'à ſept fois Vicaire Général de la Congrégation de *Mantoüe*, dont il étoit. Il témoigna dans ce poſte beaucoup de zéle pour maintenir cette reforme & les anciennes pratiques.

Ayant été élû Général de tout l'Ordre en 1513. dans un Chapitre Géneral, qui ſe tint à *Rome*, il tâcha d'étendre la Reforme ſur tous les Couvens ; mais voyant qu'il ne pouvoit y réuſſir, il ſe degoûta de ſa dignité, & y renonça en 1515. pour ſe donner plus librement aux Belles-Lettres, qui faiſoient ſon amuſement & ſes delices.

Il mourut le 20 Mars de l'année

ſuivante 1516. âgé de 68 ans, & non pas de plus de 80. comme *Jove* l'a dit mal à propos.

Le Duc de *Mantoue* lui fit quelques années après dreſſer une ſtatue de Marbre couronnée de laurier, auprès de celle de *Virgile*, comme ſi le talent de *Mantuan* pour la Poëſie avoit égalé celui de ce fameux Poëte. Mais ſi l'on a jugé ainſi de ſon temps, où la barbarie regnoit encore dans la plûpart des eſprits, & où l'on n'avoit pas le goût des bonnes choſes, on en a jugé bien differemment depuis, & l'on a été choqué du parallele.

Giraldi dans ſes Dialogues ſur les Poëtes de ſon temps, prétend que les vers qu'il a faits dans ſa jeuneſſe ſont aſſez paſſables; mais que la chaleur de ſon imagination s'étant ralentie depuis, ſes productions n'ont plus eu ni force, ni vigueur, ni genie. Cette prétention eſt aſſez conforme à la verité; mais il faut ajouter que le jugement & le goût ont toûjours manqué aux Ouvrages de *Mantuan*, qui ſongeoit plus à faire beaucoup de vers qu'à les faire bons.

B. MAN-
TUAN.

Baillet a fait une réflexion fausse, quand il a dit dans ses *Jugemens des Savans*, que » quoiqu'il y ait un » grand nombre de ses Poësies, qui » ait vû le jour, nous ne pouvons » pas néanmoins nous vanter encore » de posseder par la gratification de » l'Imprimerie toutes celles qu'il » avoit composées, s'il est vrai, com- » me on le publie, qu'il avoit fait » plus de cinquante cinq mille vers. S'il n'en a pas fait davantage, nous pouvons nous vanter de les posseder tous ; puisque *Lucius* nous apprend qu'un jeune Carme s'étant donné la peine de compter ceux qui sont dans les trois premiers volumes de ses œuvres, en avoit trouvé au-de-là de ce nombre.

Les Ouvrages de *Mantuan* impri-més pour la plûpart séparément, ont été réunis depuis, & imprimés ensemble à *Paris* en trois vol. *in fol.* avec les Commentaires de *Sebastien Murrhon*, de *Sebastien Brant*, & de *Josse Badius*, l'an 1513. On en a de-puis fait une édition plus ample à *Anvers*, sous ce titre:

J. *Baptista Mantuani*, *Carmelite*,

Theologi , Philosophi , Poeta , & Ora- B. MAN-
toris clarissimi Opera omnia pluribus TUAN.
libris aucta & restituta. Antuerpiæ
a 576. in-8°. quatre tomes. On a mal
à propos donné ici à *Mantuan* le
nom de *Jean-Baptiste* , qu'il n'a jamais pris , ne s'étant appellé que
Baptiste. Je m'en vais rapporter en
détail ce qui est contenu dans cette
derniere édition , où l'on n'a point
inseré les Commentaires de l'Edition de *Paris* , & marquer les pieces qui manquent dans cette premiere.

Tom I^r.

On voit à la tête une Epitre dedicatoire de *Laurent Cuper* , Carme
Flamand, à son General, qui tend
à defendre *Mantuan* sur les choses
désavantageuses qu'il prétend que
Jove a dites à son sujet.

1. *Bapt. Mantuani Psalmi septem ,*
quos Bononiæ edidit , dum Civitas illa
lue pestifera premeretur anno 1482.
Ce sont des Pseaumes de sa façon ,
qui n'ont rien qui merite de l'attention. Ils ont paru ici pour la premiere fois.

2. *Apologeticon in Mastigophoros &*

B. MAN-
TUAN.

Castigatores suorum Operum. Cette piece est en prose.

3. *De horum temporum calamitatibus libri tres.* En vers de même que toutes les pieces suivantes, contenues dans les trois premiers volumes. On a une édition particuliere de ces trois livres faite à *Boulogne* l'an 1489. *in-4°.* une autre faite à *Deventer* l'an 1492. *in-4°.* & deux *cum Commentariis Jodoci Badii Ascensii. Paris.* 1499. & 1505. *in-4°.*

4. *Bucolica seu Adolescentia in decem Eglogas divisa.* Il marque dans son Epitre préliminaire, qu'il avoit composé huit de ces Eglogues, pendant qu'il étudioit en Philosophie à *Padoue*, & les deux autres étant *Carme.* Ainsi il n'est pas étonnant qu'il y ait dans les premieres quelques traits un peu libres. Elles ont été imprimées à part *cum Commentariis Jodoci Badii Ascensii. Paris.* 1502. *in-4°.* It. *Daventriæ* 1505. *in-4°.* It. *Cum iisdem Commentariis & Notis Joannis Murmellii. Coloniæ* 1565. *in-8°. Michel d'Amboise* a traduit ces Eglogues en François, sous ce titre : *Les Bucoliques de Baptiste Mantuan,*

tuan, *contenant dix Eglogues. Paris.* B. MAN-
Denis Janot 1530. *in*-4°. *Laurent de* TUAN.
la Graviere a depuis donné une nou-
velle traduction de quelques-unes.
Les premiere, ſeconde, troiſiéme, qua-
triéme & ſixiéme Eclogue de Frere
Baptiſte Mantuan, de l'ordre des Car-
mes. La premiere traitant de l'honnête
amour, & heureuſe yſſue d'icelui. La
ſeconde de l'amour folle & enragée. La
troiſiéme de la malheureuſe yſſue d'a-
mour folle. La quatriéme de la nature
des femmes. Et la ſixiéme de la diffé-
rence d'entre les ruſtiques & les ci-
toyens. Lyon. Jean Temporal 1558.
in-8°.

5. *Contra Poëtas impudice loquentes*
Carmen. Romæ 1487. *in*-4°. It. *à Jo-*
doco Badio explicatum. Pariſ. 1499.
& 1505. *in*-4°.

6. *Epigrammatum ad Falconem li-*
ber. Toutes les Poëſies contenues
ſous ce titre ſont proprement à la
loüange de celui à qui elles ſont
adreſſées. Elles ont été imprimées
avec quelques autres de *Mantuan* à
Paris l'an 1506. *in*-4°.

7. *De Contemnenda morte Carmen*
Elegiacum. Pariſ. in-4°. ſans date.

Tome XXVII.   K

B. Man-   8. *Consolatio in morte Collæ Ascu-*
tuan.   *lani.*

9. *In obitu Petri Nebularii, Decla-matoris eximii Threnos.* Pierre Nevo-lario étoit un Carme de la Congré-gation de *Mantoue.*

10. *De morte Frederici Spagnoli, fratris sui, Carmen ad Ptolemæum fratrem.*

11. *De Morte Joannis Soreti Gal-li, Carmelitarum Prioris Generalis.*

12. *Quærimonia de morte Alexan-dri Cortesii ad Hermolaum Barba-rum.*

13. *Ad Joannem Sabadinum Ar-genteum pro filii morte Paramythia.*

14. *Objurgatio cum exhortatione ad capienda arma contra Infideles. Ad Reges & Principes Christianos.* Cette piece de vers se trouve à la p. 272. du 2ᵉ volume du Recueil de *Nico-las Reusner*, intitulé : *De Bello Tur-cico Orationes & Consultationes. Lip-siæ* 1596. *in-4°.*

15. *De præsidentia Oratoris & Poë-tæ Carmen.*

16. *Ad Jacobum Carphorum Fer-rariensem, de suscepto Theologico Ma-gisterio.* On voit par cette piece,

qu'il s'etoit fait recevoir Docteur en **B. MAN-** Théologie. **TUAN.**

17. *Ad Sigiſmundum Gonzagam E-legia contra Amorem , & de Natura Amoris Carmen Juvenile.* Ces deux pieces ont été traduites en François par *François de Myozingen* , d'*Anecy* en Savoye : *Elegie de Fr. Baptiſte Mantuan contre les folles & impudi-ques amours veneriennes. Enſemble un Chant juvenile dudit Mantuan , de la nature d'Amour. Anecy* 1536. *in-*4°.

18. *Baſilius Cappadox , ad Rev. Puccium Laurentium Cardinalem Sanc-torum quatuor ; libri duo.* Ce Poëme n'avoit point paru dans l'édition de *Paris in-fol.* non plus que les cinq ſuivans.

19. *Nicolaus Tolentinus , ad Joan-nem Tolentinatem , Equitem Auratum; libri tres. Mediolani* 1509. *in-*4°. On reconnoît la crédulité & le peu de jugement de l'Auteur , dans ce qu'il dit ici à la fin du premier livre , du fameux *Merlin ;* car quoiqu'il ad-mette le conte vulgaire , qui le fait fils du Diable , il le reconnoît pour un Prophete , & le met de ſa grace au nombre des Saints. Voici le paſſa-ge , qui eſt curieux. K ij

—— *Vitæ venerabilis olim*

Vir fuit, & Vates venturi præscius
ævi

Mirlinius, Laris infando de semi-
ne cretus ;

Hic satus infami coitu, pietate re-
fulfit

Eximia, superum factus post funera
consors.

20. *Commentariolus de bello Veneto*
anni 1500.

21. *Exhortatio ad Insubres & Li-*
gures.

22. *Agelariorum libri sex ad Con-*
salvum Ferdinandum Agelarium. Ce
Poëme traite de l'Origine & de l'histoire de la famille *Ageleria.*

23. *De Cupidine Marmoreo dor-*
miente Silvula. Ad Elizabetham Man-
tuæ Marchionissam.

Tome 2ᵉ.

24. *Parthenices primæ, quæ Maria-*
na nuncupatur, libri tres. Mantuan a
été deux ans à composer cet Ouvrage, qu'il a commencé dans un
temps où la peste l'obligeoit à vivre éloigné du commerce des hommes. Il a été imprimé plusieurs fois,
entre autres à *Boulogne* l'an 1488.

in-4°. à *Venife* en 1494. *in*-4°. à *Pa-* B. MAN-
ris avec les Commentaires de *Joffe* TUAN.
Badius en 1502. *in*-4°. & en 1526.
in-8°. Cette derniere édition eft intitulée : *Parthenice Mariana F. Bap-
tifta Mantuani* , *cum Andreæ Vau-
rentini fingulorum librorum defcrip-
tionibus* , *& nuperrime adjunctis Mar-
ginalibus additionibus. Cum Dittion-
nario Alphabetico Domini Joannis
Thierry Lingonenfis* , *utriufque Juris.
Doctoris* , *apprime trutinato & emunc-
to* , *in quo fingulorum verborum in hoc
volumine contentorum enigmata exan-
clantur. Ejufdem F. B. M. Apologeticon & Carmen Votivum. 1526. in*-8°.
Les notes marginales d'*André Vau-
rentius Serranus Tholofanus* , font
adreffées à *Nicolas Bertrand* , Avocat du Parlement de *Touloufe* par
une lettre datée de *Montauban* le
6 Decembre 1512. Le Dictionnaire
de *Thierry* ne tient que deux pages,
& renferme cependant bien des chofes inutiles. Le Commentaire de
Badius , quoiqu'omis dans le titre,
eft ce qu'il y a de plus confiderable. On a une vieille traduction
Françoife de l'Ouvrage de *Mantuan*,

B. MAN- faite par *Jacques de Mortieres*, de
TUAN. *Chalons sur Saone*, imprimée sous
ce titre : *La Parthenice Mariane de
Baptiste Mantuan*, *Carme*. Lyon
1523. *in-4°.*

25. *Ad B. Virginem Mariam votum post febrem acerrimam.* Imprimé
souvent, de même que la piece suivante, avec l'Ouvrage précedent.

26. *Ad eandem Virginem pro extin-
guenda pestilentia Oratio.*

27. *Parthenices secundæ, quæ Ca-
tharina dicitur, libri tres.* *Paris.* 1494.
in-4°.

28. *Parthenice tertia. B. Margaretæ
Agon.*

29. *Parthenice quarta. B. Agathæ
Agon.*

30. *Parthenice quinta. B. Luciæ Agon.*

31. *Parthenice sexta. B. Apolloniæ
Agon.*

32. *Parthenice septima. B. Ceciliæ
Agon.*

33. *De Vita B. Dionysii Arepogitæ
libri tres.*

34. *De vita B. Georgii Martyris
liber.*

35. *De vita B. Ludovici Morbioli
Bononiensis Carmen.*

36. *In laudem Joannis Baptiſta Car-* B. MAN-
men. TUAN.

37. *In B. Albertum, Carmelitam*
Siculum, Carmen.

38. *Faſtorum libri* XII. Cette piece & la ſuivante ne ſont point dans
l'édition de *Paris. in-fol.*

39. *Vitæ ſuæ Epitome ad Poſterita-*
tem. Cette prétendue vie eſt très-
courte, & ne contient preſque rien
de general. Elle a été imprimée avec
l'Oûvrage précedent ſous ce titre :
F. Baptiſta Mantuani Faſtorum libri
XII. *quibus præmittitur Carmen ad*
Julium II. Pontif. Max. Carmen ad
Leonem X. P. M. Vita Autoris à ſe
ipſo deſcripta Carmine Elegiaco : item
& alia quapiam. Argentorati 1518.
in-4°. Le Faſtes ſont diviſés ſuivant
les mois, & on y voit les Eloges des
principaux Saints & des principales
fêtes en vers.

Tome 3e.

40. *Alphonſus, pro Rege Hiſpaniæ*
de Victoria ad Grenatam libri VI.
L'Auteur a crû bonnement la fable
de la Papeſſe *Jeanne*, puiſqu'il dit
dans ſon 3e livre, en parlant de l'En-
fer.

Hic pendebat adhuc sexum mentita
    virilem

Fœmina , cui triplici Phrygiam dia-
    demate Mitram

Extollebat apex , & Pontificalis
    adulter.

41. *Tropæum Gonzaga pro Gallorum
ex Italia expulsione , libri* v. *Ascen-
sius,* dans le Commentaire qu'il a
joint à l'édition *in-fol.* a un peu rab-
batu de ces Trophées. En effet les
lauriers du Heros de *Baptiste Mantuan* furent flétris dans la suite par
sa défaite ; ce qui lui donna occasion de composer la piece suivante.

42. *Carmen de Fortuna Francisci
Gonzaga.*

43. *Carmen Panegyricum in Rober-
tum Sanseverinatem. Daventriæ* 1500.
*in-*4°. It. *Paris.* 1506. *in-*4°. Avec
la piece suivante.

44. *Somnium Romanum.* Ce Poëme
roule encore sur *Robert de Sanseve-
rino.*

45. *Carmen Panegyricum in Bri-
xiam. Laurent Cuper,* dans sa préface des Oeuvres de *Mantuan,* prétend prouver que *Constance de' Mag-*
                    gi,

gi , femme de *Pierre Spagnolo* , étoit B. Man-
mere de *Baptiste* , reconnue de lui tuan.
pour telle , en ce qu'il ne fit le panegyrique de la ville de *Brescia* , que
parce qu'elle en étoit. Ce raisonne-
ment seroit plausible , si dans ce panegyrique , il y avoit la moindre
chose qui tendît à faire croire que
Constance étoit la mere du Poëte :
mais comme il ne se trouve pas dans
cette piece longue de près de 700.
vers , un seul mot de *Constance* , ni
de sa maison , on peut tirer de là
une consequence toute opposée à
celle de *Cuper* , & dire que si le Poëte avoit été fils de *Constance* , il
n'auroit pas manqué une si belle occasion de feliciter la ville de *Brescia*
d'avoir élevé dans son sein les an-
cestres de cette femme.

46. *De villa Joannis Refrigerii.*

47. *De Quercu Julia Carmen.* Il
entreprit cet Eloge du Chesne en faveur des Papes *Sixte IV.* & *Jules* ,
qui l'avoient pour Armes

48. *Silvarum libri* iv.

Tom. 4e. Il contient les Ouvrages en prose.

49. *Ad Ptolemaum Gonzagam*

Tome XXVII. L

B. MAN- *contra detractores Dialogus.* Ce n'eſt
TUAN. point ici une Apologie pour lui,
c'eſt une cenſure du Vice en general.

50. *Ad Ptolemæum fratrem contra
Calumniatores Epiſtola.* Il s'y défend
ſur certains mots, dont il s'étoit ſervi dans ſes Poëſies, & qui avoient
été critiquez. L'Editeur a joint à
cet Ouvrage, un autre du même
goût fait par un de ſes freres pour
ſa défenſe : *Ptolemæi Hiſpanioli contra detrahentes operibus Fratris Bapti-
ſtæ Mantuani Apologia, & de Licen-
tiis antiquorum Poëtarum Corollarium.*

51. *Contra novam Opinionem de
loco Conceptionis Chriſti Tractatus.* Il
y ſoûtient que J. C. a été conçu dans
l'*Uterus* de la Vierge, & non pas
juxta Cor in Pectore, comme l'avoit
aſſuré un Chanoine Regulier, ſur
une prétendue revélation faite à une
femme devote, à laquelle il s'en
fioit par ſimplicité.

52. *De Lauretani Sacelli mirabili
Hiſtoria. Cuper* a donné cette hiſtoi-
re ſur un Manuſcrit, croyant qu'el-
le n'avoit pas été encore imprimée.
Mais elle l'avoit déja été *In Ædibus
Aſcenſianis.* 1514. *in-*8°, & cette édi-

tion avoit été faite ſur une autre précedente d'Italie.

53. *De cauſa diverſitatis inter In-
terpretes ſacræ ſcripturæ.*

54. *Contra eos, qui detrahunt Or-
dini Carmelitarum, Apologia.* On y
a joint: *Joannis Trithemii de Laudibus Ordinis Carmelitarum, & de viris
illuſtribus ejuſdem Ordinis libri duo.*

55. *De Patientia libri tres.* Il a fait
cet Ouvrage en 1498. comme il le
marque dans le ch. 29. du 3ᵉ livre.
On en a pluſieurs éditions, une de
Veniſe de l'an 1499. une autre de
Breſcia de 1497. une troiſiéme de
Lyon 1498. toutes *in-*4°. Il ſe trouve auſſi avec l'Opuſcule *de Vita Beata* dans l'édition de *Paris in-fol.* &
ces deux Ouvrages ſont les ſeuls de
ce volume quatriéme, qui y ſoient.

56. *De Vita beata libellus.* Avec
un Traité d'*Auguſtin Dathi* ſur le
même ſujet, auquel il eſt joint or-
dinairement. J'ai vû une édition des
deux Ouvrages faite à *Paris* chez
*Antoine Bonnemere in-*8°. ſans date,
mais avec une lettre de *Nicolas Be-
roalde* du 3 Novembre 1505. qui fait
connoître qu'elle eſt de cette année.

B. MAN-
TUAN.

Du Verdier rapporte dans sa *Biblio-thèque Françoise* une traduction de l'Opuscule de *Mantuan* sous ce ti-tre : *Eclogue de Baptiste Mantuan de la vie bienheureuse. Paris* 1521. *in-8°.* Titre fort mal conçu, puisque *Man-tuan* n'a point fait d'Eglogue sur la vie bienheureuse, mais un Dialogue en profe.

V. *Carmelitana Bibliotheca à Joan-ne Trithemio congesta, & illustrata à Petro Lucio. Florentiæ* 1593. *in-4°. Teatro degli huomini più illustri della Famiglia Carmelitana di Mantoua del P. Gio. Maria Pensa. In Man-toua* 1618. *in-4°.* L'Eloge que celui-ci en fait, n'est qu'un amas ampou-lé de generalitez vagues, qui n'ap-prennent rien. *Jovii Elogia. N°. 61. Baillet, Jugemens des Savans sur les Poëtes. N.* 1247. *La Monnoye. p.* 273. du 1ʳ. tome du *Menagiana. Du Pin, Bibliothèque des Auteurs Ecclesiasti-ques du* 16ᵉ *siecle.* Ce qu'il en dit est peu exact, comme lorsqu'il cite par-mi ses Ouvrages, *Un Traité de l'en-droit où il a été conçu*, ce qui ne peut s'entendre là que de lui-même, au lieu qu'il s'agit de *Jesus-Christ*. Il

n'eſt pas plus exact dans ſa *Table des* B. MAN-
Auteurs Eccleſiaſtiques, dont les da- TUAN.
tes ne ſont pas les mêmes que celles
de la Bibliotheque, & où il met
mal à propos parmi les Ouvrages de
Mantuan, les ſept Pſeaumes en vers :
ce qui fait entendre qu'il a mis en
vers les Pſeaumes de la Penitence,
au lieu que ce ſont des Pſeaumes
de ſa façon en proſe.

THEODORE MARCILE.

THEODORE *Marcile* (a) naquit T. MAR-
à *Arnheim*, ville de la Guel- CILE.
dre, l'an 1548.

Son pere, qui étoit Senateur de
cette ville, & Savant, ayant remarqué en lui des diſpoſitions pour les
Sciences, prit un ſoin particulier de
ſon éducation. Il lui fit apprendre
chez lui les élemens de la langue
Latine, & l'envoya enſuite à *Deventer.*

Jean Noviomagus y enſeignoit alors

(a) *Baillet* l'appelle mal *de Marcilly*
dans ſes *Jugemens des Savans*, & ſe trompe, en le faiſant natif de *Cologne.*

L iij

avec beaucoup de réputation, &
Marcile fit de si grands progrès par
ses instructions dans les langues Gréque & Latine, que dès l'âge de
douze ans, il écrivoit, à ce qu'on
prétend, avec beaucoup de facilité, en vers & en prose.

Il passa ensuite à *Louvain*, où il étudia en Philosophie & en Jurisprudence. Ces études finies, il vint à
Paris, & se rendit de là à *Toulouse*,
où il enseigna les Humanitez pendant quelques années.

Etant revenu à *Paris*, il fut chargé en 1578. d'enseigner la Rhetorique dans le College des *Grassins*:
depuis ce temps jusqu'à sa mort,
c'est-à-dire pendant près de quarante ans, il n'a pas cessé d'enseigner
en differens Colleges de *Paris*, comme aux Colleges de *la Marche*, de
Beauvais, de *Sainte Barbe*, d'*Harcourt*, du *Cardinal le Moine*, du *Plef-
sis*, de *Navarre*, de *Lisieux* &c.

Jean Passerat étant mort le 14 Septembre 1602. *Marcile* fut fait à sa
place Professeur Royal pour la langue Latine & les Belles-Lettres; &
il remplit cette place pendant quatorze ans.

Il mourut à *Paris* dans le College de *Reims* le 8 Avril (a) 1617. âgé de 69 ans, & fut enterré dans l'Eglise de *S. Etienne du Mont.*

C'étoit un petit homme, d'une phyfionomie fpirituelle, d'un temperament robufte, & qui étoit fi attaché à l'étude, qu'on prétend qu'il fut dix ans entiers fans fortir du College du *Pleffis*, où il enfeignoit. Quoiqu'il ne foit pas un Critique du premier rang, ce qu'on a de lui a cependant fon merite, & c'eft à tort que *Scaliger* en parle en plufieurs occafions avec tant de mépris.

Catalogue de fes Ouvrages.

1. *Aurea Pythagoreorum Carmina, Græce & Latine, ex verfione Metrica, & cum Commentariis Theod. Marcilii. Parif.* 1585. *in-*12. Jean Albert *Fabricius* donne à ces Commentaires de *Marcile* la qualité de Savans.

2. *M. Valerii Martialis Epigrammata in Cæfaris Amphitheatrum & Venationes, multis in locis emendata,*

(a) *Valere André* s'eft trompé en mettant fa mort le 15 Mars.

**T. MAR-
CILE.**

*adnotationibúfque illuftrata. Lugdum
1593. in-8°. It. Parif. 1601. in-8°,*
Cette derniere édition eft augmentée.

3. *Hiftoria Strenarum, Orationibus adverfariis explicata & Carmine.
Item Profopopæia Martis, Juftitiæ, Pacis, Minervæ, & Franciæ. Parif. 1596.
in-8°. pp. 72.* Il y a ici deux difcours
de *Marcile*, l'un *contra ufum Strenarum*, & l'autre *pro ufu Strenarum.*

4. *Legis* XII. *Tabularum Collecta
& Interpretamentum. Parif. 1600. &
1603. in-8°.*

5. *Orationis Dominicæ & Salutatio-
nis Angelicæ Interpretatio. Parif. 1601.
in-8°.*

6. *Commentarius & emendationes in
Perfii Satyras. Parif. 1601. in-4°.*
Avec les Commentaires de quelques
autres Sçavans.

7. *Imperator Titus Flavius Vefpa-
fianus, Auguftus XI. Populi Romani
Imperator, ex C. Suetonii Tranquilli
libro 8. Cum Interpretatione ac emen-
datione Th. Marcilii. Parif. 1603.
in-8°.*

8. *Libanii Sophiftæ Calendarum ex-
preffio, Græce; cum Latina interpreta-*

tione & notis Th. Marcilii. Pariſ. 1603. T. MAR-
in-8°. *pp.* 24.

9. *Lectiones in Horatii opera.* Dans
une édition d'*Horace* faite à *Paris*
en 1604. *in-fol.*

10. *Commentarius in Catullum, Ti-*
bullum & Propertium. Dans une édition de ces Auteurs, donnée par
Federic Morel, *cum notis Variorum.*
Pariſ. 1604. *in-fol.*

11. *Theod. Marcilii Ecloga: Strena*
Venatrix. Pariſ. 1606. *in*-8°. *pp.* 8.
Cette pièce de Poëſie eſt un badinage puerile, indigne d'un homme
d'eſprit.

12. *Claudii Muſambertii Commo-*
nitoria in Laurentii Ramireſii ad Mar-
tialem Hypomnemata, ſeu Commenta-
ria. Pariſ. 1607. *in*-8°. Marcile s'eſt
caché ici ſous le nom de *Muſambert*,
pour critiquer plus librement le
Commentaire de *Laurent Ramirèz*
de Prado ſur *Martial*, qui avoit paru ſous le titre d'*Hypomnemata in*
C. Valerium Martialem. Pariſ. 1607.
in-4°.

13. *Civitas Veri Bartholomæi Del-*
bene, Patricii Florentini, Ariſtotelis
de Moribus doctrinam, carmine & piç-

T. MAR-
CILE.

-turis complexa, & illustrata Commentariis Theodori Marcilii. Paris. 1609. in-fol.

14. *Notæ in Auli Gellii Noctes Atticas.* Dans une édition de cet Auteur, faite à *Genève* l'an 1609. in-8°.

15. *Interpretatio nova & Methodica in Justiniani Imperatoris Libros quatuor.* Paris. 1610. in-8°.

16. *Tertulliani liber de Pallio, cum notis Theod. Marcilii.* Paris. 1614. in-8°.

17. *Lusus de Nemine.* Ce Poëme, qu'il fit à l'imitation de *Passerat*, a été imprimé plusieurs fois, & entre autres dans un Recueil, qui a pour titre : *Joannis Passeratii Nihil, Fr. Guillimanni aliquid, & Theod. Marcilii Nemo. Friburgi* 1611. in-4°.

18. *Notæ in Lucianum.* Dans une édition de cet Auteur faite à *Paris* en 1615. in-fol.

19. *Hymnus Juliani Augusti in Regem solem, Græce, cum notis.* Dans l'Edition des œuvres de l'Empereur *Julien*, faite à *Paris* en 1583. in-8°.

20. *Series nova Proprii & Accidentis Logici contra Porphyrium.* Paris.

1601. *in-*8°. Cet Ouvrage fort peu T. MAR-
intereſſant à preſent, l'étoit aſſez, CILE.
du temps qu'il fut publié, pour
trouver quelqu'un qui le réfutât.
Adrien Behot publia la même année
une défenſe de *Porphyre.*

21. *Marcile* y répondit par un
Ouvrage, qu'il intitula *Diludium.*
Pariſ. 1601. *in-*8°. pour marquer
qu'il vouloit finir la diſpute. Mais
Behot repliqua par un écrit furieux,
où les injures ſont fort entaſſées &
qu'il intitula : *Adriani Behotii dilu-*
vium : Apologia ſecunda pro Porphy-
rio, in Diludium Theod. Marcilii.
Pariſ. 1601. *in-*8°.

V. *Theod. Marcilii Elogium ; Au-*
tore Petro Valente, Græcarum Litte-
rarum Profeſſore Regio. Pariſ. 1620.
*in-*4°. *Le Collège Royal de France,*
par *Guillaume du Val. pp.* 44. *Valerii*
Andreæ Bibliot. Belgica.

FRANÇOIS VAVASSEUR.

F. VA-
VASSEUR.
FRANÇOIS *Vavasseur* naquit l'an 1605. à *Paray*, petite ville du Comté de Charolois, dans le Diocèse d'*Autun*.

Il entra dans la Compagnie de Jesus le 25 Octobre 1621. Après le cours de ses études, il regenta, suivant la coutume, les Humanités & la Rhetorique pendant sept ans.

Il fut ensuite appellé à *Paris* pour y expliquer l'Ecriture Sainte ; emploi dont il s'acquitta jusqu'à la fin de sa vie, c'est-à-dire pendant trentesix ans, sans cesser pour cela de cultiver les Belles-Lettres & la Poësie, dans lesquelles il excelloit.

Il mourut à *Paris* le 16 Decembre (a) 1681. âgé de 76 ans.

C'étoit un des hommes de son temps, qui a le mieux possedé toutes les delicatesses de la langue Latine, & qui l'a parlé avec plus de pureté & d'elegance. Il avoit outre

(a) Ceux qui ont mis sa mort le 14. de ce mois, se sont trompés.

cela un difcernement admirable, un
fens droit, un jugement folide,
beaucoup d'exactitude, & une grande application au travail. Ces qualités ont contribué à en faire un bon
critique.

Toutes fes œuvres ont été imprimées enfemble en 1709.

Francifci Vavafforis e Societate Je-
fu, Opera omnia, antehac edita, Theo-
logica & Philologica: nunc primum in
unum volumen collecta, ad quæ accef-
ferunt inedita, & fub ficto nomine
emiffa, cùm Latina, tùm Gallica.
Amftelodami 1709. * *in-fol.* Les pieces contenues dans ce Recueil font
les fuivantes.

1. *De Ludicra Dictione liber, in*
quo tota jocandi ratio ex Veterum fcrip-
tis æftimatur. Parif. 1658. *in-*4°. Le
P. *Vavaffeur* compofa cet Ouvrage
dans le temps que le ftile burlefque
étoit à la mode en France, & qu'on
fe plaifoit à lire les Ouvrages de
Scarron & de d'*Affouci*, & il le fit
à la priere de *Balzac*, qui étoit en-
nemi de ce ftile; mais qui mourut
avant qu'il fût publié; ce qui n'empêcha pas que le P. *Vavaffeur* ne lui

F. VA-
VASSEUR.

* Se trou-
vent à Paris
chez Briaf-
fon.

F. VA-
VASSEUR.
adreſſât la parole dans la ſuite de ſon diſcours. Il y fait voir qu'aucun ancien Auteur, Grec, ou Latin, ne s'eſt jamais ſervi du ſtile burleſque, qu'aucun n'en a donné de regles, qu'il n'y a point de raiſon de s'en ſervir, & qu'il y en a pluſieurs pour le rejetter. En traitant ce ſujet, l'Auteur fait paſſer en revûe tous les anciens, dont les Ouvrages ſont ſemés de plaiſanteries & de bons mots, & il en juge avec beaucoup de fineſſe & de diſcernement. Tout ce qu'on a trouvé à redire dans ſon Traité, c'eſt qu'il y eſt trop diffus.

2. *De Epigrammate liber. Pariſ.* 1669. & 1672. *in-*12. Avec ſes Epigrammes. Ce Traité n'eſt pas moins excellent que le précedent. Le P. *Vavaſſeur* y enſeigne l'art de faire une bonne Epigramme, découvre les fautes de ceux qui ont peché contre les Regles de ce genre de Poëſie, porte ſon jugement ſur les Epigrammes anciennes, Gréques & Latines, & dit bien des choſes que beaucoup de perſonnes ignoroient avant lui.

3. *Obſervationes de vi & uſu verborum quorumdam Latinorum. Pariſ.*

1683. *in-8°.* Ces obſervations n'ont été données au public qu'après la mort du P. *Vavaſſeur*, par les ſoins du P. *Lucas*, Jeſuite, avec le Recueil de ſes Poëſies. Elles font voir combien l'Auteur étoit verſé dans la lecture de *Ciceron*, & des autres bons Auteurs Latins.

4. *Orationes.* Ces Oraiſons prononcées en diverſes occaſions avoient déja été imprimées à *Paris* en deux volumes *in-8°.* le 1ᵉʳ. en 1646. & le ſecond en 1662. Il y en a dix qui roulent ſur des ſujets profanes, & douze qui traitent de ſujets ſacrés.

5. *De forma Chriſti Diſſertatio. Pariſ.* 1649. *in-8°.* On ſçait que les opinions ſont fort partagées ſur la beauté de *Jeſus-Chriſt*, & que ceux qui croyent que J. C. étoit beau, & que ceux qui veulent qu'il fût laid, s'appuyent ſur certains paſſages de l'Ecriture, ou pris trop à la lettre, ou exagerez. Le P. *Vavaſſeur* prétend qu'on ne peut rien dire de certain ſur ce ſujet ; & prend le parti, qui paroît le plus raiſonnable, qui eſt de dire qu'il eſt fort probable que J. C. n'étoit ni difforme, ni extrémement

F. VA- beau ; mais qu'il tenoit un milieu
VASSEUR. entre ces deux extrémitez.

6. *Cornelius Janfenius Iprenfis fu-*
fpectus. Parif. 1650. *in-*8°. Le P. *Va-*
vaffeur accufe ici *Janfenius* d'avoir
abandonné la doctrine de l'Eglife
Romaine, pour fuivre les fentimens
de *Calvin.* Il n'a pas mis fon nom à
cet Ouvrage; mais tout le monde
fçait qu'il eft de lui, & *Sotwel* l'a
mis au nombre de fes productions.

7. *Antonius Godellus, Epifcopus*
Graffenfis, an Elogii Aureliani fcrip-
tor idoneus ; idemque utrum Poëta?
Conftantiæ 1650. *in-*8°. *Vavaffeur* a
donné le premier de ces Ecrits fous
le nom de *Paulus Romanus Candido*
Hefychio, & le fecond fous celui de
Candidus Hefychius Paulo Romano.
On ne peut excufer le ftile mordant
& fatyrique de ces pieces, où l'Auteur non content d'attaquer les E-
crits de M. *Godeau,* s'en prend auffi
à fa perfonne.

8. *Differtatio de Libello fuppofititio*
ad Antonium Arnaldum. Parif. 1653.
*in-*8°. Ce qui donna lieu à cette differtation fut que dans un livre, qui
avoit pour titre : *L'Innocence & la*
verité

verité défendues, on avoit attribué au P. *Vavaffeur* deux Ouvrages, l'un intitulé : *Triumphus Catholicæ veritatis*, *five Janfenius Damnatus* ; & l'autre intitulé : *Calaghanus*, *natione Hibernicus*, *an Satyrus ille*, *qui nuper in lucem prodiit* ; attribution qu'il fait voir n'avoir aucun fondement.

9. *Jobus brevi Commentario*, *& Metaphrafi Poetica illuftratus*. *Parif.* 1638. *in*-12. It. *Francofurti* 1654. *in*-4°. It. *Parif.* 1679. *in*-8°. Cette derniere édition eft augmentée & corrigée. Il auroit été à fouhaitter que le P. *Vavaffeur* eût eu une plus grande connoiffance de la langue Hebraïque, mais il a fuppléé à ce qui lui manquoit de ce côté là, par fa pénetration, fon exactitude, & fon attention. Il a fait une plaifante bévûë dans fa préface, où il examine, fi le livre de *Job* contient une hiftoire ou une fimple parabole. Il dit que le Rabin *Moyfe* dans fon livre, qui a pour titre *Doctor perplexorum*, a crû que c'étoit une hiftoire, & que le Rabin *Moyfe*, fils de *Maimon*, dans fon *More Neuochim* foutient que ce n'eft qu'une parabole ; ne pre-

Tome XXVII. M

F. VA-
VASSEUR.

nant pas garde qu'il divifoit un feul Rabin en deux, & qu'il faifoit deux Ouvrages d'un feul, dont le titre Hebreu eft *More Neuochim*, & le Latin *Doctor Perplexorum*.

10. *Commentarius in Ofeam Prophetam.* Cet Ouvrage n'avoit pas encore paru. Quoique l'Auteur n'y ait pas mis la derniere main, il meritoit cependant d'être confervé.

11. *Theurgicon, five de Miraculis Chrifti libri quatuor. Parif.* 1644. *in-*4°. It. *Parif.* 1645. *in-*12. Cette édition eft fort jolie. It. *Francofurti* 1654. *in-*4°. *Olaus Borrichius* prétend que le P. *Vavaffeur* eft plus fleuri dans ce Poëme, que dans celui de *Job*, où il s'étoit prefcrit des bornes trop étroites ; mais qu'il eft uni, chatié, & correct par tout.

12. *Elegiarum liber. Parif.* 1656. *in-*4°.

13. *Epicorum liber. Parif.* 1661. *in-*4°.

14. *Epigrammatum libri quatuor.* Les trois premiers livres avoient été imprimés à *Paris* en 1669. & 1672. *in-*12. à la fin du Traité de l'Epigramme ; & le quatriéme avoit paru

avec toutes les autres Poëſies du mê-   F. VA-
me Auteur publiées par le P. *Lucas*   VASSEUR.
Jeſuite, ſous ce titre : *Fr. Vavaſſo-*
ris multiplex & varia Poëſis, antea
ſparſim edita, nunc in unum collecta.
Pariſ. 1683. *in-*8°. Recueil qui contient encore les obſervations *de Vi*
& uſu Verborum &c. & quelques Lettres de *Jean Perpinien*, Jeſuite, que
le P. *Vavaſſeur* avoit commencé à
faire imprimer. *Furetiere* parle ainſi
dans ſon *Dictionnaire* au mot *Epi-*
gramme. Le P. Vavaſſeur a fait deux
gros livres d'Epigrammes. Il y en a bien
de froides. Cela n'eſt pas éloigné de
la verité ; peut-être que ce qui en
rend pluſieurs froides, c'eſt qu'elles
roulent ſur des loüanges, & que la
Satyre eſt plus propre pour l'Epigramme que le Panegyrique.

   15. *Remarques ſur les Reflexions*
touchant la Poëtique. Pariſ. 1675. *in-*
12. *pp.* 141. Le P. *Vavaſſeur* n'a pas
mis ſon nom à cet Ouvrage, dans
lequel il attaque un livre Anonyme
du P. *Rapin*, intitulé : *Reflexions ſur*
la Poëtique d'Ariſtote, & ſur les Ou-
vrages des Poëtes anciens & modernes.
Pariſ. 1674. *in-*12. Le P. *Rapin*, après

F. VA- y avoir dit que *de tous les Ouvrages*
VASSEUR. *de Vers que l'Antiquité ait produits*
l'Epigramme est le moins considerable,
& après avoir porté son jugement
sur les Anciens, qui en ont fait,
ajoute : *je ne trouve rien à dire de re-*
marquable sur les faiseurs d'Epigram-
mes des siecles suivans. C'est une espe-
ce de vers, où l'on réussit peu ; car c'est
une espece de bonheur, que d'y réussir.
Une Epigramme vaut peu de chose,
quand elle n'est pas admirable, & il
est si rare d'en faire d'admirable, que
c'est assez d'en avoir fait une en sa vie.
Maynard est celui de nos Poëtes Fran-
çois, qui a mieux réussi en ce genre. Il
n'en falloit pas davantage pour irri-
ter un Confrere jaloux de sa réputation, & naturellement un peu bi-
lieux. Il voyoit non seulement que
le P. *Rapin* n'avoit point parlé de ses
trois livres d'Epigrammes, mais
qu'il l'excluoit tacitement du nombre des Poëtes, qui s'étoient distin-
gués en ce genre de Poësie. Ce fut
ce qui l'engagea à publier ses *Re-*
marques sur les Reflexions du P. *Ra-*
pin, où il feint de ne le pas connoître, pour le maltraiter plus libre-

ment, ſe contentant de l'appeller F. VA-
du nom d'*Auteur reflexif.* Le P. Ra- VASSEUR.
pin fit grand bruit là-deſſus, & ſe
plaignit hautement du procedé de
ſon Confrere, qui répondit qu'il ne
devoit s'en prendre qu'à lui-même,
& que s'il eût dit qu'il étoit l'auteur des Reflexions, il ne les auroit
jamais attaquées. Le temperament
que l'on trouva pour les accommo-
der, fut de ſupprimer les remarques
du P. *Vavaſſeur*; ce qui ſe fit par
l'autorité de M. le Premier Préſident
de Lamoignon, qui aimoit le P. *Ra-*
pin, (V. *Menagiana tom.* I. *p.* 207.)
Cependant le P. *Rapin* fit une Réponſe aux Remarques du P. *Va-*
vaſſeur, qui fut ſupprimée dès qu'elle parut, & qui a été jointe ici aux
œuvres de ce dernier. M. *Jacques*
Lenfant a fait auſſi une *Critique des*
Remarques du P. Vavaſſeur, qui ſe
trouve dans les *Nouvelles de la Re-*
publique des Lettres du mois de Fevrier 1710. p. 123. & du mois de
Mars ſuivant p. 253. Au reſte il s'en
faut beaucoup que le François du P.
Vavaſſeur ſoit auſſi bon que ſon Latin; car on peut dire que ſi le der-

F. VA-nier est excellent, le premier ne vaut

VASSEUR. rien.

16. Le Recueil finit par deux Lettres, une Latine à M. le Dauphin, qui étoit encore dans le Berceau; & une autre Françoise au Roi *Louis XIV.* où il explique les raisons, qui l'ont engagé à écrire la premiere. Ajoutons ici les Ouvrages suivans, qui se trouvent dans le Recueil parmi ses Oraisons.

17. *Claudii Memmii Avauxii Elogium & funus. Paris.* 1651. *in-fol.*

17. *Jacobi Sirmondi Longævitas ad perpetuam viri de Litteris, de Gallia, deque tota re Christiana bene meriti memoriam. Scripsit Fr. Vavassor. Paris.* 1652. *in-4°.*

18. *Lettre à un Ami touchant le Jansenisme, tirée du livre intitulé, Jansenius suspectus. Paris.* 1651. *in-4°.*

V. *Sotuvel, Bibliotheca scriptorum Soc. Jesu. La Préface du P. Lucas à la tête de ses Poësies; & celle du Recueil de ses œuvres.*

MARC-ANTOINE MURET.

MARC-*Antoine Muret* naquit le 12 Avril 1526. à *Muret*, village près de *Limoges*, d'où il a tiré ſon nom, d'une bonne & honnête famille. M. A. MURET.

On ignore qui ſont ceux dont il apprit les langues Latine & Gréque, & en quel lieu il fit ſes études, quoiqu'il ſoit à préſumer que ce fut à Limoges.

Bencius dit qu'il demeura dans ſa premiere jeuneſſe à *Agen*, où il eut *Jules-Ceſar Scaliger* pour guide dans ſes études. Mais ce fait eſt contredit par *Joſeph Scaliger*, qui dans ſa *Confutatio fabulæ Burdonum* témoigne que *Muret* vint pour la premiere fois à *Agen*, à l'âge de dix-huit ans pour ſaluer *Jules-Ceſar Scaliger*. Il ajoute qu'il paſſa de là à *Auch*, où il commença à enſeigner dans le College Archiepiſcopal, & fit des léçons ſur *Ciceron* & ſur *Terence*. Après quelque ſéjour en ce lieu il ſe rendit à *Villeneuve d'Agennois*.

où un riche marchand nommé *de Brevant* le chargea de l'instruction de ses enfans, & où il enseigna outre cela dans l'Ecole publique les Auteurs Latins. A l'âge de 20 ans il alla pour la seconde fois à *Agen* avec ses disciples revoir *Scaliger*, avec qui il avoit depuis sa premiere entrevûe entretenu un commerce de Lettres. Il retourna encore deux ou trois fois depuis dans cette ville, où il logea un jour ou deux seulement chez *Scaliger*, qui avoit conçu de l'affection pour lui, & ne le nommoit pas autrement que son fils.

De *Villeneuve*, *Muret* vint à *Paris*, où l'on prétend qu'il regenta la troisiéme, au College du *Cardinal-le-Moine*, pendant que *Turnebe* y regentoit la premiere Classe, & *Bucanan* la seconde; mais c'est un fait sujet à trop de difficultés pour pouvoir être admis, & qui ne s'accorde pas avec ce que nous savons de *Bucanan*, qui sortit de France en 1534. lorsque *Muret* n'avoit encore que douze ans.

De *Paris*, *Muret* alla régenter à *Poitiers*; c'est ce qu'on apprend d'un endroit

endroit de ſes Commentaires ſur les   M. A.
Catilinaires de *Ciceron* , qui ſont de Muret.
l'an 1556. où il marque que dix ans
auparavant il expliquoit à *Poitiers*
l'Amphitrion de *Plaute*. M. *de Thou*
dit qu'il étudia en Droit dans la
même ville ; & ce fut apparemment
pendant qu'il y profeſſoit ; car le
ſéjour qu'il y fit ne fut pas long.

  Il en ſortit pour aller à *Bordeaux*
prendre poſſeſſion d'une Claſſe dans
le College de Guyenne, qui lui avoit
été donnée vers l'an 1547. *Joſeph*
Scaliger prétend qu'il en fut redevable à *Jules Ceſar Scaliger* ſon pere ;
mais il eſt plus problable, qu'il fut
attiré à *Bordeaux* , par *Jean Gelida* ,
qui avoit regenté avec lui dans le
College du *Cardinal le Moine* , &
qui quitta ce College la même année 1547. pour aller ſucceder à *Go-*
vea dans la Principalité du College
de Guyenne.

  Il étoit de retour à *Paris* en 1552.
Car cette année-là , le 5 Fevrier , il
récita dans l'Egliſe des Bernardins de
cette ville ſa premiere Oraiſon , qui
eſt intitulée : *De dignitate ac præſtan-*
tia Studii Theologici. Il y fit auſſi im-

Tome XXVII.   N

M. A.
MURET.

primer la même année ses Poësies
intitulées : *Juvenilia.* Dans la dedi-
cace, qui est du 24 Novembre 1552,
il fait entendre qu'il enseignoit alors
la Philosophie & le Droit-Civil.

Ce fut apparemment l'année suivante, que lui arriva la disgrace,
dont *du Verdier* fait mention dans
sa *Prosopographie.* Car de la remet-
tre, comme fait *Menage*, à un troisiéme voyage, c'est se tromper fort,
puisque *Muret* ne revint point de
Toulouse à *Paris*, mais passa en droi-
ture en Italie.

Ayant été accusé d'un Crime abominable, il fut mis en prison au Châtelet, & detenu fort étroitement
dans un cachot. La crainte du sup-
plice le fit alors résoudre à se laisser
mourir de faim ; mais le Seigneur
eut pitié de lui, en lui ôtant cette
pensée ; & ses amis s'employérent
si efficacement pour lui, qu'ils ob-
tinrent son élargissement.

Il ne pût plus après cela demeurer avec honneur à *Paris*, & se retira à *Toulouse*, où il s'occupa à faire
des repetitions de Droit aux jeunes
Etudians de cette ville. *Christophe de*

Cheffonteines rapporte dans un livre intitulé : *Fidei Majorum noſtrorum defenſio* &c. p. 165. une particularité de la vie de *Muret*, qui eſt connue de peu de perſonnes, & qu'il faut ne pas omettre. Il y dit avoir appris que *Muret* étant à *Toulouſe* pour s'y appliquer à l'étude du Droit, n'y eut pas été quelque temps, qu'il ſe crut capable d'enſeigner lui-même les autres ; & qu'ayant voulu le faire, il s'en acquita ſi mal, que ſes Ecoliers ſe mocquerent de lui, & qu'il fut obligé de reconnoître lui-même ſon incapacité, & le beſoin qu'il avoit de s'inſtruire encore, avant que d'enſeigner les autres.

L'amitié qu'il y conçut pour un de ſes diſciples nommé *Menge* ou *Memmius Fremiot*, natif de *Dijon*, parut ſuſpecte à quelques perſonnes, & fit renouveller l'accuſation intentée contre lui à *Paris*. Soit que la choſe eût quelque fondement, ſoit que ſes envieux euſſent trouvé moyen de donner de la realité aux ſoupçons, on proceda contre lui ; & les Capitouls de *Touloufe* ayant appris qu'il avoit pris la fuite, le

N ij

condamnèrent en 1554. *à être brûlé en effigie, avec Memmius Fremiot de Dijon, pour être Huguenot, & Sodomite,* comme portent les Regiſtres de *Touloufe.*

Muret ſe hâta alors de ſortir de France, & ſe retira en Italie. *Du Verdier* rapporte dans ſa *Profopographie,* qu'étant tombé malade en une ville de Lombardie, il fut obligé d'avoir recours à un Medecin, qui embaraſſé ſur la nature de ſon mal, voulut en conferer avec un autre. Comme ils s'imaginoient qu'ils n'entendoit pas le Latin, ils parlerent fort longtemps en cette langue, ſur un remede qui n'étoit pas uſité, & convinrent de s'en ſervir, en diſant: *faciamus periculum in corpore vili.* *Muret* ne dit rien pour lors, mais lorſqu'ils furent partis, il ſe leva, paya ſon hôte, & s'en alla gueri par la ſeule apprehenſion d'éprouver un remede qui auroit pû le faire crever. La choſe eſt contée autrement dans le *Menagiana* tom. 1. p. 302. mais il vaut mieux s'en rapporter à *du Verdier.*

Il vécut pendant ſix ans tant à

Padoue qu'à *Venise*, & il continua dans ces deux villes à instruire la jeunesse. *Joseph Scaliger* dans le *Scaligerana secunda*, dit qu'il se rendit à *Venise* coupable de la même abomination, qui l'avoit obligé à sortir de *France*; mais *Vittorio Rossi* dit qu'il en fut seulement soupçonné, & qu'il s'en justifia dans quelques Lettres qu'il écrivit à *Lambin*. *Scaliger* au reste n'est gueres croyable sur le mal qu'il dit de *Muret*. On sçait que piqué contre lui pour une bagatelle d'érudition, il ne cherchoit qu'à le décrier. Voici le sujet de cette pique. *Muret* avoit composé quelques vers sous le nom d'*Attius* & de *Trabeas*, seulement pour s'amuser. *Scaliger* en fut la duppe, & les ayant pris pour anciens, cita ceux qui portoient le nom de *Trabeas* dans ses notes sur *Varron de Re Rustica* à la p. 212. de l'édition d'*Henri Etienne* de 1573. Mais ayant reconnu dans la suite la tromperie, il les ôta d'une édition posterieure de son *Varron*, & fit pour se venger de *Muret*, ce distique contre lui.

*Qui rigidæ flammas evaserat ante
   Tolosæ,
Rumetus, fumos vendidit ille
mihi.*

Muret avoit 34 ans, lorſque le Cardinal *Hippolite d'Eſt* le fit venir à *Rome*, à la recommandation du Cardinal *François de Tournon*, & le prit à ſon ſervice à des conditions très-avantageuſes pour lui.

Depuis ce temps-là, ſoit que *Muret* menât une vie plus reglée, ſoit que l'envie fût laſſe de le perſecuter, on ne parla plus de lui, comme on avoit fait ailleurs, & tout le monde fut édifié de ſa conduite.

Il fit deux ans après, c'eſt-à-dire en 1562. un voyage en France avec ſon Patron, qui y alloit en qualité de Legat à *Latere*.

Lorſqu'il fut de retour à *Rome* l'année ſuivante, on l'engagea à enſeigner publiquement l'Ethique d'*Ariſtote*; ce qu'il fit avec un applaudiſſement ſingulier juſqu'à l'an 1567.

Il enſeigna enſuite quatre autres années le Droit Civil, avec une élegance & une netteté, qui n'étoit pas ordinaire aux Juriſconſultes de ce

temps. *Joseph Scaliger* assure qu'il M. A.
alla auparavant prendre des degrés MURET.
en cette Faculté à *Ascoli.*

Il employa le reste de sa vie à pro-
fesser les Belles-Lettres, & à expliquer les anciens Auteurs Latins.

Neuf ans avant sa mort, c'est-à-
dire en 1576. il entra dans les or-
drés sacrés, & fut ordonné Prêtre.
Il se donna alors avec ardeur & avec
zéle à tous les exercices de la pieté.
Il disoit tous les jours la Messe, &
la ferveur de sa devotion l'y atten-
drissoit si fort, qu'il versoit souvent
des larmes en la disant.

Jaques Thomasius prétend dans la
Préface de quelques œuvres de *Muret,* dont il a donné une édition à *Leipsic,* que ce Savant se fit Jesuite sur
la fin de ses jours; mais c'est une
imagination, qui n'a aucun fondement.

Il mourut le 4 Juin 1585. âgé de
59 ans, & fut enterré dans l'Eglise
de *la Trinité du Mont,* des Peres Mi-
nimes, avec cette Epitaphe.

*M. Antonius Muretus Lemovix,
ad Dei misericordiam obtinendam piorum precibus adjuvari cupiens, corpus*

N iiij

M. A.
MURET.

suum post mortem hoc loco sepeliri jus-
fit, adtributis mille scutatis hujus mo-
nasterii sodalibus, impositoque onere
perpetui Anniversarii.

Nicolaus de Pellevé, Cardinalis
Senonensis, Testamenti executor poni
mandavit.

Vixit annis 59. Mens. 2. Obiit pri-
die Nonas Junii 1585.

Il avoit auprès de lui un de ses
Neveux, nommé comme lui, qui
étoit un jeune homme de grande
espérance; mais qui ne lui survécut
que de quatre mois. On l'enterra
auprès de son Oncle, avec cette E-
pitaphe.

M. Antonio Mureto, magni hujus
Mureti Fratris filio, ætate quidem &
nominis celebritate minori, spe autem
& expectatione prope pari, immatura
morte prærepto.

Ludovicus Rualdus Lemovix, &
M. Antonius Lanfrancus Veronensis,
ejus Testamento ad pias causas facto
scripti Executores poss.

Vixit an. 16. Mens. 5. Obiit pridie
nonas Octobris. 1586.

Muret avoit toutes les qualités
d'un parfait Orateur. Il composoit

purement & avec beaucoup d'élegance & de politeffe, & il pronon-
çoit fes difcours avec tant de grace
qu'il charmoit fes Auditeurs. On
voit auffi dans fes Poëfies des marques de la beauté de fon efprit, de
la fineffe de fon goût, de la deli-
cateffe de fes manieres, & de la douceur incomparable de fon ftile. On
dit qu'il ne relifoit jamais ce qu'il
avoit une fois écrit, qu'il cor-
rigeoit rarement ce qu'il avoit mis
une fois fur le papier, & qu'il at-
trapoit tout d'un coup ce point de
perfection, qui fait encore admirer
fes Ouvrages.

Son merite lui procura l'eftime &
l'affection du Pape *Gregoire XIII.*
qui le combla de biens, & le mit
par-là en état de ne point regretter
le féjour de la France. Je ne fçai
quand il reçut la qualité de Citoyen
Romain, qu'il a prife à la tête de
quelques-uns de fes Ouvrages.

Les Ouvrages de *Muret* ont été
imprimés à *Verone* en plufieurs vol.
*in-*8°. Il y en a déja cinq, qui feront
apparemment fuivis de quelques autres. Il faut donner ici le détail de
ce qui eft contenu dans ce Recueil,

M. A.
Muret.

& marquer en particulier les éditions qui se font faites de chaque
Ouvrage.

Antonii Mureti Opera, Tomus I.
continens Orationes quarum multæ, tum
versio libri v. Ethicorum Ariftotelis, ex
quadam Aldina editione defumptæ funt,
ipfa Mureti manu correcta. Præmitti-
tur Vita nova ipfius Mureti, & nova
de ejufdem operibus & editionibus Dif-
fertatio. Veronæ 1727. in-8°.

* Se trou-
ve à Paris
chez Brias-
fon.

1. Les Oraifons de *Muret* divifées
en deux volumes ont été imprimées
en differens temps. *Muret* en publia d'abord quelques-unes féparé-
ment; enfuite il en fit un Recueil
qu'il fit imprimer à *Venife* l'an 1571.
*in-*12. C'eft le premier volume; le
fecond ne parut qu'après fa mort par
les foins de *François Benzi (Bencius)*
Jefuite, fon difciple.

Il y en a 23. dans le premier. En
voici les titres.

De dignitate ac præftantia ftudii
Theologici Oratio 1. *habita Lutetiæ*
Nonis Februarii 1552.

De laudibus Litterarum Or. 2. *ha-*
bita Venetiis Menfe Octobri 1654.

De utilitate ac præftantia litterarum

humaniorum adverſus quoſdam earum M. A.
vituperatores. Or. 3. habita Venetiis MURET.
poſtridie Nonas Octobris 1655. Cette
Oraiſon & la précedente ont été
imprimées ſéparement à *Roſtoch*, en
1615. *in-8°.*

De Philoſophiæ & Eloquentiæ con-
junctione. Or. 4. habita Venetiis Men-
ſe Octobri 1557.

Pro Franciſco II. Galliarum Rege
ad Pium IV. P. M. Or. 5. habita Ro-
mæ, poſtridie Kal. Mai. 1560. Ce
diſcours a été imprimé ſéparément à
Rome la même année 1560. *in-4°.*
pp. 8.

Pro Antonio Rege Navarræ ad Pium
IV. P. M. Or. 6. habita Romæ poſtri-
die Idus Decembris 1560. Imprimée
à *Rome* cette année 1560. *in-4°.* pp.
11. Il en a fait une traduction Françoiſe, qui a été imprimée à *Lyon*
l'an 1561.

De Moralis Philoſophiæ laudibus,
cum eam docere inciperet, Or. 7. ha-
bita Romæ. 16. Kal. Decemb. 1663.
C'eſt par ce diſcours qu'il commença ſes leçons ſur les Ethiques d'*Ari-*
ſtote.

De Moralis Philoſophiæ neceſſitate

cum veniffet ad eam partem, quâ de Temperantia agitur, Or. 8. *habita Romæ* 7. *Id. Novembris* 1664.

De Juftitiæ laudibus Or. 9. *habita Romæ poftridie Non. Martii* 1665. *Cum quintum librum Ethicorum Ariftotelis inchoaret.*

De fui cognitione, deque omnibus humani animi facultatibus, Or. 10. *habita Romæ* 4. *Id. Novembris* 1665. *Cum fextum librum Ethicorum Ariftotelis inchoaret.*

Pro Alfonfo II. Duce Ferrariæ ad Pium V. P. M. Or. 11. Ce difcours ne fut pas dit ; *Muret* y fubftitua le fuivant.

Pro Alfonfo II. Duce Ferrariæ ad Pium V. P. M. Oratio 12. *habita Romæ* 5. *Kal. Quintiles.* 1566.

Pro Carolo IX. Rege Chriftianiff. ad Pium V. P. M. Orat. 13. *habita Romæ anno* 1566.

Pro Sigifmundo Augufto, Rege Poloniæ, ad Pium V. P. M. Or. 14. *habita Romæ* 18. *Kal. Februarii* 1567.

De toto Studiorum fuorum curfu, deque Eloquentia ac cæteris difciplinis cum Jurifprudentia conjungendis, Or. 15. *habita Romæ an.* 1567. C'eft

le difcours qu'il prononça au com- M. A:
mencement de fes leçons fur le MURET:
Droit Civil.

*Cum ad Munus docendi, quo fe
fponte abdicaverat, revocatus effet.
Orat.* 16. *habita Romæ pridie Kal.
Martii* 1569.

*De Doctoris officio, deque modo Ju-
rifprudentiam docendi. Orat.* 17. *habita Romæ pridie Non. Novembris.*
1569.

*De Autoritate & Officio Judicum
Or.* 18. *habita Romæ, poftridie Non.
Novembris* 1671.

Oratio 19. *mandatu S. P. Q. R.
habita in æde facra B. Mariæ Virginis, quæ eft in Capitolio, in reditu ad
Urbem M. Antonii Columnæ, poft
Turcas navali prælio victos, Idibus
Decembris* 1569. Imprimée à *Rome*
en 1573. *in*-4°. It. dans un livre intitulé : *Columnenfium Procerum Imagines & Memoria in unum redacta à
Dominico de Santis. Romæ* 1676. *in*
4°.

Oratio 20. *habita Romæ in æde D.
Petri in Vaticano* 5. *Id. Maii* 1572.
*in funere Pii V. Pontif. M. qui obiit
Cal. Maii ejufdem anni.*

M. A. MURET.

Cum in Eloquentiæ Professoris locum suffectus Tusculanas Quæstiones explicaturus esset, Or. 21. *habita Romæ Non. Novembris* 1572.

Pro Carolo IX. Galliarum Rege ad Gregorium XIII. Or. 22. *habita Romæ* 5. *Cal. Januar.* 1572. Imprimé en 1573. *in-*4°. It. en François sous ce titre : *Oraison prononcée en Latin devant le Pape Gregoire XIII. touchant la punition des chefs des Héretiques rebelles*, *mise en François par le même Muret. Lyon* 1573.

De Præstantia Litterarum, Or. 23. *habita Romæ* 15. *Cal. Novembris* 1573.

Le second volume contient 28. Oraisons, dont voici les titres.

Oratio 1. *ad Gregorium XIII. P. M. nomine Henrici III. Galliæ & Poloniæ Regis*, *habita Romæ in Consistorio publico* 13. *Cal. Quint.* 1576. *Muret* en a fait une traduction Françoise, qui a été imprimée à *Paris* par *Federic Morel* l'an 1576. *in-*4°.

Orat. 2. *in funere Pauli Foxi, Archiep. Tolosani*, *Regis Galliarum Oratoris ad Gregorium XIII. P. M. habita Romæ in æde S. Ludovici* 4. *Kal. Junii* 1584. Imprimée à *Paris* 1584.

*in-*8°. *Muret* l'a auſſi traduite en M. A. François, & elle a été de même im- MURET. primée en cette langue à *Paris* l'an 1584. *in-*8°.

Or. 3. *De Myſterio & Feſto Cir- cumciſionis Dominicæ, habita in Sa- cello Pontificio Kal. Januar.* 1584.

Or. 4. *De S. Joanne Evangeliſta, habita in Sacello Pontificio VI. Cal. Januar.* 1582.

Cum Seneca librum de Providentia interpretaturus eſſet, ſive præfatio in eundem, Or. 5. *habita Romæ* 3. *Nonas Junii* 1575.

Cum explicare inciperet libros Pla- tonis de optimo Reipublicæ ſtatu, ſive Præfatio in primum Platonis de Repu- blica librum, Orat. 6. *habita Romæ pridie Non. Novembris* 1673.

Cum in Platone explicando progre- deretur; ſive præfatio in ſecundum Pla- tonis de Republica librum, Oratio 7. *habita Romæ* 4. *Kal. Martii* 1674.

Ingreſſurus explanare M. T. Cice- ronis libros de Officiis, Or. 8. *habita Romæ* 3. *Non. Novemb.* 1574.

Cum librum tertium Officiorum Ci- ceronis explanare inciperet, Or. 9.

Cum Ariſtotelis libros de Arte Rhe-

torica interpretari inciperet, Or. 10.
habita Romæ, *postr. Nonas Martii*
1576.

*Cum pergeret in eorumdem Aristo-
telis libros de arte Rhetorica interpretatione*, Or. 11. *habita Romæ postridie
Non. Novembris* 1576.

*Cum expositurus esset Orationem Ci-
ceronis pro Rege Dejotaro ad C. Cæsarem*, Orat. 12.

*Auspicaturus librum secundum Rhe-
toricorum Aristotelis*, Orat. 13.

*Explicaturus libros Aristotelis de
Republica*, Or. 14. *habita Romæ pridie
Non. Novembris* 1577.

*Interpretaturus C. Sallustium de Ca-
tilinæ conjuratione*, Or. 15. *habita Romæ tertio Non. Novembris*, 1578.

*Cum explanaturus esset Æneida
Virgilii*, Orat. 16. *habita Romæ tertio
Nonas Novembris* 1579.

Agressurus Satyram 13. *Juvenalis.*
Orat. 17. *habita Romæ an.* 1575.

*Cum Annales Taciti explicandos
suscepisset*, Or. 18. *habita Romæ tertio
Idus Novemb.* 1580. & Or. 19. *habita pridie Nonas Novemb.* 1580.

*Cum pervenisset ad Annalium li-
brum tertium.* Or. 20. *habita Romæ
tertiâ*

tertio Nonas Novemb. 1581.

M. A.
Muret.

Cum interpretari inciperet Epiftolas Ciceronis ad Atticum, Orat. 21. *habita Romæ pridie Non. Novembris.* 1582.

Repetiturus libros Ariftotelis de Moribus; Or. 22. *habita Romæ prid. Id. Novemb.* 1583.

Cum in libro 1. *de Moribus Ariftotelis perveniffet ad locum cap.* 3. *quo Juvenis negatur idoneus effe auditor Politicæ. Or.* 23.

Cum in eodem libro primo Nicomacheorum progreffus effet ufque ad Caput VI. *ubi mentio eft Idearum Platonis. Orat.* 24.

In ftudiorum inftauratione, de via ac ratione tradendarum difciplinarum, Orat. 25.

Ad Ill. & Rev. Cardinales ipfo die Pafchæ, cum fubrogandi Pontificis caufa conclave ingreffuri effent. Or. 26. *habita Romæ* 1585.

In funere Hippolyti Cardinalis Eftenfis, 3. *Non. Decemb.* 1572. *Orat.* 27.

In funere Joannis Epifcopii Militiæ Melitenfis magni Magiftri, Or. 28.

Le détail de toutes ces Oraifons fert à faire connoître les occupations

Tome XXVII. O

de *Muret*, & les dates de ses occupations. Elles ont été imprimées un grand nombre de fois, & il seroit assez difficile d'en marquer en particulier toutes les éditions.

2. *Aristotelis Ethicorum ad Nicomacum liber quintus, in quo de Justitia & Jure accuratissimè disputatur. M. Ant. Mureto Interprete.* Imprimé à *Paris* en 1577. *in-8°.* & à *Venise* l'an 1583. *in-8°.* M. *Huet* approuve fort les Versions Latines, que *Muret* nous a données, il temoigne qu'il y est plus scrupuleux que *Lambin*, & qu'il approche assez de l'exactitude de *Turnebe*; qu'il n'a pas moins de pureté que d'elegance, qu'il est châtié & poli, & qu'il ne se contente pas d'exprimer la pensée de son Auteur, mais qu'il en imite encore le caractere & les manieres, autant qu'il lui est possible, & que la matiere le peut souffrir. L'Epitre liminaire est datée de *Rome* le 1 Mars 1565. Ainsi il faut que cette version ait été imprimée dès ce temps-là.

Tomus II. *Epistolas Mureti continens, quæ extant in Lipsiensi ejusdem*

éditione anni 1714. *Additis præterea*
Epistolis Mureti ejusdem ex Collectio-
ne Joannis Michaelis Bruti, edita
Lugduni 1561. *Verona* 1727. *in-8°.*

3. Les Lettres de *Muret* font ici
divifées en quatre livres, dont le
premier contient dix Lettres de *Mu-*
ret à *Lambin*, & trois de *Lambin*
à *Muret*, qui n'avoient pas encore
paru dans le Recueil des Lettres de
Muret, mais feulement parmi les
Epistolæ Clarorum Virorum, recueillies par *Michel Brutus*, & imprimées
à *Lyon* chez *Antoine Gryphe* l'an 1561.
in-8°. Je ne fçai pourquoi on a omis
dans l'Edition de *Verone*, dont je
parle, une onziéme Lettre de *Mu-*
ret, & une quatriéme de *Lambin*,
qui font les plus importantes, & qui
toutes deux fe trouvent dans l'édition de *Gryphe*. Ces Lettres meri-
tent que j'en parle ici au long.

Muret & *Lambin* avoient été les
meilleurs amis du monde, & fur ce
pied-là ils fe communiquoient toutes chofes. *Lambin*, dans le deffein
où il étoit de publier fes Commentaires fur *Horace*, avoit fait part à
Muret de fes explications fur plu-

O ij

**M. A.
MURET.**

sieurs endroits difficiles de ce Poëte. *Muret*, à ce que prétend *Lambin*, employa dans ses diverses Leçons, ausquelles il travailloit alors, la plûpart de ces explications, telles qu'elles lui avoient été communiquées; & pour s'en approprier tout l'honneur, se hâta de faire imprimer son livre. *Lambin* ne pouvant souffrir cette supercherie, en fit des reproches très-aigres à son ami dans une Lettre datée de *Lucques* le 1 Août 1559. laquelle n'est d'un bout à l'autre qu'une invective contre *Muret*. Celui-ci n'eut garde d'y répondre, & se tût. Deux ans après *Lambin* se trouvant à *Lyon*, lorsqu'on y imprimoit les *Epistolæ Clarorum Virorum*, profita de cette occasion pour se vanger de *Muret*, en y faisant inserer les Lettres qu'ils s'étoient écrites mutuellement, & que *Muret* auroit souhaitté qu'on eût supprimées, parce qu'il y étoit fait mention de ce qui lui étoit arrivé à *Toulouse*, & des bruits desavantageux qui avoient couru de lui, pendant qu'il étoit à *Padoue*.

Quelque temps après *Muret* étant

venu à *Paris*, ils se réconcilierent ;
mais que les circonstances de cette
réconciliation ayent été telles que
Muret les rapporte dans une Lettre
du 24ᵉ Août 1579. à *Jean Nicot*,
c'est-à-dire sept ans après la mort de
Lambin, & que *Lambin* lui ait demandé pardon la larme à l'œil,
avoüant que ce qu'il avoit fait meritoit la corde, c'est un fait qui paroît fort douteux. Les témoins qu'il
en allegue sont du moins très-su-
spects ; l'un, qui étoit *Turnebe*,
étant mort il y avoit quatorze ans,
& *Jean Dorat*, qui étoit l'autre,
étant son compatriote & son ami.

Lambin, qui étoit naturellement
bon, comme le second *Scaligerana*
en fait foy, ne manqua pas depuis
cette réconciliation aux devoirs de
l'amitié, & parla toûjours honora-
blement de *Muret*, auquel il dedia
même en 1563. le 4ᵉ. livre de ses
Commentaires sur *Lucrece*.

Mais *Muret* n'en usa pas de même
à son égard. A peine fut-il arrivé à
Rome, qu'il se répandit en injures
contre *Lambin* comme il paroît par
trois de ses Lettres à *Giphanius*, en-

nemi mortel de *Lambin*, en l'une
desquelles il dit qu'il ne tient qu'à
lui de convaincre ce dernier d'im-
pudence & de perfidie, en publiant
les Lettres, qu'il lui avoit écrites
pour le remercier des observations
dont il lui étoit redevable, & qu'il
avoit depuis reclamées si effronté-
ment sur celui qui en étoit l'inven-
teur. Il est à remarquer que parmi
toutes les plaintes qu'il fait contre
Lambin, il ne dit pas un mot touchant la supposition des Lettres imprimées dans le Recueil de *Michel
Brutus*, dont il fit tant de bruit dans
celle qu'il écrivit à *Nicot* en 1579.
pour lui dedier une édition qu'il publia alors de toutes les siennes. *Lambin* vivoit encore, & auroit pu dé-
mentir ce qu'il auroit avancé sur ce
sujet; mais lorsque *Muret* publia le
Recueil de ses Lettres, ce Savant
étoit mort; ainsi *Muret* ne hazarda
rien à declamer dans sa lettre à *Nicot* contre la malice qu'un Savant,
qu'il ne nomme point, mais qui est
incontestablement *Lambin*, avoit eu
de lui supposer des lettres, dont il
étoit lui-même l'auteur. Personne

cependant ne fut la dupe de cette
declamation , & quoiqu'il n'eût
point inseré ces lettres à *Lambin*
dans la Collection qu'il donna alors
de toutes les siennes , on ne laissa
pas de les réimprimer la même année 1579. sous son nom à *Paris. in-*
16.

    Les trois autres livres avoient déja
été imprimés plusieurs fois , d'a-
bord en 1579. par les soins de *Mu-*
ret lui-même, & ensuite en differens endroits , soit seules , soit avec
les Oraisons & les Poësies du même
Auteur. Il seroit à souhaitter que
l'ordre des temps y fût mieux ob-
servé. On voit ici quelques petites
notes tirées de l'Edition qu'a donnée *Jacques Thomasius* ; mais par une
negligence impardonnable , qui se
fait sentir en quelques autres endroits de cette édition de *Verone*,
on a omis la Préface Savante de *Tho-*
masius , à laquelle ces notes ren-
voyent quelquefois. Les Lettres de
Muret sont suivies d'un Appendix ,
contenant 31. Lettres de *Paul Sacra-*
tus à *Muret.*

    Tomus III. *Variarum Lectionum*

M. A.
MURET.

M. A.
MURET.

libros xv. *Continens. Accedit Græco-*
rum Locorum Latina Interpretatio.
Juxta Parisiensem Editionem An.
1531. Verona 1728. in-8°.

4. Les 15. premiers livres des diverses Leçons ont paru d'abord seuls.
Voici les éditions que je connois.
Venetiis 1559. *in-4°.* C'est apparemment la premiere. *Antuerpiæ* 1580.
in-8°. Paris 1586. *in-8°. Francofurti*
1604. *in-8°.* Je ne sçai ce que les édi-
teurs de Verone ont voulu dire par
l'Edition de Paris de 1531. C'est
une faute d'impression, & on en
trouve dans leur Recueil un grand
nombre de semblables.

Tomus 1v. *Libros reliquos quatuor*
continens variarum Lectionum, & li-
brum Observationum Juris, tum Car-
mina omnia. Accedunt P. Syri Mimi
sententia. Verona 1729. *in-8°.* Rien
de plus ridicule que d'avoir été
mettre ici les sentences de *P. Syrus,*
avec des corrections & des notes,
auxquelles *Muret* n'a aucune part.

Les quatre derniers livres des diverses leçons de *Muret* ont été imprimés avec les Observations de
Droit, à *Augsbourg* l'an 1600. *in-8°.*
Gruter

Gruter les a aussi tous inserés dans le
2e tome de son *Thesaurus Criticus.*
Muret a joint dans ses diverses leçons l'élegance & la delicatesse au
jugement & au bon goût, & on y
trouve mille choses, qui en rendent
la lecture agréable.

5. *Observationum Juris liber singu-*
laris. Augustæ Vindel. 1600. *in-8°.*
Avec les quatre derniers livres des
diverses leçons. It. dans le 2e tome
du *Thesaurus Criticus Gruteri.* C'est
un écrit fort court, contenant seulement quinze observations.

6. *Carmina; libri duo, quibus ac-*
cesserunt quædam in Lipsiensi editione
1714. *omissa & Carmen nondum edi-*
tum. Cette piece qui n'avoit pas été
imprimée est une Elegie de 16. vers
ad Fulviam puellam. Ces Poësies ont
été imprimées plusieurs fois, quelques unes d'abord sous le titre de
Juvenilia. Paris. 1552. *in-8°. It. Ibid.*
1579. *in-16. It. Spiræ* 1611. *in-12.*
ensuite d'autres sous le titre de *M.*
A. Mureti Hymnorum Sacrorum liber
& alia quædam Poematia. Venetiis
1575. *in-8°. It. Paris.* 1576. *in-16.*
It. *Roma* 1581. *in-8°. It. Venetiis*

Tome XXVII.   P

**M. A.
MURET.**

1583. *in-8°.* On les trouve aussi avec
les Oraisons & les Lettres, dans une
édition donnée par les soins de *Jacques Thomasius* à *Leipsic* 1672. *in-8°.*
& renouvellée dans la même ville
en 1690. *in-8°.*

7. *Julius-Cæsar, Tragedia.* Cette
piece est fort courte, & est appellée
assez improprement une tragedie.
On n'y trouve presque rien de la
gravité & de la grandeur que demande le genre Dramatique, & le
stile en paroît trop simple, trop languissant & trop semblable à de la
prose ; c'est aussi le moindre Ouvrage de *Muret.*

8. *Monodia in obitum Cl. V. Christophori Thuani, & in eam Antonii
Constantini Notæ.* Cette piece de vers
a été imprimée à *Rome* en 1584. *in-8°.*
& à *Paris* en 1585. *in-8°.*

9. *Institutio puerilis ad M. Antonium Fratris filium, & in eam Antonii Constantini Notæ.* Autre petit Poëme imprimé aussi à *Rome* en 1584.
in-8°. & à *Paris* en 1585. *in-8°.*

10. *M. Ant. Mureti ad M. Antonium Fratris Filium, puerum Novennem, sententia Graca, cum inter-*

pretatione Latina Innocentii Gifcate-rii. l'Ouvrage eft daté du 13 No-vembre 1580. & la traduction du 1 Decembre de la même année. Ces fentences Gréques font en vers.

Tomus V. *Commentaria Mureti in libros Ethicorum Ariftotelis continens, in Ariftotelis Oeconomica Annotatio-nes, Interpretationem in Commenta-rium Alexandri Aphrodifienfis ad li-brum* VII. *Topicorum Ariftotelis. Veronæ* 1730. *in-8°.* Ce volume con-tient donc les pieces fuivantes.

11. *Commentarius in decem libros Ethicorum Ariftotelis ad Nicomachum.* Ce Commentaire n'eft d'une jufte étendue que pour les cinq premiers livres, il fe reduit pour les autres à de fimples fcholies. Il avoit été imprimé à *Ingolftad* l'an 1602. *in-8°.*

12. *Ariftotelis Oeconomica ; Jacobo Ludovico Interprete ; cujus Interpreta-tionem M. Ant. Muretus locis aliquot emendavit, fcholiifque illuftravit.* Im-primé avec le Commentaire prece-dent.

13. *Ariftotelis Topicorum liber fepti-mus, & in eundem Alexandri Aphro-*

M. A. MURET.

difienfis Commentarius, M. Ant. Mu-reto Interprete. Imprimé avec les deux Ouvrages précedens. L'Epitre dedicatoire adreſſée *L. Memmio Frémio-to, Patritio Divionenfi,* eſt datée de *Venife* le 1 Juillet 1554.

Voilà tout ce qui eſt contenu dans les cinq volumes des Oeuvres de *Muret* publié à *Verone;* on en promettoit dans la Préface du 5e de nouveaux volumes, je ne ſçai s'ils ont encore parû. On ne peut trop blâmer ceux qui conduiſent cette édition, qui eſt d'un mauvais caractere & ſur de vilain papier, par rapport à l'épargne qui leur a fait négliger ce qui pouvoit la rendre plus belle; & par rapport aux fautes d'impreſſion dont elle eſt remplie. D'ailleurs il auroit fallu mettre à la tête de chaque Ouvrage une Préface, qui contînt l'hiſtoire de cet Ouvrage, & les differences des éditions qui en ont été faites; car rien n'eſt plus maigre, ni moins inſtructif que ce qu'on lit dans la préface generale, qui a été miſe à la tête du Recueil; & où l'on a prétendu inſtruire le public de tout cela. Il faut mainte-

vant parler des autres Ouvrages de M. A.
Muret.

14. *Nota in Inſtitutiones. Lugduni* 1602. *in-12.*

15. *Explicatio Ciceronis Orationum in Catilinam. Venetiis* 1557. *in-8°. It. Pariſ.* 1581. *in-8°. It. Ingolſtadii* 1602. *in-8°.*

16. *Nota in primam Quæſtionem Tuſculanam Ciceronis, in ejuſdem tres libros de Officiis, in libros quinque de Finibus & in Orationem pro Dejotaro. Ingolſtadii* 1602. *in-8°.*

17. *Seneca Philoſophi opera cum notis M. Ant. Mureti & Indice Julii Roſcii Hoſtini. Romæ* 1585. *in-fol.* Les Notes de *Muret* ont été inſerées dans pluſieurs éditions ſuivantes. *Henri Etienne* dans ſa *Proodopœia ad Seneca lectionem* imprimée en 1586. *in-8°.* accuſe *Muret* d'avoir relevé ſouvent *Eraſme* mal à propos & de l'avoir copié quelquefois, auſſi bien que *Ferdinand Pintianus,* qui avoient travaillé avant lui ſur le même Auteur, ſans les nommer. Mais M. *Simon* le juſtifie dans ſa *Bibliotheque choiſie* tom. I. p. 151. & fait voir que *Muret* a été plus Savant qu'eux dans les

M. A.
MURET.

langues Gréque & Latine , & même
plus exercé dans l'art de la Critique
& dans la lecture des bons Auteurs,
& n'avoit par conſequent pas beſoin
de rien emprunter d'eux.

18. *Terentii Comædia cum M. A.
Mureti Argumentis & Scholiis. Venetiis* 1558. *&* 1575. *in-*8°.

19. *Catulli Carmina , cum Commentariis. Venetiis* 1554. *in-*8°. It.
Antuerpiæ 1582. *in-*8°.

20. *Adriani Turnebi Commentarius
in librum primum Carminum Horatii,
nec non in locos obſcuriores Horatii expoſitio. Acceſſerunt M. Ant. Mureti &
Aldi Manutii Annotationes in Horatium. Pariſ.* 1577. *in-*8°.

21. *M. A. Mureti Commentarii in
quinque libros priores Annalium Taciti , nec non in Salluſtium Notæ. Acceſſit Anonymi (Jacobi Gretſeri) Facula Georgio Codino Curopalata accenſa.
Ingolſtadii* 1604. *in-*8°.

22. *Annotationes in Petronii Arbitri
Satyricon. Helenopoli* 1610. *in-*8°.

23. *Commentarii in* IV. *Titulos libri primi Digeſtorum. Ferrariæ* 1581,
*in-*8°. It. *Francofurti* 1601. *in-*8°.

24. *Chanſons Spirituelles* au nom-

bre de 19. que *Claude Goudimel* a M. A.
mifes en Mufique à quatre parties. MURET.
Paris 1555.

25. *Commentaire fur le premier livre
des Amours de Pierre Ronfard.* Imprimé plufieurs fois à *Paris* in-4°. &
*in-*16.

V. *Jani Nicii Erythræi Pinacotheca
prima. Les Eloges de M. de Thou &
les Additions de Teiffier. Francifci Ben-
cii Oratio in funere M. Ant. Mureti.*
Parif. 1587. *in-*8°. Ce difcours contient plufieurs faits, mais il fe ref-
fent du Panegyrique. On le trouve
à la tête de l'Edition des Oeuvres
de *Muret* faite à *Verone. M. A. Mureti Vita.* A la tête de cette derniere
édition; elle eft mieux faite & plus
exacte que les autres. L'Auteur n'a-
voit point vû l'*Anti-Baillet* de *Menage*, ou dans le tome 1ᵉ. p. 308. on
trouve un détail fort circonftancié
de tout ce qui regarde *Muret.* La
lecture de cet Ouvrage lui auroit
fait éviter des fautes où il eft tombé.

PIERRE DE SAINT-JULIEN.

PIERRE *de Saint - Julien*, de la maison de *Balleurre*, naquit dans le Château de *Balleurre*, poſſedé par ſa famille, qui eſt dans le Diocèſe & Bailliage de *Chalons ſur Saone*, de *Claude de Saint-Julien* & de *Jeanne de Lantaiges*.

Il fut élevé dans l'Abbaye de *Tournus*, ou par le crédit d'*Antoine de Courent*, Soûprieur & Infirmier, & d'*Antoine de Veré*, Chantre, qui étoient ſes parens, il eut occaſion de ſatisfaire le goût qu'il ſe ſentoit pour s'inſtruire des Antiquités du Pays, & de viſiter les Archives de cette Abbaye.

Ayant été deſtiné à l'Egliſe dès ſa jeuneſſe, il fut d'abord Protonotaire Apoſtolique. Enſuite étant allé à *Rome* pour y ſolliciter la ſeculariſation du Prieuré de *S. Pierre de Macon* & l'ayant obtenue, il en fut fait le premier Chanoine ſeculier en 1557.

Il obtint enſuite en vertu de ſes

grades un Canonicat de *S. Vincent de Chalons* ; & puis un autre de *S. Vincent de Mâcon*, qu'il eut par la permutation du Doyenné de *Cuiferi*, & de la Chapelle de *Branges*, qu'il poffedoit.

P. DE SAINT-JULIEN.

Il eut fucceffivement les quatre Archidiaconés de l'Eglife de *Mâcon*, & celui de *Tournus* en l'Eglife de *Chalons*, de laquelle il fut élû Doyen le dernier jour de l'an 1563.

Il fe demit de ce Doyenné en 1583. & mourut le 20 Mars 1593. dans un âge apparemment affez avancé.

Catalogue de fes Ouvrages.

1. *Deux Opufcules de Plutarque, l'un de non fe courroucer, & l'autre de Curiofité. Enfemble un autre opufcule du même Plutarque auquel eft difputé, à fçavoir fi les Maladies de l'Ame tourmentent plus fort que celles du Corps :* traduits en François par Pierre de Saint-Julien. Lyon. Jean de Tournes 1546. *in*-8°. It. Paris. Jacques Bogard 1546. *in*-16.

2. *De l'Origine des Bourgognons & Antiquité des Etats de Bourgogne, deux livres. Plus des Antiquitez d'Autun*

P. DE SAINT-JULIEN.

livre 1. *De Chalons.* 2. *De Macon*. 3. *De l'Abbaye & ville de Tournus*. Paris 1581. *in-fol.* Cette hiftoire eft peu exacte & peu eftimée.

3. *Gemelles ou Pareilles, recueillies de divers Auteurs, tant Grecs, Latins, que François.* Lyon 1584. *in-8°.*

4. *Paradoxe, néanmoins difcours véritable de l'Origine & extraction de Hugues Capet Roi de France : extrait des differends entre Louis II. dit de Crecy, Comte de Flandres, & Marie de Bourgogne.* Paris 1585. *in-8°.* It. Dans les *Mélanges Hiftoriques.* Lyon 1589. *in-8°.* Cet Ouvrage a été attaqué par *Nicolas Vignier,* Medecin & Hiftoriographe du Roi, dans un livre Anonyme publié fous ce titre : *De la Nobleffe, ancienneté, remarques, & merites d'honneur de la troifiéme Maifon de France.* Paris 1587. *in-8°.* Livre auquel *Saint-Julien* répondit par le fuivant.

5. *Apologie & plus que jufte defenfe d'honneur & de réputation de Pierre de Saint-Julien, affaillie par un Anonyme indifcret, & plus lettré que fage.* Paris 1588. *in-8°.* It. à la page 266 des *Mélanges Hiftoriques.*

6. *Melanges Historiques, où Recueil de diverses Matieres, pour la plûpart paradoxales, & néanmoins vrayes. Lyon* 1589. *in-*8°. Ces matieres paradoxales concernent l'histoire de France, & en particulier celle de Bourgogne. On y trouve des Généalogies de quelques maisons anciennes de cette Province.

V. *Lud. Jacob de scriptoribus Cabilonensibus. p.* 49. *La Préface de l'Histoire de l'Abbaye de S. Filibert & de la Ville de Tournus par Pierre Juenin, Chanoine de cette Eglise. Dijon* 1733, *in-*4°.

ALEXANDRE GUIDI.

ALEXANDRE *Guidi* naquit à *Pavie* le 14 Juin 1650. de *Bernard Guidi*, bon Bourgeois de cette ville, & de *Madeleine Figarolla*.

Ayant été envoyé à *Parme* à l'âge de 16 ans, il s'y fit connoître si avantageusement à la Cour du Duc, *Rainuce II*. par son esprit & par son talent pour la Poësie Italienne, que ce Prince voulut contribuer au progrès

A. Guidi. de ses études. Il composa alors quelques pieces, où regnoit à la verité le mauvais goût de ce temps-là, qui étoit celui des pointes, des hyperboles, & des pensées extraordinaires & fantasques, mais où l'on appercevoit sans peine, qu'il étoit capable de quelque chose de meilleur.

Il eut envie en 1683. de voir *Rome*, & il s'y rendit après en avoir obtenu la permission du Duc de *Parme*. Il y étoit déja connu par ses Poësies, qu'on recherchoit avec empressement; ainsi il n'eut pas de peine à s'introduire chez les personnes les plus considerables de cette ville. La Reine de Suede voulut même le voir, & fut si contente d'une piece de vers qu'il composa sur un sujet qu'elle lui avoit donné, qu'elle souhaita le retenir à sa Cour.

Cependant le terme que le Duc lui avoit accordé pour son voyage étant expiré, il se rendit aussitôt à *Parme*; mais la Reine ayant témoigné au Resident de ce Prince à *Rome* le desir qu'elle avoit de l'avoir à sa Cour, le Duc ne l'eut pas plûtôt sçû, qu'il renvoya *Guidi* à *Rome* au

commencement du mois de May de A. Guidi
l'an 1685.

Le féjour de cette ville lui fut
avantageux ; car ayant été reçu dans
l'Academie qui fe tenoit chez la
Reine de Suede, il eut occafion d'y
faire connoiffance avec plufieurs Sçavans hommes, qui en étoient. Il
commença alors à lire les Poëfies
du *Dante*, de *Petrarque* & de *Chia-
brera*, qui lui firent connoître les
veritables beautés de la Poëfie ; cette lecture lui fit changer fon ftile, &
les pieces qu'il compofa depuis, re-
çurent de plus grands applaudiffe-
mens que celles qu'il avoit faites auparavant.

Quoique la Reine de Suede le
comblât de bienfaits, & lui eût obtenu du Pape *Innocent XI.* un bene-
fice fimple affez confiderable, le
Duc de *Parme* ne laiffa pas de lui
donner toûjours des marques de fon
eftime, en lui accordant une penfion, qui lui fut toûjours payée exactement.

La mort de fa Protectrice arrivée
en 1689. ne lui fit pas abandonner
la ville de *Rome*, où le Duc de *Par-*

A. Guidi. *me* lui donna un logement dans son Palais; & où les caresses & les bienfaits de plusieurs personnes de consideration le dedommagerent bientôt de cette perte.

Il fut aggregé à l'*Arcadie de Rome* sous le nom d'*Erilo Cleoneo* le 2 Juillet 1691. neuf mois après sa fondation, & il en fut un des premiers ornemens, & des principaux fondateurs.

Le Pape *Clement XI.* qui le connoissoit depuis long-temps, & qui lui avoit donné beaucoup de marques de son estime, pendant qu'il étoit Cardinal, n'eut pas plûtôt été élevé au Pontificat, qu'il lui fit ressentir des effets de sa liberalité, ce qu'il a continué pendant tout le reste de sa vie.

Il alla en 1709. faire un voyage dans sa patrie pour ses affaires domestiques. Il y étoit, lorsque l'Empereur fit pour l'Etat de *Milan* un nouveau Reglement, qui lui étoit fort onereux. *Guidi*, qui étoit capable d'autre chose que de Poësie, fut choisi pour representer au Prince *Eugene de Savoye*, à qui l'Empereur

avoit remis cette affaire , comme au A. Guidi
Gouverneur du Pays , les inconve-
niens de ce Reglement. Il compoſa
pour cela un memoire, qui fut trouvé ſi juſte & ſi bien raiſonné , que
le nouveau Reglement fut revoqué.
Ce ſervice rendu à ſon pays , lui attira une marque de diſtinction de
la part du Conſeil de *Pavie* , qui
par un acte du 26 Mars 1710. l'ag-
gregea à l'ordre des Nobles & des
Decurions de cette ville. Après cela
Guidi ne ſongea plus qu'à retourner
à *Rome.* Il voulut cependant faire ſon
teſtament auparavant , prevoyant en
apparence l'accident qui devoit lui
arriver.

De retour à *Rome* , il ſe donna
tout entier à la traduction en vers
qu'il avoit commencée de ſix Homelies du Pape. L'ayant achevée , il
la fit imprimer magnifiquement , &
voulut la preſenter à ce Pontife, qui
étoit alors à *Caſtel-Gandolfe.* Il partit le 12 Juin (a) 1712. pour s'y ren-

(a) On s'eſt trompé dans le Journal de
Veniſe en mettant le 18. & en diſant qu'il
entroit ce ſoir là dans ſon année Clima-
terique 63.

A. GUIDI. dre ; mais étant arrivé le soir à *Fref-cati* , il y eut une attaque d'apople-xie , dont il mourut quelques heu-res après , ayant eu affez de connoif-fance pour reçevoir tous fes Sacre-mens. Il étoit alors âgé de 62 ans moins deux jours.

On reporta fon corps à *Rome* , où il fut enterré dans l'Eglife de *S. Onu-phre* auprès du *Taffe.*

La nature ne lui avoit pas été fa-vorable en lui formant un corps. Il étoit boffu par devant & par derrie-re ; fa tête raifonnablement groffe n'avoit aucune proportion avec fa taille qui étoit petite , & il étoit borgne de l'œil droit ; c'eft pour cet-te raifon que le Chevalier *Odam* , fon ami , qui a fait fon portrait , tel qu'on le voit dans le Journal de *Ve-nife* tom. 2. p. 261. l'a , pour cacher tous ces defauts , reprefenté feule-ment en bufte & de profil , mon-trant l'œil gauche. Celui qui l'a gra-vé pour l'édition de fes Oeuvres fai-te à *Verone* en 1726. n'a pas fait at-tention à cela , lorfqu'il l'a repre-fenté montrant l'œil droit , qui étoit fon mauvais.

Au

A. GUIDI.

'Au reſte ces deſavantages étoient bien compenſés par les qualités de ſon eſprit. Il n'étoit pas ſçavant, mais il étoit plein d'eſprit & de bon ſens. Son goût dominant étoit pour la Poëſie Heroïque, & il haiſſoit les diſcours trop libres & la Satyre. Ses vers ont un goût original, quoiqu'on y trouve quelque fois celui du *Dante*, de *Petrarque*, & de *Chiabrara*, dont il avoit fait ſes modeles.

Catalogue de ſes Ouvrages.

1. *Poëſie Liriche. In Parma* 1681. *in*-12. Les Auteurs de ſa vie marquent qu'il avoit publié auparavant un Ouvrage en proſe ; mais ils ne nous diſent pas ce que c'eſt. Pour ce qui eſt de ces Poëſies, comme elles ſont compoſées ſuivant le premier goût de *Guidi*, il n'en a pas tenu compte dans la ſuite, non plus que de la piece ſuivante.

2. *L'Amalaſunta, Dramma Muſicale. In Parma* 1681. *in*-4°.

3. *Accademia per Muſica. In Roma* 1687. *in*-4°. Cette piece fut faite par ordre de la Reine de Suede pour une fête qu'elle vouloit donner en 1687. à l'occaſion d'une Ambaſ-

Tome XXVII. Q

A. GUIDI. sade que *Jacques II.* Roi d'Angleterre avoit envoyée au Pape *Innocent XI.* pour lui faire part de son élevation au Throne. *Crescimbeni* avoüe que les vers de *Guidi* n'étoient pas assez coulans pour la Musique, & qu'on eut bien de la peine à les mettre en chant.

4. *L'Endimione di Erilo Cleoneo, Pastor Arcade, con un discorso di Bione Crateo al Cardinale Albano. In Roma* 1692. *in-*12. It. *In Amsterdamo in-*12. Cette nouvelle édition n'est pas réelle ; ce n'est qu'une charlatanerie du Libraire de *Rome*, qui pour donner du merite à son livre, & pour faire croire qu'il avoit été réimprimé dans le Pays étranger, mit un nouveau frontispice à son édition. Ce fut la Reine de Suede qui donna le dessein de cette espece de Pastorale, & qui fournit même à l'Auteur quelques sentimens & quelques vers, qu'on a eu soin de distinguer du reste dans l'impression par des Guillemets. Le discours ajouté à la piece, & qui tend à en faire connoître les beautés, est de *Vincent Gravina*, qui portoit dans l'Acade-

mie des Arcadiens le nom de *Bione* A. GUIDI.
Crateo.

5. *Le Rime. In Roma* 1704. *in-*4°.
Il declare ici qu'il réjette tous fes
Ouvrages , qui avoient paru avant
ces Poëfies , à l'exception cependant
de fon *Endimion.*

6. *Sei Omelie di N. S. Clemente
XI. Spiegate in Verfi. In Roma* 1712.
in-fol. Cette édition eft magnifique,
& accompagnée d'Eftampes, faites
fur les deffeins de *Pierre Leon Ghez-
zi.* Ce n'eft ici proprement ni une
verfion ni une paraphrafe , l'Auteur
y a feulement pris occafion de quelques endroits de ces homelies , pour
compofer des pieces de vers dans
fon genie & fon goût.

7. *Poëfie d'Aleffandro Guidi non piu
raccolte. Con la fua vita novamente
fcritta dal fignor Canonico Crefcimbe-
ni. E con due Ragionamenti di Vin-
cenzo Gravina , non piu divulgati. In
Verona* 1726. *in-*12. *pp.* 379. * C'eft
un Recueil de fes Poëfies imprimées
& Manufcrites. On y trouve d'abord
les pieces qu'il a recitées dans l'Academie des Arcadiens , tant fur cet
Academie , que fur divers autres fu-

* Se trou-
vent à Paris
chez Briaf-
fon.

Q ij

A. GUIDI. jets ; ensuite les six Homelies de *Clement XI.* en vers Italiens ; des sonnets à la loüange de *Louis della Cerda*, fils du Viceroy de *Naples*, mort dans un Combat sur Mer ; & l'*Endimion* suivi du discours de *Gravina*, & de deux Dissertations de ce dernier Auteur, qui n'avoient pas encore été imprimées. La 1e. intitulée : *Della divisione d'Arcadia*, roule sur une espece de schisme qui s'étoit fait dans l'Academie des Arcadiens. Elle est datée de *Rome* au mois de Septembre 1712. La seconde écrite en Latin, traite de la Poësie & du Caractere des plus fameux Poëtes. Elle est du 1 Decembre 1711. L'Editeur a mis ensuite l'*Academia per Musica, la Dafne, Cantata*, & *Ragionamento di Erilo Cleoneo* (c'est-à-dire *Alex. Guidi*) *in morte di Ranucio II. Duca di Parma, recitato nel Bosco Parrasio a*' 12 *Giugno* 1695. Cette piece est en prose.

V. Son Eloge dans le Journal de *Venise* tom. 2. p. 261. sa vie par *Pierre Jacques Martelli* à la p. 230. de la 3e. partie du Recueil intitulé : *Le Vite degli Arcadi illustri. In Roma* 1714. *in*-4°.

Ces deux vies ſont aſſez exactes & A. Guidi. circonſtanciées, mais elles ſont fort inferieures à celle que *Jean Mario Creſcimbeni* a miſe à la tête du Recueil de *Verone.* Ce dernier Auteur eſt entré dans un grand detail de tout ce qui peut avoir rapport à *Guidi*, & même à l'Academie des Arcadiens; & on y trouve pluſieurs choſes curieuſes à apprendre.

ATHANASE KIRCHER.

ATHANASE *Kircher* naquit à *Fulde* en Allemagne, le 2 Mai 1601. A. Kircher.

Il entra le onze Octobre 1618. dans la Compagnie de Jeſus, où il fit dans la ſuite les quatre vœux.

Après le cours ordinaire des études, il enſeigna la Philoſophie, les Mathematiques, & les langues Hebraïque & Syriaque dans l'Univerſité de *Wirtzbourg* en Franconie.

La guerre, que *Guſtave Adolphe*, Roi de Suede, faiſoit en Allemagne, l'ayant obligé d'interrompre ſes exercices, il quitta l'Allemagne, &

étant passé en France, il alla les continuer à *Avignon*, où il étoit en 1635.

Appellé ensuite à *Rome*, il enseigna pendant six ans les Mathematiques dans le College Romain, où il demeura le reste de sa vie.

Il y professa aussi la langue Hebraïque, & donna un temps considerable à l'étude des Ecritures Hieroglyphiques des Egyptiens, dans lesquelles il se rendit fort habile.

Le nombre prodigieux d'Ouvrages qu'il a composés, & l'érudition qui y regne, font assez connoître son application au travail, & l'ardeur avec laquelle il s'y livroit: on peut même dire que leur composicion a rempli la meilleure partie de sa vie.

Il mourut à *Rome* sur la fin du mois de Novembre de l'année 1680. âgé de 79 ans.

Catalogue de ses Ouvrages.

1. *Ars Magnesia, sive conclusiones experimentales de effectibus Magnetis. Herbipoli* 1631. *in-*4°.

2. *Primitiæ Gnomonicæ Catoptricæ, hoc est Horologiographia nova specus*

laris. Avenione 1635. *in-*4°. *pp.* 228. A. KIR-

3. *Specula Melitensis Encyclica ,* CHER.
sive Syntagma novum Instrumentorum
Physico - Mathématicorum. Messanæ
1638. *in-*12.

4. *Prodromus Coptus , sive Ægyp-*
tiacus , in quo cùm linguæ Coptæ , sive
Ægyptiacæ , quondam Pharaonicæ ori-
go , ætas , vicissitudo , inclinatio , tùm
Hieroglyphicæ Litteraturæ instauratio
exhibentur. Romæ 1636. *in-*4°.

5. *Magnes , sive de Arte Magne-*
tica opus tripartitum. Romæ 1641. *in-*
4°. *Editio secunda post Romanam mul-*
to correctior. Coloniæ Agripp. 1643.
*in-*4°. *Editio tertia , ab Autore recog-*
nita emendataque , ac multis novorum
experimentorum problematis aucta. Ro-
mæ 1654. *in-fol.*

6. *Lingua Ægyptiaca restituta, qua*
Idiomatis primævi Ægyptiorum Pha-
raonici instauratio continetur ; sive In-
stitutiones Grammaticales & Lexicon
Copticum. Opus tripartitum , unà cum
supplemento. Romæ 1644. *in-*4°. Bochart ne faisoit pas grand cas de cet
Ouvrage.

7. *Ars magna Lucis & Umbræ , in*
decem libros digesta. Romæ 1646. *in-fol.*

deux vol. It. *Amstelodami* 1671. *in-fol.*

8. *Musurgia Universalis, sive Ars magna consoni & dissoni, in decem libros digesta ; qua universa sonorum doctrina & Philosophia, Musicæque tam Theoricæ, quam Practicæ, scientia traditur. Romæ* 1650. *in-fol.* deux vol.

9. *Obeliscus Pamphilius, hoc est Interpretatio nova & huc usque intentata Obelisci Hieroglyphici, quem non ita pridem ex veteri Hippodromo Antonii Caracallæ Cæsaris in Agonale Forum transtulit, integritati restituit, & in urbis æternæ ornamentum erexit Innocentius X. Pontifex Max. Romæ* 1650. *in-fol.*

10. *Oedipus Ægyptiacus, hoc est, Universalis Hieroglyphicæ veterum doctrina, temporum injuria abolitæ, instauratio. Romæ* 1652. & *suiv. in-fol.* Cet Ouvrage est divisé en quatre tomes, dont le premier est intitulé : *Templum Isiacum, de origine & duratione Ægyptiacæ sapientiæ,* & a été imprimé en 1652. Le second, qui est de l'année suivante 1653. a pour titre : *Gymnasium Ægyptiacum, quo veterum Hebræorum & Orientalium sapien-*

Sapientia instauratur. Le 3ᵉ, qui est de
la même année contient *Variarum*
Artium veteribus Ægyptiis usitatarum
classes. Le 4ᵉ. qui a paru en 1654.
est intitulé : *Theatrum Hieroglyphi-*
cum, quod est Obeliscorum cæterorum-
que Hieroglyphicorum Monumentorum
Romæ, in Ægypto, & alibi Inter-
pretatio. Le P. *Kircher* avoit fait une
étude particuliere des Caracteres
Hieroglyphiques ; mais on ne peut
pas assûrer qu'il en eût trouvé la véritable signification, quoiqu'il scût
donner un sens à tout ce qu'il voyoit
écrit en ces caracteres. On rapporte
à ce sujet une chose qui decrediteroit
beaucoup sa Science prétendue, si
elle étoit veritable. On dit que des
jeunes gens ayant dessein de se diver-
tir à ses depens, firent graver sur
une pierre informe plusieurs figures
de fantaisie, & enterrerent cette
pierre dans un endroit, où ils sça-
voient qu'on devoit bâtir dans peu.
On fouilla effectivement dans ce lieu
quelque temps après, & on trouva
la pierre, qu'on porta au P. *Kircher,*
comme une chose singuliere. Ce Pere ravi de joye, travailla alors avec

Tome XXVII. R

A. Kir-
cher.

A. KIR-
CHER.

ardeur à l'explication des caractères qu'elle contenoit, & parvint enfin, après bien de l'application, à leur donner le plus beau sens du monde.

11. *Iter Extaticum Cæleste, sive Mundi Opificium, quo cœli siderumque natura, vires & structura exponuntur.* Romæ 1656. in-4°. It. *auctum & illustratum Prælusionibus, scholiis & Iconismis Casparis Schotti.* Herbipoli 1660. in-4°.

12. *Iter Extaticum terrestre, sive Geocosmi opificium, quo terrestris globi structura exponitur.* Roma 1657. in-4°.

13. *Scrutinium Physico-Medicum contagiosæ luis, quæ Pestis dicitur.* Roma 1658. in-fol. It. *Cum Præfatione Christiani Langii.* Lipsiæ 1659. in-12. It. *Ibid.* 1671. in-4°. Avec un Traité du même *Langius, de Thermis Carolinis.* It. trad. en Flamand par *Zacharie vanden Graaf.* Rotterdam 1669. in-8°.

14. *Pantometrum Kircherianum, hoc est, instrumentum Geometricum novum à P. Ath. Kircher antehac inventum, nunc decem libris universam pene practicam Geometriam complectentibus explicatum, perspicuisque demon-*

ftrationibus illuftratum à R. P. Cafpare
Schotto. Herbipoli 1660. *in*-4°. *Kir-*
cher dans une lettre datée de *Rome* le
25 Mars 1656. qu'on voit ici, témoigne avoir confié fon Pantome-
tre au P. *Schott*, afin qu'il en donnât l'explication.

15. *Diatribe de Crucibus Neapoli-*
tanis, quæ ibidem fupra veftes homi-
num comparuerunt. Romæ 1661. *in*-8°.

16. *Polygraphia, feu artificium lin-*
guarum, quo cum omnibus totius mun-
di populis poterit quis correfpondere.
Romæ 1663. *in-fol.*

17. *Mundus fubterraneus, in quo*
univerfæ Naturæ majeftas & divitiæ
demonftrantur. Amftelodami 1664. *in-*
fol. deux vol. It. *Amftel.* 1668. *in-fol.*
deux vol. It. *Editio tertia ad fidem*
fcripti exemplaris recognita, & ab Au-
tore Roma fubmiffis variis obfervationi-
bus novifque figuris auctior. Amftelod.
1678. *in-fol.* deux vol. Cet Ouvrage
eft divifé en douze livres.

18. *Hiftoria Euftachio-Mariana,*
qua vita, genealogia & locus conver-
fionis S. Euftachii defcribuntur. Romæ
1665. *in-fol.*

19. *Arithmologia, five de occultis*

R ij

A. KIR- *numerorum Mysteriis. Roma* 1665. in-
CHER. 4°.

20. *Obeliscus Chigius, sive Obelisci
Ægyptiaci intra rudera templi Minervæ effossi Interpretatio Hieroglyphica. Romæ* 1666. *in-fol.*

21. *China Monumentis, quà sacris,
quà profanis, nec non variis naturæ &
artis spectaculis illustrata. Amstelod.*
1667. *in-fol.* It. en François : *La Chine d'Ath. Kircher*, illustrée de plusieurs *Monumens*, tant sacrés que pro-
phanes, & de quantité de recherches
de la nature & de l'art ; à quoi l'on a
ajouté de nouveau les questions curieu-
ses, que le Grand Duc de Toscane a
faites depuis peu au P. Jean Gruber,
touchant ce grand Empire, avec un
Dictionnaire Chinois & *François*,
Trad. par *F. S. d'Alquié. Amsterdam*
1670. *in-fol.* Quelques-uns ont appellé cet Ouvrage *Chinensis Atha-
nasii Phantasia* ; parce que des Jesuites revenus de la Chine ont reconnu
qu'il decrivoit ce pays-là tout autrement qu'il est dans la réalité.

22. *Magneticum Naturæ Regnum,
sive disceptatio Physiologica de triplici
in natura rerum Magnete, juxta tripli-*

rem ejufdem naturæ gradum digefto, A. Kir-
inanimato, animato, fenfitivo. Romæ CHER.
1667. *in*-4°. *It. Amftelod.* **1667.** *in-*
12.

23. *Ars magna fciendi in* XII. *li-*
bros digefta, quâ nova & univerfali
Methodo per artificiofum combinatio-
num contextum de omni re propofita
plurimis & prope infinitis rationibus
difputari, omniumque fummaria quæ-
dam cognitio comparari poteft. Amfte-
lodami 1669. *in-fol.*

24. *Latium, id eft, Nova & pa-*
rallela Latii tum veteris, tum novi de-
fcriptio. Romæ 1669. *in-fol.* It. *Amfte-*
lodami 1671. *in-fol.* Cet Oùvrage eft
plus curieux qu'exact, comme tous
les autres Ouvrages de *Kircher.*

25. *Principis Chriftiani Archetypon*
Politicon, five fapientia regnatrix,
quam regiis inftructam documentis ex
antiquo numifmate Honorati Joannii
Caroli V. Imper. & Philippi II. Au-
lici, Caroli Hifpaniarum Principis
Magiftri, nec non Oxonienfis Ecclefiæ
Antiftitis, Symbolicis obvelatam inte-
gumentis, Reip. Litterariæ evolutam
exponit Ath. Kircher. Amftelod. 1669.
*& * 1672. *in*-4°. Ce livre porte en-

R iij

A. KIR-core cet autre titre : *Splendor Domus*
CHER. *Joanniæ, unius ex antiquissimis Hispa-*
niæ familiis.

26. *Arca Noë in tres libros digesta,*
quorum primus de rebus, quæ ante di-
luvium ; secundus de iis quæ ipso dilu-
vio ejusque duratione ; tertius quæ post
diluvium à Noëmo gesta sunt. Amste-
lod. 1675. *in-fol.* Il doit y avoir eu
une édition precédente, la permission d'imprimer étant de l'année
1669.

27. *Turris Babel, sive Archonto-*
logia, quâ primo priscorum post dilu-
vium hominum vita, mores, rerumque
gestarum magnitudo : secundo Turris
fabrica, Civitatumque exstructio, con-
fusio linguarum, & inde gentium trans-
migrationes, cum principalium inde
enatorum idiomatum Historia, multi-
plici eruditione describuntur, & ex-
plicantur. Amstelodami 1678. *in-fol.*

28. *Phonurgia nova, de prodigiosis*
sonorum effectibus, & sermocinatione
per machinas, sono animatas. Campi-
donæ 1673. *in-fol.*

29. *Physiologia Kircheriana experi-*
mentalis, quâ summa argumentorum
multitudine & varietate naturalium

rum ſcientia per experimenta Phyſi-ca, Mathematica, Medica, Chymi-ca, Muſica, Magnetica, Mechani-ca, comprobatur, atque ſtabilitur, quam ex vaſtis operibus A. Kircheri extra-xit, & in hunc ordinem per claſſes redegit Romæ anno 1665. Joannes Ste-phanus Keſtlerus, Alſata, Autoris diſcipulus. Amſtelodami 1680. in-fol. L'Epitre liminaire de *Keſtler* eſt da-tée de *Rome* le 15 Octobre 1675.

30. *Organum Mathematicum ad diſciplinas Mathematicas facili Me-thodo addiſcendas. Norimbergæ 1670. in-fol.*

31. *Sphinx Myſtagoga, ſive Dia-tribe Hieroglyphica, qua Mumiæ ex Memphiticis Pyramidum adytis erutæ, & non ita pridem in Galliam tranſ-miſſæ juxta veterum Hieromyſtarum mentem intentionemque, plena fide, & exacta exhibetur interpretatio. Amſte-lodami 1676. in-fol.*

32. *Tariffa Kircheriana, id eſt, in-ventum Autoris novum, expedita & mira arte, combinata methodo univer-ſalem Geometriæ & Arithmeticæ prac-ticæ ſummam continens. Roma 1679. in-8°.* On trouve à la ſuite. *Tariffa*

Kircheriana , sive Mensa Pythagoricâ expensâ.

33. *Prodromo Apologetico. Amstelo-
damo* 1677. *in-*4°. Je ne sçai ce que
c'est.

Il faut ajouter ici l'Ouvrage suivant , quoiqu'il ne soit pas de *Kircher.*

*Romani Collegii Soc. Jesu Musæum
celeberrimum ex legato Alphonsi Domini S. P. Q. R. à secretis munifica li-
beralitate relictum. P. Athanasius Kir-
cherus , Soc. J. novis ac raris inventis
locupletatum , compluriumque Principum curiosis donariis magno rerum ap-
paratu instruxit ; innumeris insuper rebus ditatum publicæ luci exponit Geor-
gius de Sepibus , Autoris in Machinis
concinnandis executor. Amstelodami*
1678. *in-fol.* Le P. *Philippe Bonanni,*
qui a beaucoup augmenté depuis le
Cabinet dont il s'agit ici , en a donné une nouvelle description sous ce
titre : *Musæum Kircherianum , sive
Musæum à P. Athanasio Kirchero in
Collegio Romano Soc. J. jam pridem
inceptum , nuper restitutum & auctum,
descriptum & iconibus illustratum , à
Philippo Bonanni. Romæ* 1709. *in-fol.*

SAMUEL BOCHART.

SAMUEL *Bochart* naquit à   S. Bo-
Rouen l'an 1599. de *René Bo-* CHART.
chart du Menillet, Miniſtre de l'E-
gliſe P. Reformée de cette ville, &
d'*Eſther du Moulin* ſœur du celebre
Pierre du Moulin.

On l'appliqua à l'étude de fort
bonne heure, & il y réuſſit ſi bien
qu'à l'âge de quatorze ans, il compoſa 44 vers Grecs à l'honneur de
Thomas Dempſter, qui les mit à la
tête de ſes *Antiquités Romaines,* qu'il
publia en 1613. Il étudioit alors
ſous ce fameux Ecoſſois, qui profeſſoit à *Paris.*

Il alla enſuite faire ſa Philoſophie
à *Sedan,* & il y ſoutint l'an 1615.
des Théſes publiques, qui lui firent
beaucoup d'honneur, non ſeulement par la ſubtilité avec laquelle
il repondit aux argumens, mais encore à cauſe de certains vers, accom-
modés avec beaucoup d'artifice à la

S. Bo- figuré d'un cercle; badinage qui étoit
CHART. du goût de son temps, & dont il
accompagna ces Theses.

Il commença à étudier en Théologie dans la même Academie; d'où
l'on croit qu'il alla à *Saumur* continuer ses études Théologiques sous
Cameron. Du moins est il sûr qu'il
suivit ce Sçavant à *Londres*, lorsque
les guerres Civiles eurent dissipé
cette derniere Academie, & l'obligerent à se retirer en Angleterre, &
qu'il assista aux leçons particulieres,
qu'il fit à *Londres* pendant quelque
temps.

Il étoit sur la fin de 1621. à *Leyde*, où il s'appliqua avec beaucoup
d'ardeur à l'étude de la langue Arabe sous *Erpenius*, & où il continua
à étudier en Théologie sous *André
Rivet*, qui avoit épousé la soeur de
sa Mere.

A son retour en France, il fut
bientôt reçu Ministre, & on le donna pour Pasteur à l'Eglise de *Caen*.

La premiere chose de grand éclat,
qu'il fit dans ce poste, fut de soutenir une longue dispute avec le P.
Veron, qui étoit allé à *Caen* en 1628.

pour ce fujet. La difpute fe fit dans
le Château de cette ville, en pre-
fence d'un grand nombre de perfonnes de l'une & l'autre Religion.
Le Duc *de Longueville*, Gouverneur
de la Province, s'y trouva auffi fouvent que fes affaires le lui permirent,
& il y eut des Commiffaires nommés de part & d'autre pour y affif-
ter. On difputa depuis le 22 Septembre jufqu'au 3e Octobre, dans
neuf Seances confecutives ; & il en
arriva de cette Action, comme de
toutes les autres femblables ; chaque
parti s'attribua la Victoire, & en publia des Actes, qui lui étoient favorables.

Bochart s'acquit par là une réputation, qui augmenta beaucoup dans
la fuite par la publication de fa *Geo-*
graphie Sacrée ; Ouvrage d'une érudition immenfe.

Cette réputation fit naître à la
Reine de Suede l'envie de l'attirer
auprès d'elle, & elle lui écrivit pour
cela une lettre de fa propre main.
Il fit le voyage en 1652. avec M.
Huet, qui en a écrit la Relation en
vers. Il y fut fort bien reçu de la

S. Bo-
CHART.

Reine, & on lui fit de grands honneurs; de son côté il profita du temps qu'il demeura à *Stockholm* pour examiner les Manuscrits qui étoient dans la Bibliotheque de la Reine, & sur tout ceux qui étoient en Arabe, & il en tira de grandes lumieres, qui lui servirent beaucoup dans la suite.

A son retour à *Caen*, il trouva qu'on y avoit formé une espece d'Academie, composée des personnes les plus habiles du Pays, & il y fut bientôt aggregé avec M. *Huet*.

Quelque temps après il fut élû, par le Synode de la Province, pour être Deputé au Synode National de *Loudun*, où il donna des preuves de sa prudence & de son habileté.

En 1661. il fut engagé dans une dispute avec le P. de *la Barre*, Jesuite, qui s'appuyant du Synode National de *Charenton*, accusoit les P. Reformez d'aversion contre les Catholiques, parce qu'ils les excluoient de leur Communion, pendant qu'ils y admettoient les Lutheriens; & il composa à cette occasion un Ouvrage dont je parlerai plus bas.

Il s'étoit marié à *Caen*; mais il n'eut de ce mariage qu'une fille qui ayant, par sa sagesse & sa douceur, gagné toute son affection, fut enfin par-là cause de sa mort; car cette fille qu'il avoit mariée à M. *le Sueur de Colleville*, Conseiller au Parlement de *Rouen*, étant tombée dans une maladie de langueur, le deplaisir, que lui donna la vûe continuelle de ce triste objet, lui glaça le sang, dont la circulation se trouvant quelquefois interrompue, & le reduisant à l'extremité, il fut emporté tout d'un coup par un accès violent de ce funeste mal, causé par un depit imprevû & vehement. Cet accident lui arriva au fort d'une dispute au milieu de l'Academie de *Caen* le 16 May 1667. Il étoit alors âgé de 68 ans.

C'étoit un homme d'une érudition profonde, qui possedoit à fond la plûpart des langues Orientales, l'Hebreu, le Syriaque, le Chaldaïque & l'Arabe, & qui avoit même voulu apprendre dans un âge assez avancé l'Ethiopien du celebre *Job Ludolf*. Mais sa Science, quelque vaste qu'elle fût, n'étoit pas si principale qualité ; il avoit une modestie & une candeur singuliere. Aussi a-t-il possedé la gloire qu'il avoit acquise dans la République des Lettres, avec beaucoup de tranquillité, & à couvert des querelles que tant d'autres Sçavans s'attirent par leur orgueil, & par l'emportement de leur style.

Catalogue de ses Ouvrages.

1. Quarante-quatre vers Grecs à la loüangue de *Thomas Dempster* à la tête des ses *Antiquitez Romaines*, imprimées à *Paris* l'an 1613. *in-fol.*

2. *Epistola ad Ant. Walæum Leydensem Theologum, de motu voluntatis per intellectum.* Avec les Ouvrages de *Jean Cameron.*

3. *Actes de la Conference tenue à Caen entre Samuel Bochart & Jean Baillehache Ministres, & François Veron, & Isaac le Conte. Saumur.* 1630. *in-8°.* deux vol. *Bochart*, qui a publié cet Ouvrage, y a joint la dispute de l'Eucharistie, & celle du Celibat, que l'on avoit résolu d'examiner dans la conference, mais qu'on n'avoit pas eu le temps d'approfondir.

4. *Epiftola ad D. Morleyum de Presbyteratu & Epifcopatu, de provocatione à Judiciis Ecclefafticis, & de Jure ac poteftate Regum. Parif.* 1650. *in-*12. It. en François fous ce titre: *Lettre de M. Bochart à M. Morley, Chapélain du Roi d'Angleterre, pour répondre à trois queftions.* 1°. *De l'Ordre Epifcopal & Presbyterien.* 2°. *Des Appellations des Jugemens Ecclefaftiques.* 3°. *Du Droit & de la puiffance des Rois. Paris* 1650. *in-*12.

5. *Geographia facra, in duas partes divifa; quarum* I. *Phaleg infcripta, feu de Difperfione Gentium & terrarum divifione facta in ædificatione Turris Babel.* II. *Chanaan, feu de Coloniis & Sermone Phœnicum: cum Tabulis Chorographicis. Cadomi* 1646. *in-fol.* It. *Francofurti* 1681. *in-*4°. Les Editeurs de *Francfort* prétendent que l'édition de *Caen* eft toute pleine de fautes, dont ils prétendent avoir repurgé la leur: mais c'eft le langage ordinaire de ceux qui donnent de nouvelles éditions, & l'on ne peut gueres y ajouter foi dans le cas prefent; puifqu'il eft à prefumer que l'édition d'un Ouvrage auffi rempli

d'érudition qu'est celui-ci, faite
sous les yeux de l'Auteur, est plus
correcte qu'une autre qui s'est faite
dans un pays étranger. On a ajouté
à cette seconde édition la lettre à
M. *Morley*, dont je viens de parler,
& celle à M. *de Segrais*, sur la question si *Enée* est venu en Italie. M.
Simon pretend que *Bochart* a affecté
dans cet Ouvrage, aussi bien que
dans celui *de Animalibus scriptura sacra*, de paroître Sçavant, & homme
d'érudition, mais qu'il n'est pas assez
judicieux; peut-être n'en à-t'il jugé
ainsi, que parce qu'il n'étoit pas de
son sentiment sur plusieurs choses
qu'il avance dans ces Ouvrages.

6. *Elegia in Petri Mosantii Obitum.*
Dans un Recueil intitulé : *Petri Mosantii Tumulus. Cadomi* 1655.

7. *Carmen Epicedium Lud. de Zelis
immatura morte prærepto. An.* 1560.

8. *Reponse à la Lettre du P. de la
Barre, Jesuite sur la presence réelle.*
1661. *in-*8°.

9. *Hierozoicon, sive Historia Animalium S. Scripturæ. Londini* 1663.
in-fol. deux vol. It. *Francofurti* 1675.
in-fol. deux vol. It. Abregée sous ce
titre :

titre : *Samuelis Bocharti Hierozoici Compendium à Stephano M. Vecfei Hungaro, adornatum. Franekeræ* 1690. *in*-4°.

10. *Lettre à M. de Segrais fur la Queftion, fi Enée eft venu en Italie.* Avec la traduction de l'Eneïde de *Virgile* en vers François par M. de *Segrais.* It. en Latin : *De Quæftione, num Æneas unquam fuerit in Italia? Differtatio Epiftolica ad D. de Segrais ex Gallico Latina per Joannem Schefferum. Hamburgi* 1672. *in*-12. Cette Lettre, où *Bochart* pretend qu'*Enée* n'a jamais été en Italie, a été refutée par *Theodore Ryckius* dans une Differtation *de primis Italiæ Colonis & Æneæ adventu* jointe à *Lucæ Holftenii notæ & caftigationes pofthumæ in Stephánum Byzantinum de Urbibus.* Lugd. Bat. 1684. *in-fol.*

11. *Annotationes in Stephani Byzantini de Urbibus Fragmenta.* Inferées dans l'Edition de cet Auteur donnée par *Abraham Berkelius* à Leyde en 1674. *in* 8°.

12. On trouve quelques notes de fa façon dans une édition que *Guillaume Worth* a donnée de deux an-

Tome XXVII. S

S. Bo- ciens Ouvrages; *Tatiani Oratio ad*
CHART. *Græcos & Hermiæ irrisio Gentilium
Philosophorum.* Oxoniæ 1700. *in-8°.*

13. *Samuelis Bocharti Opera omnia,
hoc est , Phaleg , Canaan, & Hierozoïcon. Quibus accessere variæ disser-
tationes, hactenus fere omnes inedita, in
quibus multa Philologica , Geographi-
ca , Chronologica , Historica &c. mul-
taque sacræ scripturæ , & meliorum
omnis generis Autorum loca eruditissi-
me exponuntur. Præmittitur vita Autoris à Stephano Morino litteris man-
data ; cum variorum ejus Operum recensione ; imo & Paradisi Terrestris ad
ejus mentem delineatione. Insertæ sunt
Tabulæ Geographicæ. Editio tertia , in
qua locupletanda , exornanda & cor-
rigenda singulare studium posuerunt Jo-
hannes Leusden , Linguæ Sanctæ in
Acad. Ultraj. Professor , & Petrus de
Villemandy , V. D. M. & Collegii
Gallo-Belgici Lugdunensis Regens.* 1692.
in-fol. deux vol. Col. 1682. & 1712.
Le premier a été imprimé à *Leyde*
par les soins de M. *de Villemandy*, &
le second à *Utrecht* par ceux de M.
Leusden. L'un & l'autre a été réimprimé en 1712. en deux vol. *in-fol.*

à *Leyde* & à *Utrecht.* Le dernier renferme l'*Hierozoïcon*, & le premier
outre la Geographie Sacrée, c'eſt-à-
dire le *Phaleg* & *Canaan*, contient
les pieces ſuivantes.

*Animadverſiones in Stephani By-
zantini de Urbibus Epitomen, cum
additamentis Jac. Palmerii, & Stephani Morini.* Elles avoient déja été
imprimées, comme on l'a vû au N°.
14.

*Geographiæ ſacræ defenſio contra Cl.
Salmaſium.* Ces difficultés, auſquelles il repond, ne ſont ni en grand
nombre, ni fort importantes.

*De ſerpente tentatore Epiſtola duæ ad
Cappellum.* Bochart y ſoutient le ſens
litteral de l'Hiſtoire du Serpent ten-
tateur, contre *Moyſe Amyrauld*, qui
avoit prétendu dans une diſſertation
faite exprès, qu'il falloit l'entendre
dans un ſens allegorique.

*De Linguæ Chaldaicæ & Syriacæ
pronunciatione & Arabicæ utilitate.*

*De Chriſtina Regina Sueciæ, huma-
nitate, eruditione & Bibliotheca Epiſtola.*

*De Verſionis Syriacæ novitate, Cha-
racterum Samaritanorum cum Græcis
affinitate &c.* S ij

S. Bo- *De Thara annis & Abrahami è*
CHART. *Charan exceſſu.*

An Dudaim ſint Tubera? Ce n'eſt
qu'un fragment où *Bochart* fait voir
ſeulement que ce ne ſont point des
Trufes, mais ſans marquer ce que
c'eſt.

De Manna.

Epiſtola de Colcha, quæ Levitici
XIX. 19. *lino admiſceri prohibetur.*

De Abſalomi Capillis.

De Naamane in Æde Rimmonis
adorante. Bochart pretend que *Naa-*
man ne demanda pas à *Eliſée* la permiſſion de commettre une faute,
mais le pardon de l'avoir commiſe.

In Jobi III. 8. *& XXXVIII. 36. In*
Pſal. CX. 3. *In Canticum Cantic.* I.
14. *& II.* I. 18.

De Kilaion Jonæ IV. 6. Il pretend
que c'eſt le *Palma Chriſti.*

De Procreatione liberorum anno de-
cimo. II. *Reg.* XVI. 20.

De S. Scripturæ divinitate.

De tranſportatione Chriſti in Mon-
tem, templique pinnaculum. Bochart
ſoutient que ç'a été une action réelle.

De deſcenſu Chriſti ad inferos.

In Roman. II. 24.

Epiftola de Presbyteratu & Episco-
patu &c. J'en ai parlé au *N°.* 4.

De baptifmo pro mortuis.

In 1 *Corint.* XIV. 14. 15. *Coloff.*
II. 9. *& 1 Timot.* II. 4.

Examen libelli de Antichrifto. C'eſt
une refutation du livre de *Grotius*
fur ce fujet.

De Pliſtis Joſepho Antiq. libro 18.
c. 2. *memoratis.*

De erroribus Georgii Hornii in ob-
fervationibus ad Sulpitium Severum.
Ces fautes font en fi grand nombre, & il y en a de fi groffieres,
qu'elles fuffifent pour faire perdre toute l'eſtime qu'on pourroit
avoir conçûe pour cet Auteur.

De Ænea in Italiam adventu. J'ai
parlé de cette piece au *N°.* 10.

De Amazonum Cantilena , apud
Philoſtratum in Apollonio lib. IV. *cap.*
6.

Obfervationes & Notæ in Sant-
Amantii Poëma , Mofes fervatus in-
fcriptum.

Notæ in Luciani fcriptum de inven-
tis D. *Stephani Protomartyris Reliquiis.*

Notæ in Ecclefiæ Gallicanæ decreta
in Judæos fancita.

Epistolæ variis de rebus.

Juveniles Lusus Poëtici. Ces pieces de Poësies sont en petit nombre.

*De Antonii Gosselini Veterum Gal-
lorum historia Judicium.* Cette histoire parut à *Caen* l'an 1636. *in-8°.*

14. *Les Sermons de M. Samuel Bochart. Amsterdam* 1711. *in-12.* trois
vol. Ces Sermons sont une explication du premier chapitre de la Ge-
nese, & d'une partie du second; ils
lui donnerent occasion de composer
sa *Geographie Sacrée*, & son *Hierozoïcon.*

15. *Theodore Janson d'Almeloveen.*
pp. 33. de ses *Amœnitates Theologico-
Philologicæ* rapporte une Epigramme
de *Bochart*, qui est peut-être l'unique que l'on voye de lui, & qui
donne une idée fort avantageuse de
sa Poësie. Je la rapporterai ici afin
qu'on voye ce qu'il savoit faire en
ce genre. C'est une comparaison de
Christine Reine de Suede avec la Reine de *Saba.*

*Reginæ celebres longo memorantur
    in ævo*
*Vix duæ, & in Mundi partibus
    oppositis.*

S. Bo-
CHART.

Una Noti Regina, ſacris pridem
 inclyta libris :
Altera in Arctoi cardine nata
 poli.
Quas ſi contuleris, quam ſit præſtan-
 tior orbem
 Quæ regit Arctoum, carmine diſce
 brevi.
Illa docenda ſuis Salomonem inviſit
 ab oris,
 Undique ad hanc docti, quo do-
 ceantur, eunt.

V. Sa vie par Etienne Morin à la
tête du Recueil de ſes Oeuvres. Les
Hommes Illuſtres de Perrault. tom. 2.
Les Origines de Caen de M. Huet. p.
426. de la ſeconde édition. Colomeſii
Gallia Orientalis p. 235. & 261. Bayle Dictionnaire.

NICOLAS REUSNER.

NICOLAS *Reufner* naquit à *Lemberg*, ville de *Silefie*, le 2 Février 1545. de *François Reufner* & de *Barbe Fritfchner*, tous deux de familles confiderables de cette Province.

On l'inftruifit de bonne heure dans les Belles-Lettres, & il s'y appliqua avec un tel fuccès, qu'ayant à peine onze ans, il faifoit déja des vers Latins paffablement bons.

Ce fut à cet âge, c'eft-à-dire 1556. qu'on jugea à propos de l'envoyer à *Goldberg*, où étoit la principale Ecole de la Silefie, & il demeura deux ans en ce lieu. On le fit enfuite paffer à *Breflau*, où il continua à s'appliquer à l'étude des langue, Gréque & Latine, & à la Poëfie.

La réputation qu'avoit alors *Philippe Melanchthon* lui fit naître le defir de le voir, & il alla en 1560. (a)

(a) *Melchior Adam* met ce Voyage en 1561. Mais il fe trompe; car l'Auteur de fon Eloge qu'il a copié dit qu'il y alla,

à

à *Wittemberg* pour ce ſujet ; mais il N. REUS-
n'eut pas le plaiſir de ſe ſatisfaire, NER.
ce grand homme étant mort quelque temps avant ſon arrivée.

Il fit en cette ville ſon cours de Philoſophie, après lequel il alla à *Leipſic* étudier en Droit. S'y étant rendu ſuffiſamment habile, il retourna à *Wittemberg* revoir les amis qu'il y avoit laiſſés.

Une Diete ayant été indiquée à *Augsbourg* pour l'année 1565. il ſe rendit dans cette ville, pour voir ce qui s'y paſſeroit. Mais comme elle fut remiſe à l'année ſuivante, *Reuſner*, pour ne pas demeurer oiſif, accepta une chaire dans l'Ecole de ce lieu, qu'on lui offrit, & la remplit juſqu'à la tenue de la Diete. Il la quitta alors pour ſe donner tout entier à la compoſition de differentes pieces de Poëſies, à la loüange des

lorſqu'il fut entré dans ſa 16e année; or il y entra le 2 Février 1560. D'ailleurs *Melanchthon* mourut le 19 Avril 1560. & *Reuſner* auroit ſçu ſa mort long-temps avant la fin de cette année, s'il fût toûjours demeuré à *Breſlau.* Ainſi il ne ſe feroit pas aviſé d'y aller pour cela en 1561.

Tome XXVII. T

principaux Membres de la Diete, qui puffent le faire connoître dans le monde.

Il y réuffit effectivement, & fes Poëfies lui firent un nom, qui lui fut utile dans la fuite.

Sur la fin de la Diete, *Wolfgang*, Comte Palatin, & Duc de Baviere le choifit à la recommandation de *Pierre Agricola*, un de fes Confeillers, pour être Profeffeur dans le College qu'il venoit d'établir à *Laugingen* en Suabe, fur le modele de celui de *Strasbourg*. *Reufner* y profeffa plus de cinq ans les Belles-Lettres, & en fut enfuite fait Recteur en 1572. employ qu'il remplit avec beaucoup de réputation pendant onze ans.

En 1582. il alla pour la feconde fois à la Diete d'*Augsbourg*, où il eut encore plus d'occafions de fe faire connoître que la premiere. Il fe maria auffi vers ce temps-là, & époufa *Madeleine Weihenmaier*, dont il n'eut point d'enfans.

Il fe rendit à *Bafle* en 1583. pour y prendre le degré de Docteur en Droit, & fut auffitôt après nommé

Affeffeur de la Chambre Imperiale N. Reus-
de *Spire*, pour la Suabe, & appellé ner.
enfuite à *Strasbourg* pour y enfeigner
le Droit.

Il quitta cette derniere ville pour
aller remplir un femblable emploi
à *Jene*, où il arriva le 3 Février 1589.
& où il fut honoré de la qualité
d'Ancien du College des Jurifcon-
fultes, & d'Affeffeur du tribunal de
l'Echevinage, outre celle de Profeffeur en Droit.

Il fut deux fois Recteur de cette
Univerfité ; & on le chargea en differentes occafions de quelques né-
gociations importantes. Ainfi l'Ad-
miniftrateur de l'Electorat de Saxe
l'envoya en 1595. à la Diete de Pologne avec les Deputés de l'Empereur & de l'Electeur de Brande-
bourg, pour faire une ligue contre
les Turcs.

Avant qu'il partît pour ce voyage, l'Empereur *Rodolphe II.* lui donna la couronne Poëtique, & la qualité de Comte Palatin.

Il joüit long-temps d'une parfaite fanté ; mais des douleurs Nephre-
tiques l'attaquerent enfin, & après

T ij

l'avoir fait long-temps souffrir, le conduisirent au tombeau.

Il mourut le 12 Avril 1602. âgé de 57 ans, étant alors Recteur de l'Université de *Jene* pour la seconde fois ; & fut enterré dans un tombeau, qu'il s'étoit fait dresser lui-même, avec cette Epitaphe, qu'il y avoit fait mettre.

Nicolaus Reusnerus, Leorinus, Francisci F. & Nicolai N. J. V. D. sacri Lateranensis Palatii, Aulæ Cæsareæ & Imperialis Consistorii Comes, Illust. Saxoniæ Ducum Consiliarius, Collegii Juridici in hac Academia senior & Antecessor, ejusdemque Dicasterii & Judicii Provincialis Assessor, cum post multos Reipublicæ navatos labores, Lavingæ primo, deinde Argentinæ, post Jenæ, tam docendo & commentando, quàm de Jure respondendo & Judicando multis in omni genere Doctrinæ publicatis ingenii Monumentis, suam pro virili publice & privatim probasset fidem & industriam, mortalitatis humanæ memor simul & beatæ plenus spe immortalitatis sibi & conjugi suæ Chariss. Magdalenæ Weissenmayeræ, Leonardi F. Hulderici N.

vivens ut mortuus, monumentum hoc N. REUS?
poſuit anno Chriſti 1600. *ætatis* 56. NER?

Catalogue de ſes Ouvrages.

1. *Deſcriptio Oppidi Lavingæ ad*
Danubium, additis in fine aliquot Ele-
giis. Lavingæ 1567. *in-4°. Reuſner*
demeuroit à *Laugingen,* lorſqu'il
compoſa cet Ouvrage.

2. *Sylvula Genealogica Principum*
Boiariorum & Palatinorum. Epithala-
mium in Nuptias Principis Gulielmi
Boiariæ Ducis, aliaque Poëmata. La-
vingæ 1568. *in-4°. Guillaume V.* Duc
de Baviere épouſa cette année *Re-*
née, fille de *François,* Duc de Lorrai-
ne. *Reuſner* s'eſt beaucoup appliqué
à la Poëſie, mais il n'y a pas fort
réuſſi. Ses Poëſies Epiques ne valent
rien, ſes Epigrammes & ſes Elegies
ſont cependant un peu meilleures,
au jugement de *Borrichius.*

3. *Imperatorum ac Cæſarum Roma-*
norum à Julio Cæſare uſque ad Maxi-
milianum II. Auſtriacum breves ac
illuſtres deſcriptiones. Lipſiæ 1572. *in-*
8°. *George Sabin* a eu auſſi part à cet
Ouvrage, qui eſt en vers.

4. *Monarchæ; hoc eſt, ſummorum*
Regum, ſive Imperatorum Aſſyriorum,

N. Reus-
ner.

Persarum , Græcorum , Romanorum ,
Constantinopolitanorum , Germanico-
rum libri septem , Elegiaco Carmine
scripti. Lovanii Suevorum 1576. *in-*
16. It. *Acc. Chronologia Historica &*
Epigrammata. Augustæ 1578. *in-*12. It.
Edente Conrado Bachmanno. Darms-
tadii 1608. *in-*12. It. *Francofurti* 1625.
in- 8°.

5. *Principum sacri Romanii Impe-*
rii septem virorum Palatinorum , Saxo-
nicorum , Brandenburgicorum libri tres.
Augustæ Vind. 1578. *in-*12. Ces Eloges font en vers. Ceux des Electeurs
de Saxe fe trouvent encore dans le
livre de *George Fabricius ,* intitulé :
Originum illustrissimæ stirpis Saxonicæ
Libri septem. Jenæ 1597. *in-fol.*

6. *Elementa Artis Dialecticæ. Ar-*
gentorati 1578. *in-* 8°.

7. *Principum & Ducum Venetorum*
liber. Pictura item urbis Venetiarum ,
cum Elogiis Clarorum Virorum. La-
vingæ 1579. *in-* 8°.

8. *Disputationes tres de Jure & qua-*
litate rerum divinarum , id est , facra-
rum , Religiofarum , & fanctarum. La-
vingæ 1579. *in-* 8°.

9. *Disputationum Juris Civilis libri*

&V. *quibus Medulla univerſa Juriſ-* N. REUS=
prudentiæ Juſtinianeâ ; quæ in Pandec- NER.
tis, Codice, & Inſtitutionibus compre-
henditur, continetur. Acceſſit diſputa-
tionum Legalium liber ſingularis. Ar-
gentorati 1579. *in-*4°. It. *Baſileæ* 1586.
*in-*4°.

10. *Oratio de Militia Chriſtiana,*
ſeu vita perfecta, cum tribus ejuſdem
argumenti Orationibus, Joannis Geor-
gii, Guilielmi, & Wolfgangi fratrum
à Rotenhan, Equitum Francon. Lâ-
vingæ 1579. *in-*8°. It. dans le premier
volume de ſes diſcours.

11. *Polyanthea, ſive Paradiſus Poë-*
ticus, omnibus propemodum Arbori-
bus, Plantis & Stirpibus conſitus, omni
genere Animantium tam terreſtrium,
quam aquatilium inhabitatus, & illu-
ſtrium Poëtarum rivulis fonticuliſque
irrigatus ad horum vires cognoſcendas,
ſtudioſis præſertim Medicinæ. Una cum
Penu Poëtica, variis eſculentis & po-
tulentis ad victum quotidianum neceſſa-
riis referta. Baſileæ 1579. *in-*8°. Le
Paradis ou Jardin Poëtique eſt di-
viſé en ſept livres, dont voici les
titres. 1°. *Pomarium.* 2°. *Roſarium.*
3°. *Frumentarium.* 4°. *Olitorium.* 5°.

T iiij

N. REUS-
NER.

Aviarium. 6°. *Pisciaria.* 7°. *Spelæum.*

12. *Panegyris Verna Scholæ Lavin-
gensis. Lavingæ* 1579. *in-*8°.

13. *Hodœporicorum, sive Itinerum
totius fere Orbis libri septem. Opus
Historicum, Ethicum, Physicum, Geo-
graphicum; à Nicolao Reusnero, Leo-
rino, J. C. jam olim collectum; nunc
demum Jeremiæ Reusneri Fratris cura
& studio editum. Basileæ* 1580. *in-*8°.
C'est un Recueil de 75 pieces composés par differens Auteurs, qui y
ont decrit leurs voyages en differens
endroits du monde. Elles font toutes en vers à l'exception de deux,
qui font *Francisci Petrarchæ Iter Pa-
læstinum*; & *Felicis Petaucii, Cancel-
larii Segniæ, de Itineribus in Turciam
libellus.*

14. *Anathemata, sive Aræ Sepul-
chrales inclitæ familiæ Salmensis, cum
Elogiis & Epitaphiis. Argentorati* 1580.
in-fol.

15. *Emblematum partim Ethicorum
& Physicorum, partim historicorum &
Hieroglyphicorum libri* IV. *& Agal-
matum, sive Emblematum sacrorum
liber unus. Access. Stemmatum, sive
Armorum Gentilitiorum libri tres. Fran-
cof.* 1581. *in-*4°.

16. *De Inventione, modo* Dominii N. Reuſnaturali, *Diſputatio. Lavingæ* 1581. NER. *in*-4°.

17. *Inſomniæ, ſive Noctes Juniæ Entheæ, cum Epiſtolis aliquot illuſtrium & Clarorum Virorum. Lavingæ* 1583. *in*-8°. Ce ſont des Poëſies.

18. *Faſtorum Sacrorum & Hiſtoricorum liber primus. Januarius. Cum Menſis ejuſdem Hiſtorica digeſtione. Argentorati* 1584. *in*-8°. *Februarius. Ibid.* 1586. *in*-8°.

19. *Quæſtionum ſive Conſultationum Juridicarum libri duo. Baſilea* 1585. *in*-8°. Il s'agit dans le premier livre des Cauſes Matrimoniales, & dans le ſecond des cauſes pieuſes.

20. *Inſtitutionum Juris Civilis enucleati librı* IV. *ex vetuſtiſſima Bibliotheca opus depromptum, ac olim quidem ſub titulo* Βραχύλογος *totius Juris Civilis, ſive corpus legum in lucem editum, cum Paratitlis ac notis perpetuis Nicolai Reuſneri, quæ Commentarii vice eſſe poſſunt. Francofurti* 1585. *in*-8°.

21. *Partitio, ſive Oeconomia Juris utriuſque Civilis & Canonici brevibus tabellis comprehenſa. Argentorati* 1585. *in*-4°.

N. REUS-
NER.

22. *De Italia libri duo. Item Elogia in urbes Italiæ Poëtica & Oratoria, cum Melissi Epigrammatis in Urbes Italiæ. Argentorati* 1585. *in-8°.*

23. *Elementorum Artis Rhetoricæ libri duo & Dialecticæ libri quatuor. Argentorati* 1587. *in-8°.* J'ai déja parlé du dernier Ouvrage au *N°. 6.*

24. *Icones, sive Imagines virorum litteris illustrium, recensente Nic. Reusnero. Curante Bernardo Jobino. Argentor.* 1587. *in-8°.* Il n'y a de *Reusner* dans cet Ouvrage, qui a été imprimé quelques autres fois depuis, que des distiques à chaque portrait.

25. *Cynosura Juris, seu de Juris arte Justinianea. Spiræ* 1588. *in-8°.* It Dans le second volume de ses discours.

26. *Symbolorum Imperatoriorum classes tres; in quarum prima continentur Symbola Imp. à C. Julio Cæsare usque ad Constantinum Magnum; in altera Imperatorum à Constantino M. usque ad Carolum M. in tertia Imp. à Carolo M. usque ad Rodolphum II. Cæs. Austriacum. Francofurti* 1588. *in-8°.*

27. *Imperatorum Romanorum series ad annos Mundi, Romæ & Christi ac*

commodata, ex Nic. Reufneri defcrip-
tione. Dans le 2ᵉ volume des *Hifto-*
ria Augufta Scriptores Latini minores.
Francofurti 1588. *in-fol.*

28. *Difputatio de Cafibus fortuitis.*
Argentorati 1588. *in-*4°.

29. *Ænigmatologia, feu Sylloge*
Ænigmatum & Gryphorum Conviva-
lium. Argentorati 1589. *in-*8°. It.
2ª *Editio. Francofurti* 1602. *in-*12.
Ce Recueil eft tiré de differens Auteurs.

30. *Nic. Reufneri Panegyris Actus*
Doctorei Jurifconfultorum, celebrata
folenniter in Academia Salana. Ac-
ceffit Joannis Stigelii Epiftola de inau-
guratione Academia Salana. Jena 1590.
*in-*4°. C'eft un difcours que *Reufner*
prononça à une promotion de Docteurs.

31. *De obligatione ex die vel ad*
diem contracta. Jena 1588. *in-*8°.

32. *Ephemeris, five Diarium Hifto-*
riarum; in quo eft Epitome omnium
Faftorum & Annalium tam facrarum,
quam prophanarum, Nicolai Reufneri
cura elaboratum, & confummatum ab
Elia Reufnero. Acceffit vetus Calen-
darium, non modo Gracum, fed &

N. REUS-
NER.

*Romanum triplex ; Pontificium item
novum , præterea & Biblicum duplex ;
una cum aliis ejusdem argumenti Analectis , ex Antiquitate Romana de-
promptis.* Francofurti 1590. *in-4°.*

33. *Ethica & Physica Christiana ;
cui accessit Politicarum disputationum
libellus singularis ; præterea Doctrina
de Virtutibus.* Jenæ 1590. *in-8°.*

34. *Oratio de sapiente perfecto.* Jenæ
1590. *in-8°.* It. Dans le second volume de ses discours.

35. *Operum Poëticorum Partes quatuor. Prima continens Elegiarum libros
sex ; Elegorum Græcanicorum librum
unum ; Heroïdum fragmenta. Secunda
continens Epicorum libros* 11. *Hymnorum I. Odarum II. Epodon II. Phi-
lotesiorum III. Silvarum I. Tertia continens Epigrammatum libros* XXIV.
*Quibus accessit Epigrammatum Græco-
rum liber singularis. Quarta continens Anagrammatum libros* IX. *quorum prioribus septem de nominibus Imperatorum , Regum , Principum , Comitum , Baronum , Equitum , aliorumque litteris & armis clarorum virorum ;
posterioribus duobus de nomine ipsius
Autoris diversorum leguntur Epigrammata.* Jenæ 1593. *in-8°.*

36. *Oratio in Obitum Dorotheæ Su-* N. REUS-
ſannæ Joan. Wilhelmi Saxoniæ Ducis NER.
Conjugis. Jenæ 1593. *in-*4°.

37. *Oratio de Academiis præsertim*
Jurisconsultorum. Jenæ 1595. *in-*4°.
Avec *Eliæ Reuſneri Lyra Mercurii,*
five Carmen de septem Artibus libera-
libus cum novem Muſis collatis. It.
dans le 2ᵉ volume de ſes Diſcours.

38. *Diſputatio de Occupatione.* Jenæ
1595. *in-*8°.

39. *Tractatus aureorum dogmatum*
de Principe ejuſque officio. Jenæ 1595.
*in-*8°.

40. *Orationes Panegyricæ.* Jenæ 1595.
*in-*8°. deux vol. Les quinze diſcours
contenus dans le premier roulent
ſur des matieres de Morale; les quinze autres, qui ſont dans le ſecond,
traitent de la Juriſprudence en general. Le dernier, qui a pour titre :
De præcipuis luminibus Academiæ Je-
nenſis, maxime in Juriſprudentia, eſt
celui dont j'ai parlé ci-deſſus Nᵒ.
30. & qu'il prononça à une promotion de Docteurs.

41. *De Bello Turcico Selectiſſima-*
rum Orationum & Conſultationum,
variorum & diverſorum Autorum vo-

N. Reus-
ner.

lumina quatuor ; recensente Nic. Reus-
nero. Lipsiæ 1596. in-4°. Il compila
cet Ouvrage, après son retour de
Pologne, où il étoit allé pour Ne-
gotier une ligue contre le Turc.

42. *De Jure Testamentorum & ul-*
timarum voluntatum Tractatus in libros
duos distributus. Jenæ 1597. in-4°.

43. *Icones, sive imagines Imperato-*
rum, Regum, Principum, Electorum
& Ducum Saxoniæ; una cum Elogiis.
Jenæ 1597. in-fol.

44. *Epistolarum Turcicarum libri*
XIV. *Francofurti 1598. in-4°.* C'est
un Recueil de Lettres écrites par
differentes personnes sur les affaires
de la Turquie. *Reusner* aimoit assez
à faire de semblables compilations ;
mais quoique ces sortes d'Ouvrages
ne demandent pas beaucoup de travail, on lui a cependant l'obliga-
tion de pouvoir trouver sans peine
plusieurs pieces fugitives, qu'on ne
pourroit avoir, & qu'on ignoreroit
peut-être sans lui.

45. *Decisionum Juris singularium*
libri IV. *Francofurti 1599. in-fol.*
Quoique *Reusner* fût habile dans la
Jurisprudence pour son temps, il

y a cependant dans les livres qu'il a N. Reus-
composés sur ces matieres , plus NER,
d'Autorités que de raisonnemens, &
d'ailleurs peu d'ordre & d'exactitude.

46. *De Jure Codicillorum Tracta-*
tus. Accessit Commentariolus ejusdem
argumenti Barnabæ Brissonii & Rolan-
dini Paschagerii 1601. *in*-4°.

47. *De Urbibus Germaniæ liberis ,*
sive Imperialibus libri duo ; in quibus
præter earum descriptiones , variorum
Autorum leguntur Elogia. Francofurti
1602. *in*-8°. It. sous ce titre : *Ger-*
mania , sive Majestas , gloria & po-
tentia S. Romani Imperii , Urbium Im-
perialium Germanicarum variis elogiis
decantata. Ursellis 1505. *in*-8°.

48. *Anagrammatographia. Accessit*
Gulielmi Blanci libellus de ratione
Anagrammatismi. Jenæ 1602. *in*-8°.

49. *Rerum Memorabilium in Pan-*
nonia sub Turcarum Imperatoribus à
capta Constantinopoli bello gestarum
Exegeses , sive narrationes variorum ,
recensente Nic. Reusnero. Francofurti
1603. *in*-4°.

50. *Commentarius de quatuor obli-*
gationum causis seu qualitatibus. Fran-
cofurti 1603. *in*-8°.

N. Reus-
ner.

51. *Consiliorum partes* III. *Fran-*
cofurti 1605. *in-fol.*

52. *Commentarius in septem dificil-*
kimas leges Juris Civilis. Francofurti
1606. *in-4°.*

53. *Pentas legalis ; hoc est , quin-*
que omnium judicio difficillimarum Di-
gesti Justinianei legum solidissima expli-
catio. Francofurti 1623. *in-4°.*

V. *Melchioris Adami Vita Juris-*
consultorum Germanorum. Il a copié
l'Ouvrage suivant. *Nicolai Arumæi*
& *Thomæ Sagittarii parentalia , facta*
Nicolao Reusnero , cum ejusdem vita
per Joannem Wertzium. Jenæ 1603.
in-4°. Freheri Theatrum Virorum Doc-
torum p. 659. *Joannis Gaspari Zeu-*
meri vitæ Professorum Jurisprudentiæ
Jenensium. p. 61. *Joannis Casparis*
Eberti Leorinum Eruditum. p. 49.

CELIO

CELIO CALCAGNINI.

CELIO *Calcagnini* naquit à *Fer-*   C. CAL-
rare, & fut fils naturel d'un Ec- CAGNINI.
clefiaftique, Protonotaire Apoftolique, nommé *Calcagnini*, qui for-
toit d'une famille noble du Pays,
& qui fut employé par divers Princes d'Italie en plufieurs Negotia-
tions importantes.

Il nous raconte lui-même dans fes
Dialogues l'occafion qui lui fit donner le nom de *Cœlius*. Il dit que fon
pere s'amufant, pour fe delaffer de
la fatigue des affaires, à lire l'Epitre
de *Ciceron* à *M. Cœlius*, en étoit à
ces mots : *Ego de Provincia decedens
Quæftorem Cœlium præpofui*, lorfqu'on
lui vint dire qu'il lui étoit né un fils;
& qu'alors tout joyeux, & faifant
allufion à ce qu'il lifoit, *bon*, dit-
il, *il m'eft né un Cœlius*. Il ajoute que
lorfqu'on le baptifa, il étendit le
bras droit, qu'il avoit hors des lan-
ges, & empoigna avec fa petite
main le Rituel que le Prêtre tenoit, avec tant de force, qu'on eut

Tome XXVII.   V.

quelque peine à l'en ſéparer ; ce qui
fit conjecturer qu'il aimeroit beaucoup dans la ſuite les livres & les
Sciences.

Ce preſage , vrai ou faux , eut ſon
accompliſſement. *Calcagnini* s'appliqua avec beaucoup de ſuccès à l'étude ; mais on ignore quels furent ſes
Maîtres , & en quels endroits il étudia. On ſçait ſeulement par ſes Ecrits,
qu'il fut quelque temps diſciple de
Baptiſte Guarini.

Après avoir donné ſa premiere jeuneſſe aux Sciences , il les abandonna
pour un temps. Il ſervit d'abord
dans les troupes de l'Empereur où il
eut quelque Commandement , &
enſuite dans celles du Pape *Jules II.*
lorſque ce Pontife alla aſſieger *Bou-*
logne en 1506. Le Duc de *Ferrare*
l'envoya depuis deux fois à *Veniſe* ,
& une autre fois à celui qui Com-
mandoit en Italie pour le Roi d'Eſpagne , afin de ménager ſes interêts
auprès de ces Puiſſances , contre les
entrepriſes du Pape *Jules II.* & ce
Prince lui procura pour recompenſe
un Canonicat de la Cathedrale de
Ferrare ; ce qui , joint à la qualité

de Protonotaire Apoſtolique, qu'il a euë, marque qu'il avoit embraſſé l'Etat Eccleſiaſtique. Il fit enſuite un voyage en Allemagne & en Hongrie pour d'autres Negociations. C'eſt lui même qui nous apprend tout ce detail dans ſon Opuſcule : *Quod ſtudia ſunt moderanda.*

C. CAE‑ CAGNINI.

De retour en Italie, il ſe donna de nouveau tout entier aux Belles‑Lettres, qui firent depuis ſa principale occupation, quoiqu'il ne laiſſât pas quelquefois de les abandonner, pour s'appliquer aux Mathematiques, à la Philoſophie, ou à la Théologie ; inconſtance qu'il juſtifie dans une de ſes Lettres, qui eſt la 5e du livre 2. Mais il revenoit toûjours aux Belles‑Lettres, qu'il enſeigna même long‑temps à *Ferrare.*

Les Ducs de *Ferrare* lui témoignerent toûjours de l'eſtime & de la confiance, & *Hercule II.* l'envoya ſur la fin de ſa vie au Pape *Paul III.* apparemment pour le complimenter ſur ſon exaltation au Pontificat.

Il mourut l'an 1540. & fut enterſé dans la Bibliotheque des Jacobins, à laquelle il avoit laiſſé tous ſes li‑

V ij

C. CAL-
CAGNINI.

vres, comme il l'avoit ordonné par son testament ; afin de demeurer après sa mort dans un lieu, dont il avoit fait ses delices pendant son vivant. C'est ce qui paroît par ces deux Inscriptions qu'on y voit sur la porte.

Celle-ci en dehors.

Cœlius Calcagninus Apostolicæ Sedis Protonotarius vivus sibi posuit. Hoc scilicet deerat temeritati humanæ, ut eorum curam susciperet, quæ neque vivis neque mortuis essent profutura.

Cette autre en dedans.

Cum Cœlius Calcagninus nihil magis optaverit, quam de omnibus, pro fortunæ captu, optime mereri, decedens Bibliothecam, in qua multò maximam ætatis partem egit, in suorum Civium gratiam publicavit, & in ea se condi mandavit. Tu quisquis es, rogo, ut hominis B. M. Manibus Deum propitium preceris. Ex diuturno studio imprimis hoc didicit, Mortalia contemnere, & ignorantiam suam non ignorare.

Il composoit avec assez de facilité, mais son style est rude, & ses expressions languissantes; d'ailleurs

en rempliffant fon difcours de citations, pour paroître Sçavant, il eft
tombé dans le ridicule & s'eft rendu ennuyeux. Ses vers font cependant meilleurs. Rien n'a plus revol-
té que la hardieffe qu'il a eu d'attaquer *Ciceron*, & de critiquer fon livre des Offices. Ce fameux Romain
trouva un defenfeur dans la perfonne de *Marc-Antoine Majoraggio*,
qui le defendit avec tant de force &
d'Eloquence, que fi *Calcagnini* eût
été encore en vie, lorfque fon Apologie parut, elle l'auroit, au fentiment de *Paul Jove*, fait mourir de
colere & de chagrin.

Les Ouvrages pofthumes de *Calcagnini* ont été imprimés enfemble
par les foins d'*Antoine Mufa Brafa-
volus.*

*Cœlii Calcagnini, Ferrarienfis, Pro-
tonotarii Apoftolici, Opera aliquot, ad
Ill. Principem Herculem II. Ducem
Ferrariæ quartum. Bafileæ* 1544. *in-fol.*
pp. 657. Il eft étonnant que l'Editeur
n'ait pas mis à la tête l'Eloge de
l'Auteur, qui étoit mort quatre ans
auparavant. Voici la lifte des pieces
contenues dans ce Recueil.

C. CAL- 1. *Epistolicarum Quæstionum libri*
CAGNINI. XVI. *p.* 1. Les Citations, dont ces
Lettres sont remplies, en rendent
la lecture ennuyeuse. Elles ont été
imprimées séparement *Amberga* 1608.
*in-*8°.

2. *Judicium Vocalium Luciani, Cœ-*
lio Calcagnino Interprete. p. 218.

3. *De rebus Ægyptiacis Commen-*
tarius. p. 229.

4. *Disquisitiones aliquot in libros*
Officiorum Ciceronis. p. 252. C'est ici
qu'il critique cet Ouvrage de *Cice-*
ron.

5. *De imitatione Commentatio ad*
Joan. Bapt. Cinthium Gyraldum. p.
269.

6. *De Judiciis, seu de ratione judi-*
candi liber. p. 276.

7. *De Talorum ac Tesserarum &*
Calculorum ludis, ex more veterum,
in gratiam Lilii Gregorii Gyraldi. p.
286.

8. *De re Nautica, ad eundem. p.*
301.

9. *Quod studia sint moderanda, ad*
eundem. p. 316.

10. *Ne quis se à sua umbra vinci si-*
nat, vel de Profectu. p. 325.

11. *De Verborum & Rerum ſigni-* C. CAL‑
ficatione Commentatio. p. 338.   CAGNINI.

12. *Collectanea Vetuſtatis ex anti-*
quis Ritibus, ex XII. *Tabulis, ex Ta-*
bulis Cenſoriis, ex Legibus Numa, ex
Jure Pontificio, & Augurali, & aliis.
p. 376.

13. *Quomodo Cœlum ſtet, terra mo-*
veatur; vel de perenni motu terræ Com-
mentatio p. 388. Il ſoutient le mou‑
vement de la terre autour du So‑
leil.

14. *De libero animi motu ex ſenten-*
tia veterum Philoſophorum. p. 395.

15. *De Patientia, ſeu vita aulicæ*
Commentatio. p. 400.

16. *Pulicis Encomion.* p. 405. Ce
badinage ſe trouve auſſi dans le *Thea-*
trum Dornavii tom. 1. p. 21. & dans
quelques autres Recueils ſembla‑
bles.

17. *De Concordia Commentatio.* p.
409.

18. *De Calumnia Commentatio.* p.
415.

19. *De ſalute ac recta valetudine*
Commentatio. p. 423.

20. *Paraphraſis trium librorum Me-*
teororum Ariſtotelis. p. 427.

C. Cal-CAGNINI.

21. *Anteros, five de mutuo amore.* p. 436.

22. *Rhetoricæ compendium.* p. 442.

23. *Paraphrafis in primum librum Ethicorum Ariftotelis.* p. 453.

24. *In Politica Ariftotelis Paraphrafis.* p. 457.

25. *In Ariftotelis Commentationem de fenfu & fenfili paraphrafis.* p. 469.

26. *Quod Stoici dicunt magis fabulofa quam Poëtæ, ad imitationem Plutarchi.* p. 476.

27. *De Citrio, Cedro, & Citro Commentatio.* p. 479.

28. *Commentarius in Venetæ Claffis expugnationem* (anno 1509.) p. 484. Le Cardinal d'*Eft* avoit compofé cette Relation en Italien, & il la fit traduire par *Calcagnini*, qui l'a rendue mot pour mot, fans s'éloigner de fon Original.

29. *Defcriptio filentii.* p. 491. Cette piece a été imprimée depuis avec un Ouvrage intitulé: *Hippolyti à Collibus Harpocrates, five de recta filendi ratione.* Typis Commelini 1603. in-8°.

30. *In Sacramentum Euchariftiæ fermo tumultuarius Cœlii Calcagnini, per eum*

eum in Cathedrali Ecclefia Agrienfi C. CAL-
publice dictus. p. 494.

31. *Amatoriæ Magiæ compendium.*
p. 497.

32. *In funere Beatricis Pannoniarum
Reginæ Oratio.* p. 503.

33. *In funere Herculis Strozzæ Oratio.* p. 505.

34. *In funere Hippolyti Cardinalis
Eftenfis Oratio.* p. 505.

35. *In funere Antonii Conftabilis
Oratio.* p. 512.

36. *In funere Alphonfi I. Ducis Ferrariæ Oratio.* p. 515.

37. *Pro Alphonfo I. Duce Ferrariæ
Orationes duæ ad Leonem X. P. M.*
515.

38. *Pro Hercule II. Duce Ferrariæ
ad Paulum III. P. M. Oratio ex locu-
pletiori refecta.* p. 523.

39. *Pro Oratoribus Faventinis Orationes duæ.* 1ª. *ad Julium II.* 2ª. *ad
Hadrianum VI.* p. 526.

40. *Pro Alphonfo I. Duce Ferrariæ
Apologia ad Julium II. P. M.* p. 529.

41. *In laudem Jurifperitiæ Oratio.*
p. 542.

42. *In laudem Jurifperitorum, contra
Calumniatores Oratio.* p. 545.

Tome XXVII.   X

C. CAL-
CAGNINI.

43. *In solemnitate Epiphaniæ, quæ indicuntur ex more festa mobilia, Orationes tres.* p. 547. Les deux où la date est marqué, sont des années 1516. & 1521.

44. *Pro Promotore Doctore Oratio in Collegio habita.* p. 550.

45. *Encomion Artium liberalium, oratio publice habita per Pollionem.* p. 552.

46. *In Doctoratu Ruben Hebræi.* p. 556.

47. *Pro amico redeunte in patriam, qui insignia Doctoratus acceperat, Oratio.* p. 557.

48. *Dialogi, quorum titulus Equitatio.* p. 558. Ces Dialogues sont ainsi appellés parce qu'ils se font faits à Cheval, & en voyage ; ils roulent sur les Belles-Lettres.

49. *De Memoria Dialogus.* p. 591.

50. *Dialogus ; Galatea, Melene, Proteus.* p. 599.

51. *Dialogus ; Rex Albaniæ, Alexander, Piora.* p. 600.

52. *De Mensibus Dialogus.* p. 604.

53. *Apologi.* p. 614.

54. *Oraculorum liber.* p. 640.

55. *Dicta quædam moralia.* p. 647.

56. *Panegyricus, dum effet admodum puer, pro Calcagnino, Protonotario.* p. 652. Celui dont il s'agit ici, eft fon pere.

Comme l'Editeur n'a eu deffein de faire entrer dans ce Recueil des Oeuvres de *Calcagnini,* que fes productions, qui n'avoient pas été encore données au public; il faut parler maintenant de celles qu'on n'y voit point, & qui avoient paru avant fa mort.

57. *Ariftotelis de Coloribus liber, Cœlio Calcagnino Interprete.* Dans une édition Latine des Oeuvres d'*Ariftote* faite à *Bafle* en 1538. en deux vol. *in-fol.* & dans les éditions fuivantes.

58. *Cœlii Calcagnini Apologia pro littera* τ *contra* Σ *Lucianicæ accufationi refpondens. Bafileæ* 1539. *in-8°.*

59. *Dionyfii Afri Periegefis Græce, cum Latina Rhemnii Fannii Interpretatione, & Cælii Calcagnini Annotationibus. Ferrariæ* 1512. *in-4°.* La verfion Latine attribuée ici à *Rhemnius Fannius,* porte dans la plûpart des autres Editions le nom de *Prifcien. Jean Albert Fabricius* n'a point fait

C. CAL-CAGNINI.

X ij

C. CAL- mention de cette édition dans fa *Bi-*
CAGNINI. *bliotheque Gréque.*

    60. *Carminum libri tres. Venetiis*
1533. *in-8°.* Avec les Poëfies Latines de *Jean-Baptifte Pigna,* & *Louis*
Ariofte. It. dans les *Deliciæ Poëtarum*
Italorum. tom. 1. On s'étonneroit que
Baillet n'ait point parlé de ces Poëfies dans fes *Jugemens des Sçavans,*
fi l'on ne favoit que cet Auteur en
a omis un grand nombre d'autres
qu'il ne connoiffoit pas, ou fur lef-
quels il ne trouvoit point de jugement dans fes Recueils.

    V. *Pauli Jovii Elogia.* Cet Arti-
cle n'apprend prefque rien. *Les Ad-*
ditions de Teiffier aux Eloges de M.
de Thou. tom. 1. p. 239. Les Ouvra-
ges de Calcagnini. C'eft où l'on trouve le peu de particularités qu'on
fçait de fa vie.

ROBERT CONSTANTIN.

ROBERT *Conſtantin* naquit à R. Con-
Caen d'une ancienne famille STANTIN.
Bourgeoiſe, & Marchande de cette
ville.

Il acquit une grande connoiſſance des langues Hebraïque, Gréque,
& Latine, & ſur tout de ces deux dernieres, de l'Hiſtoire des Plantes, &
de la Medecine ; & il ſe fit recevoir
Docteur en cette derniere Science
dans l'Univerſité de *Caen* l'an 1564.

Il voyagea pendant quelque temps
dans toute l'Europe, pour profiter
de la converſation des Sçavans, & demeura pluſieurs années en Allemagne, ſans qu'on ſache pour quel ſujet,
& où il fit ſon ſéjour. Enfin l'Univerſité de *Caen* le rappella à des conditions honorables, pour profeſſer
dans cette ville les Belles-Lettres.

Il ſe rendit à ſes deſirs, & quitta
l'Allemagne, où il s'étoit établi. Il
choiſit ſa demeure à *Caen* dans le
College des Arts, où ils montroit
aux Enfans les principes de la langue

X iij

R. Con-
STANTIN.
Gréque, après l'avoir publiquement enseignée dans les grandes Ecoles de la faculté des Arts.

Mais comme il se servoit de cette occasion, pour expliquer le texte Grec des Epitres de *S. Paul*, & pour jetter dans ses explications des semences de la Religion Proteftante, qu'il avoit embraffée, on en fit des plaintes, & il y a apparence qu'on l'empecha de continuer.

Ce furent vraisemblablement les traverses que cela lui attira, qui l'engagerent à abandonner *Caen*, & à retourner en Allemagne; & non pas la pefte, ni les guerres civiles, qui n'en furent que le pretexte. Il eft même affez probable que le mécontentement qu'il en eut l'obligea de chercher d'autres patrons dans la seconde édition de fon Dictionnaire Grec, qu'il avoit dedié aux citoyens de *Caen* dans la premiere.

Il mourut en Allemagne de pleurefie le 27 Decembre 1605. âgé de 103 ans, fuivant M. *de Thou*, qui affure qu'une vieilleffe fi extraordinaire n'avoit diminué ni la vigueur de fon efprit & de fon corps, ni même

me ſa memoire, qui eſt la premiere
faculté de l'ame qui commence à
s'affoiblir. Mais ce calcul eſt ſujet à
bien des difficultés. Car *Joſeph Sca-*
liger, qui le connoiſſoit particulierement & qui étoit né le 4 Août
1540. dit dans le *Scaligerana ſecun-*
da que *Conſtantin* n'avoit pas plus de
dix ans plus que lui ; ainſi ce dernier, ſuivant cet autre calcul, ſeroit
né en 1530. & ſeroit mort par conſequent à l'âge de 75 ans. D'ailleurs
ſi *Conſtantin* étoit mort en 1605. âgé
de cent trois ans, il ſeroit né en
1602. & auroit eu conſequemment
62 ans lorſqu'il ſe fit recevoir Docteur en Medecine en 1564. Ce qui
ne paroît guéres probable. Ainſi il
eſt plus naturel de s'en tenir à la ſup-
putation de *Scaliger*, qui devoit ſçavoir ſon âge mieux que M. *de Thou.*

M. *de Thou* ajoute que *Conſtantin*
fut Domeſtique de *Jules Ceſar Sca-*
liger; c'eſt-à-dire apparemment qu'il
s'étoit mis en penſion chez lui, pour
profiter de ſa converſation & de ſes
inſtructions. *Scaliger* conçut tant
d'eſtime de ſon merite & de ſa capa-
cité, qu'il le chargea en mourant de

X iiij

R. Con-
STANTIN.

l'édition de quelques-uns de ses Ouvrages, que *Sylvius* son fils aîné lui remit entre les mains, après la mort de ce grand homme. Cette confiance à excité apparemment la jalousie de *Joseph Scaliger*, qui l'a dechiré en toutes rencontres avec acharnement, le traitant de faux, d'impudent, & d'âne dans l'intelligence des bons Auteurs.

Catalogue de ses Ouvrages.

1. *Lexicon Græco-Latinum. Genevæ. Joan. Crispinus* 1562. *in-fol.* deux vol. It. *Secunda hac editione partim ipsius Autoris, partim Francisci Porti & aliorum additionibus pluribus auctum. Genevæ. Vignon* 1592. *in-fol.* deux vol. *Joseph Scaliger* méprise infiniment ce Dictionnaire, quoiqu'il se soit trouvé des Sçavans, qui l'ont preferé, mais sans raison, à celui d'*Henri Etienne*. Ce jugement de *Scaliger* ne doit pas surprendre, puis qu'on sçait qu'il haïssoit personnellement *Constantin*, & que dans sa haine il ne sçavoit garder aucune mesure d'équité. Les mots Grecs ne sont point rangés ici, comme dans le Dictionnaire d'*Etienne* sous leurs

Racines, mais dans l'ordre Alphabetique; cette methode plus commode
pour trouver ce que l'on cherche,
est apparemment la cause de la pre-
férence que quelques-uns lui ont
donné sur celui d'*Etienne*. *Constantin* promettoit encore d'autres Ouvrages sur la langue Gréque, pour
en faciliter la connoissance; mais il
n'a pas tenu cette promesse. On a
tiré de son grand Dictionnaire de
quoi en faire un plus abregé, qui a
paru sous ce titre : *Lexicon Græco-
Latinum ex Roberti Constantini &
aliorum scriptis collectum. Apud Cri-
spinum.* (c'est-à-dire à *Geneve*) 1566.
*in-*4°.

2. *Supplementum Latinæ linguæ,
seu Dictionarium abstrusorum Vocabu-
lorum. Genevæ. Vignon* 1573. *in-*4°.
C'est un supplement à l'édition de
Calepin, qui avoit paru quelque-
temps auparavant.

3. *Aurelii Cornelii Celsi de Re Medica libri* VIII. *Sereni Poëma Medi-
cinale, & Rhemnii Poëma de Ponde-
ribus & Mensuris, cum Roberti Constantini Annotationibus. Lugduni Ro-
villius* 1566. *in-*8°. It. *Cum Is. Ca-*

R. Con- *fauboni & aliorum fcholiis ; edente* STANTIN. *Theod. Janſſonio ab Almeloveen. Amſtelodami 1687. & 1713. in-8°.*

4. *Annotationes & Correctiones Lemmatum in Dioſcoridem.* Avec *Amati Luſitani in Dioſcoridis de Materia Medica libros quinque Enarrationes. Lugduni 1558. in-8°.*

5. *Theophraſti de Hiſtoria Plantarum cùm annotationibus Julii Cæſaris Scaligeri. Lugduni 1584. in-4°.* Conſtantin, qui a publié cet Ouvrage, a ajouté à la fin des Remarques ſur quatre livres de cette hiſtoire des Plantes, auſquelles ils n'a pas mis ſon nom, mais qui ſont conſtamment de lui, quoique *Voſſius* ait crû qu'elles étoient de *Jacques Dalechamp.* Elles ont été réimprimées ſous ſon nom avec celles de *Scaliger,* à *Amſterdam* l'an 1644. *in-fol.*

6. *Nomenclator inſignium ſcriptorum, quorum libri extant vel manuſcripti, vel impreſſi ex Bibliothecis Galliæ & Angliæ; Indexque totius Bibliothecæ atque Pandectarum Conradi Geſneri. Pariſ. 1555. in-8°.*

V. *Les Origines de Caen de M. Huet. p. 351. Les Eloges de M. de*

Thou, & *les Additions de Teiſſier.*
Colomeſii Gallia Orientalis. p. 103.

SEBASTIEN ROULLIARD.

SEBASTIEN *Roulliard* naquit à S. ROUL-
Melun de *Denis Roulliard*, Avo- LIARD.
cat au Baillage & Préſidial de cette
ville.

Il nous apprend dans ſon *Hiſtoire*
de Melun. p. 631. qu'il ſortit de ſa
patrie quelques mois avant May de
l'an 1588. pour venir à *Paris*, &
qu'il n'y retourna point depuis.

Il embraſſa le même genre de vie
que ſon pere, & s'étant fait recevoir Avocat au Parlement de *Paris*,
il en remplit les fonctions tout le
reſte de ſa vie.

Le P. *Liron* dit avoir lû dans une
note Manuſcrite, qu'ayant parlé un
jour avec beaucoup de liberté, en
plaidant, le premier Préſident l'in-
terrompit, & lui dit de corriger ſon
plaidoyer, que cette réprimande fit
beaucoup de peine à *Roulliard*, qu'il
ne voulut plus plaider, & ſe mit à
écrire.

S. ROUL-
LIARD.

Quoiqu'il en soit de ce fait, il est certain que *Roulliard* a employé beaucoup de temps à composer sur plusieurs matieres fort differentes, comme il paroît par le grand nombre de ses Ouvrages ; & que l'Histoire, la Poësie, tant Françoise que Latine, & la Jurisprudence l'ont occupé également.

Il mourut, suivant le P. *le Long*, en 1639. dans un âge apparemment assez avancé, puisqu'il étoit déja Avocat au Parlement l'an 1588. lorsqu'il composa son Elegie sur la mort de Mr. de *Joyeuse*.

Catalogue de ses Ouvrages.

1. *Elegie sur la mort de M. le Duc de Joyeuse, Pair & Amiral de France. Par Sebastien Roulliard Avocat à la Cour. Paris. Fed. Morel.* 1588, in-4°. *pp.* 9. C'étoit un pauvre Poëte, & il réussissoit également mal dans la Poësie Françoise & dans la Latine.

2. *Job ou l'Histoire de la patience de Job traduite de la Bible. Paris* 1599. in-8°.

3. *Meteorisme, ou Relief de Discours sur l'Histoire de Job. Paris* 1599. in-8°.

4. *Capitulaire*, *auquel eft traité* S. Roul-
qu'un homme nay fans tefticules appa- liard.
rens, *& qui ha néanmoins toutes les*
autres marques de virilité, *eft capa-*
ble des œuvres de Mariage. Paris 1600.
in-8°. p. 47. It. *Edition revûe & aug-*
mentée 1600. *in-8°. pp.* 139. It. *Ibid.*
1604. *in-8°.* Il y a à la fin de cette
édition une confultation Latine de
la Faculté de *Montpellier* fur cette
matiere, datée du 15 Octobre 1601.
Roulliard avoit dès l'an 1600. une
grande réputation dans le Barreau,
& il fut chargé cette année de la
caufe d'un Gentilhomme, que fa
femme accufoit d'impuiffance. Elle
avoit gagné fa caufe devant l'Official de *Sens*, & enfuite devant les
delegués de la Province de *Lyon*. Le
Mari appella de leur fentence, &
obtint du S. Siege des Commiffaires
pour juger la caufe en dernier reffort. *Roulliard* fon Avocat, compofa à cette occafion ce Capitulaire,
où il fe propofa de prouver que le
defaut de tefticules apparens dans le
Gentilhomme ne devoit pas le faire
accufer d'impuiffance; & comme
cet homme foutenoit qu'il avoit

S. Rou‑
LIARD.

confommé le mariage, qu'il deman‑
doit que fa femme fût vifitée, afin
qu'on connût fa defloration, & qu'il
s'offroit au Congrès, *Roulliard* pré‑
tendit qu'il étoit jufte de foûmettre
la femme à la vifite & au Congrès.
L'Auteur s'explique avec bien de la
naïveté fur cette matiere delicate,
& quoiqu'il ne forte jamais du fe‑
rieux, on trouve dans fa piece bien
des traits gaillards. Les perfonnes,
dont il y eft queftion, ne font point
nommées. On voit feulement les
lettres initiales de leur nom dans ce
fecond titre, qui fuit le premier.
Recueil des principaux chefs du procès
d'entre le S. B. D. &c. appellant, &
Dame M. D. L. C. fa femme. Mais
on fçait que ces lettres fignifient le
Sieur *Charles de Chatillon, Baron*
d'Argenton, & *Madeleine de la Châ‑*
tre.

5. *Agrocharis è Gallico Pybracij*
Poëmate Latino carmine ad verbum ex‑
preffa. Ejufdem Rolliardi Mufurgia.
1605. *in*-8°.

6. *Traité de l'Antiquité, & Privi‑*
leges de la Sainte Chapelle du Palais
de Paris. Paris 1606. *in*-8°.

7. Il a fait une longue Epitaphe
Latine, pour *Juste Lipse* son ami;
& on la trouve à la tête du Recueil
intitulé : *Justi Lipsii fama Posthuma.*
Antuerpiæ 1707. *in-*4°. Il la finit par
ces mots. *Seb. Rolliardus amicitiæ*
Epistolis contractæ Mnemosynon mœrens
posuit. Nous avons en effet six Lettres de *Lipse à Roulliard*, par lesquelles il paroît que ce dernier lui
envoyoit les Ouvrages, qu'il donnoit au Public.

8. *Le Grand Aumônier de France.*
Paris 1607. *in-*8°. Ce livre contient
des recherches sur l'Origine & les
Privileges de cette charge.

9. *Les Reliefs forenses. Paris* 1607.
*in-*8°. It. *Ibid.* 1610. *in-*4°.

10. *Preséance pour les Abbés Ré-*
guliers ou Commandataires, contre les
Archidiacres, Doyens, Prévots, &
autres dignités Ecclesiastiques. Paris
1608. *in-*8°.

11. *Parthenie, où Histoire de la très-*
Auguste & très-devote Eglise de Char-
tres, dediée par les vieux Druides en
l'honneur de la Vierge, qui enfante-
roit; avec ce qui s'est passé de plus me-
morable, au fait de la Seigneurie tant

S. Roul-**
Liard.

fpirituelle que temporelle de la dite E-
glife, Ville & Pays Chartrain. Paris
1609. *in-*8º. Cette hiftoire eft affez
étendue, mais elle eft remplie de
fables. *Roulliard* n'avoit pas affez de
critique pour difcerner la verité
d'avec la fauffeté, & pour compofer une bonne hiftoire. Il nous apprend dans celle-ci qu'il alla à *Char-*
tres par dévotion l'an 1608. à la fête
de la Nativité de la Vierge, & ce
fut à cette occafion, qu'il en conçut
le deffein. Il a mis à la fin l'Epitaphe de fa fœur unique *Michelle*
Roulliard decedée le 18 Decembre
1608.

12. *La magnifique Doxologie du Fe-*
ftu. Paris 1610. *in-*8º. Pure badine-
rie, qui cependant eft recherchée
des curieux, auffi bien que les *Gym-*
nopodes du même Auteur, qui font
dans le même goût.

13. *Confultationes variæ. Parif.*
1611. *in-*4º.

14. *Hagiopæa S. Caroli Borromæi.*
Parif. 1611. *in-*4º. C'eft une piece
de vers.

15. *La Sainte-Mere, ou vie de*
Mᶜ. Sainᵃᵗe Ifabel de France, fœur
unique

unique du Roy S. Louis, fondatrice de l'Abbaye de Long-champ. Paris 1619. in-8°.

16. *Main-Morte defendue pour les Prieur, Docteurs & Bacheliers de Sorbonne.* 1619. *in-4°.*

17. *Summaria causæ conjectio pro Maria Carola Balsacia Entraguea, contra Franciscum Bassompetrium.* 1619. *in-4°.*

18. *Dicæologie, ou defense justificative pour M. Gaspar de Monconys pourvû de l'Office de Lieutenant Criminel en la Senechaussée & Siege Présidial de Lyon, par la résignation de M. Pierre de Monconys, son pere, sieur de Liergues ; contre l'étrange, horrible, & prodigieuse calomnie de MM. Claude Bernard, Assesseur, Nicolas de Masso, Claude Terrat, Conseillers, & Jacques d'Aveyne, Substitut de M. le Procureur Général au dit Siege. Paris* 1620. *in-4°. pp.* 153. *Gui Patin* parle de ce Procès dans ses Lettres, où il marque que *Gaspar de Monconys* eut un Arrêt en sa faveur, & que le Factum de *Roulliard* est rare & connu de peu de personnes. Tout cela est vrai ; mais ce qu'il ajoute que ce Factum est tout à fait admi-

Tome XXVII. X

S. ROUL-
LIARD.

rable eft une preuve de fon mauvais goût , & eft abfolument faux.
C'eft plûtôt un chef-d'œuvre de
Pédanterie, où *Roulljard* au lieu de
s'en tenir aux particularités de fon
affaire, qui étoit fort embroüillée &
fort finguliere , fait à tous momens
des courfes chez les Juifs, les Grecs ,
& les Romains, pour y trouver des
faits femblables à ceux qui étoient
dans fon procès, & fait perdre ainfi
de vûe à chaque inftant la fuite de
l'affaire en queftion. Voici en peu
de mots ce dont il s'agiffoit. *Gafpar*
de Monconys étoit à *Paris* en 1617.
pour fe faire recevoir dans la Charge
de Lieutenant criminel de *Lyon* , à
la place de fon pere, dans le temps
que ceux dont il eft parlé dans le titre de la defenfe s'y trouvoient auffi.
Comme ils étoient ennemis mortels
de fon pere , ils chercherent les
moyens de traverfer fa réception,
& ayant fçu qu'un nommé *François*
Louis , qui s'étoit dit natif de *Var-*
mes près de *Nevers* avoit été condamné à mort par le Bailly de *Saint-*
Denis , pour un facrilege commis
dans l'Abbaye ; peine qui avoit été

S. Roul-
liard.

convertie par le Parlement en neuf
années de Galeres ; ils firent entendre au Bailly, que *Gaſpar de Monconys* étoit ce *François Louis*, qui
avoit alors deguiſé ſon nom & ſa
patrie, pour ne pas deshonorer ſa
famille, & qui s'étoit enfui des Galeres. Ce Bailly gagné fit auſſitôt arrêter & conduire dans les priſons de
S. Denis, *Monconys*, qui obtint
quelque temps après par Arrêt du
Parlement ſon élargiſſement, en donnant caution. Il ſe fit depuis un grand
nombre de procedures qui embroüil-
lerent tellement cette affaire, que
Monconys fut long-temps ſans en
voir la fin.

19. *Les Gymnopodes, ou de la nu-
dité des pieds diſputée de part & d'autre. Paris* 1624. *in-*4°.

20. *Le Theriſtre, ou defenſe apolo-
gétique pour le voile du viſage, n'a guéres pris par les Religieuſes de Nôtre-
Dame de Troyes. Paris* 1626. *in-*4°.

21. *Li-huns en Sang-ters, où diſcours de l'antiquité, privileges & pre-
rogatives du Monaſtere de Li-huns en
Sang-ters, près de Roye en Picardie,
originairement de l'Ordre de S. Benoît,*

Y ij

**S. Roul-
liard.**

depuis incorporé sous le titre de Doyenné en l'ordre de Cluny. *Paris* 1627. *in-*
4°.

22. *La Fere, ou Charte de la Paix,*
ou Concordat passé & octroyé aux Ma-
jeur, Jurez & Hommes de la Fere, par
Enguerrand de Coucy l'an 1207. *(en*
Latin & François) mis en lumiere par
Seb. Roulliard. Paris 1627. *in-*4°.
Avec l'Ouvrage précedent.

23. *Histoire de Melun, contenant*
plusieurs raretés notables & non decou-
vertes en l'histoire generale de France.
Plus la vie de Bourchard Comte de
Melun, sous le regne de Hües Ca-
pet, traduite du Latin d'un Auteur du
temps. Ensemble la vie de Messire Jac-
ques Amyot, Evêque d'Auxerre &
grand Aumônier de France, avec le
Catalogue des Seigneurs & Dames il-
lustres de la Maison de Melun; le tout
récueilli de diverses Chroniques &
Chartes Manuscrites. Paris 1628. *in-*
4°. *Roulliard* marque à la p. 635.
qu'il avoit commencé dès l'an 1608.
a travailler à cette histoire, & que
dans le même temps il avoit composé un Commentaire sur la coûtume de la même Ville, mais je ne sçai

s'il a été imprimé. L'Ordre & la
netteté y manquent, & l'on y trouve à leur place une érudition mal di-
gerée & pedantefque.

24. *Le Lumbifrage de Nicodeme
Aubier, Scribe, foi difant le cinquiéme Evangelifte, & noble de quatre
races.* in-8°.

25. *Traité des Privileges de la Sainte Chapelle, fpecialement de l'exemp-
tion de refidence, pour Jacques Guil-
lemin, contre le Chapitre de Chartres.*
in-8°. Je ne fçai fi ce n'eft pas le même Ouvrage, que celui que j'ai marqué au N°. 6.

26. *Remontrance au Roy pour les
Chanoines & Officiers de la Sainte
Chapelle, pour leur preféance fur le
Chapitre de l'Eglife de Paris.* in-8°.

V. *La Bibliotheque Chartraine du
P. Liron.* L'article qu'il en donne
eft très-fuperficiel.

FRANÇOIS SWEERTIUS.

FRANÇOIS *Sweertius* naquit à *Anvers* l'an 1567. de *François Sweertius* & de *Gertrude van Os.*

Il fit fes études avec beaucoup de foin, & s'appliqua enfuite au Commerce, à l'exemple de fon pere; mais cette occupation ne l'empêcha pas de cultiver les Mufes, & il donnoit à l'étude tout le temps que fa profeffion lui laiffoit libre.

Il entretint toûjours un grand commerce de Lettres avec les Sçavans de fon temps, entre autres, le Cardinal *Baronius*, *Lipfe*, *Scaliger*, *Cafaubon*, *Gruter*, *André Schott*, *Puteanus*, *Heinfius*, &c.

Il avoit pris pour devife : *Ama latere.*

Il fe maria, & époufa *Sufanne van Erpe*, dont il eut fix enfans.

Il mourut à *Anvers* l'an 1629. âgé de 62 ans, & fut enterré dans l'Eglife de *S. George.*

Catalogue de ses Ouvrages. F. SWEER-
TIUS.

1. *Insignium ejus ævi Poëtarum La-*
crymæ in obitum Cl. V. Abrahami Or-
telii Antuerpiani, Philippi II. Hispa-
niarum Regis Geographi: Franciscus
Sweertius colligebat, dedicabatque S.
P. Q. Antuerpiano. Antuerpiæ 1601.
*in-*8°.

2. *In Deórum Dearumque Capita,*
ab Ortelio Vulgata, Narrationes Hi-
storicæ, ex Analectis Andreæ Schotti
*Soc. J. Antuerpiæ in-*4°.

3. *In* XII. *Cæsarum Icones Narra-*
tiones Historicæ, ex Analectis And.
*Schotti. Ibid. in-*4°.

4. *Belgii totius descriptio.* Avec la
Carte des Pays-Bas de *Vrientius*, imprimée en 1603.

5. *Meditationes Joannis Cardina-*
lis de Turrecremata, cum ejusdem vita
& precibus Selectis. Coloniæ 1607. *in-*
12.

6. *Selectæ Christiani Orbis deliciæ*
ex Urbibus, Templis, Bibliothecis, &
aliunde. Coloniæ Agripp. 1608. *in-* 8°.
It. *Editio auctior. Ibid.* 1625. *in-*8°.
C'est un Recueil d'Epitaphes, qui
se trouvent en differentes villes de
l'Europe; & on y en voit plusieurs

F.SWEER-
TIUS.

de Sçavans. *Nathan Chytrée* avoit donné un semblable Ouvrage quelques années auparavant, sous le titre de *Variorum in Europa Itinerum deliciæ. in-8°.* & *Sweertius* en a tiré la meilleure partie de son Recueil.

7. *Hieronymi Magii de Tintinnabulis liber Posthumus, cum notis Francisci Sweertii. Hanoviæ* 1608. *in-8°.* It. *Amstelod.* 1664. *in-12.*

8. *Justi Lipsii Musæ errantes ex Autoris Schedis editæ. Antuerpiæ* 1609. *in-4°.*

9. *Monumenta Sepulchralia & Inscriptiones Ducatus Brabantiæ. Antuerpiæ* 1613. *in-8°.*

10. *Joannis Bochii Poëmata, à Fr. Sweertio collecta. Accesserunt quædam Joan. Ascanii filii aliorumque. Francofurti* 1614. *in-16.* It. *Coloniæ* 1615. *in-8°.*

11. *Flores Lipsiani, sive sententiæ & similitudines è Justi Lipsii scriptis. Coloniæ* 1614. *&* 1620. *in-12.* D'autres Auteurs avoient auparavant donné des Ouvrages semblables, tirés des œuvres de *Lipse.* Ainsi *Nicolas Stochius* avoit publié *Mellificium duplex; alterum similium; alterum Aphorismorum*

visorum seu sententiarum. Lug d. Bat. F. Sweer-
1591. *in-12.* & *Joachim Nissæus* avoit tius.
fait imprimer à Francfort *Mellificium Deliciarum.*

12. *Rerum Belgicarum Annales,
Chronici, & Historici, de bellis, Urbibus, situ & moribus gentis, antiqui
recentioresque scriptores, quorum pars
magna hactenus non edita, pars longe
auctior nunc evulgatur.* Francofurti
1620. *in-fol.* Les Auteurs contenus
dans ce Recueil, qui devoit avoir
plusieurs volumes, mais qui est bor-
né à celui-ci, sont 1°. *Joannis Ger-
brandi, Leydensis, Carmelitani, Chronicon Hollandiæ Comitum, & Episcoporum Ultrajectensium, ac de rebus
domi forisque in Belgio præclare gestis
à S. Willebrordi temporibus ad annum*
1417. Cet Auteur mourut en 1504.
suivant les Bibliothecaires des Pays-
Bas; ainsi le P. *le Long* s'est trompé
en disant qu'il vivoit en 1417. temps
auquel il finit sa Chronique. 2°. *Re-
neri Snoy, Goudani, Archiatri, de
Rebus Batavicis libri* XIII. *numquam
antehac luce donati, emendati nunc demum & recogniti opera & studio Jacobi Brassica, Roterodami.* C'étoit le

Tome XXVII. Z

I. Sweer-
tius.
neveu de *Snoy*, dont l'Histoire s'étend jusqu'à l'an 1519. 3°. *Annales Belgici Ægidii de Roya ab anno Christi* 792. *ad annum* 1478. 4°. *Anonymus de Rebus Belgicis.*

13. *Epitaphia Jocoseria, Latina, Gallica, Italica, Hispanica, Lusitanica, Belgica. Coloniæ* 1623. *in-*8°.

14. *Rariores sententiæ ex præcipuis primæque notæ historiographis Collecta. Coloniæ* 1625. *in-*12.

15. *Athenæ Belgicæ, sive Nomenclator inferioris Germaniæ scriptorum, qui disciplinas Philologicas, Philosophicas, Theologicas, Juridicas, Medicas & Musicas illustrarunt. Accessu* XVII. *ejusdem Inferioris Germaniæ Provinciarum, nec non præcipuarum orbis Bibliothecarum & Academiarum luculenta descriptio. Antuerpiæ* 1628. *infol.* Il y a de bonnes choses dans cet Ouvrage, quoiqu'il ne soit pas comparable à celui que *Valere André* a composé sur la même matiere. Celui-ci se plaignit que *Sweertius* l'avoit volé dans la premiere édition de sa *Bibliotheque Belgique*, qui s'étoit faite en 1623. cinq ans avant que *Sweertius* eût publié son Ouvrage.

C'est de quoi celui-ci se defend for- F. SWEER-
tement dans sa Préface , ajoûtant TIUS.
qu'il ne devoit pas paroître surpre-
nant que travaillant tous deux sur
de même dessein , il se rencontraf-
sent souvent. *Baillet* dans ses *Jugemens des Sçavans* avance qu'il usa de
la voye de récrimination , & qu'il
accusa à son tour *Valere André* de
s'être enrichi de ses depoüilles; mais
il n'a pas lû cet Auteur avec assez
d'attention. *Sweertius* ne dit rien de
semblable , il dit seulement que *Valere André* a pillé un grand nombre
d'Auteurs qui lui ont servi à composer sa Bibliotheque.

V. *Valerii Andreæ Bibliotheca Belgica. Fr. Sweertii Athenæ Belgica.*

JEAN-BAPTISTE CRISPO.

JEAN-*Baptiste Crispo* naquit à *Gal-* J. B.
lipoli , ville du Royaume de *Na-* CRISPO.
ples dans la terre d'*Otrante* , vers le
milieu du 16ᵉ siecle.

Après avoir fait ses études dans
son pays avec beaucoup de succès ,
& avoir embrassé l'état Ecclesiasti-

que, il alla à *Rome*, où son merite lui procura bientôt la connoissance & l'amitié de plusieurs Sçavans, entre autres de *Torquato Tasso*, d'*Annibal Caro*, de *Scipion Ammirato*, qui étoit alors dans cette ville, d'*Alde Manuce* & du Cardinal *Jerôme Seripando*, dont il fut quelque temps Secretaire.

Son habileté dans les Sciences le fit rechercher par plusieurs personnes de consideration, pour leur enseigner la Jurisprudence, la Philosophie & la Théologie ; & ce fut à quoi il s'occupa une partie du temps qu'il demeura à *Rome*.

Le Pape *Clement VIII.* avoit dessein de l'élever à l'Episcopat, mais la mort prematurée de *Crispo* l'empêcha d'executer ce dessein. On ignore l'année de sa mort ; cependant comme on n'a vû aucun Ouvrage de sa façon depuis l'an 1594. il est à presumer qu'il mourut quelque temps après.

Catalogue de ses Ouvrages.

1. On trouve quelques vers Italiens de lui dans un Recueil publié par *Scipion de' Monti* sous ce titre: *Li*

vime, *verſi in lode dell' Ill. Sig. Donna Giovanna Caſtriota Carrafa, Ducheſſa di Nocera, è Marcheſa di Civita di S. Angelo. In Vico Equenſe.* 1585. *in-4°.*

2. *De Medici Laudibus, Oratio ad Cives Gallipolitanos. Romæ* 1591. *in-4°.*

3. *La Pianta della Citta di Gallipoli. In Roma* 1591. Cette Carte a été inſerée dans le *Théâtre des Villes du Monde* de *George Brauniüs.* Elle fait connoître l'habileté de ſon Auteur dans les Mathematiques & la Geographie.

4. *Le Rime di Aſcanio Pignatelli, date in luce da Gio. Bat. Criſpo. In Napoli* 1593. *in-4°.* Imprimées enſuite à *Vicenze* l'an 1603. *in-12.* *Criſpo* a mis à la tête une Epître dedicatoire datée de *Naples* le 10 Mars 1593.

5. *La Vita di Giacomo Sannazaro. In Roma* 1593. *in-8°.* It. *Ibid.* 1594. *in-8°.* Cette ſeconde édition est augmentée. It. *In Napoli* 1633. *in-8°.* Cette Vie est fort bien faite, & c'est un des meilleurs Ouvrages de *Criſpo.*

J. B.
Crispo.

6. *Due Orazioni a' Principi Cristia-*
ni per la guerra contro i Turchi dell'
anno 1594. In Roma 1594. in-4ᵉ.

7. *De Ethnicis Philosophis caute le-*
gendis disputatio ex propriis cujusque
principiis. Quinarius primus. Roma
1594. *in-fol.* Il avoit composé la suite de cet Ouvrage, à sçavoir le *Qui-*
narius secundus, & tertius ; mais elle
est demeurée manuscrite entre les
mains d'*Alexandre de Sangro,* Archevêque de *Benevent,* son protec-
teur & son ami particulier, qui a
herité de tous ses papiers. *Possevin*
donne dans son *Apparat Sacré &*
dans sa *Bibliotheque choisie* de grandes loüanges à cet Ouvrage de *Crispo.*
Il y assure qu'il est fort bon, & qu'il
n'y a point d'école dans toute la
Chrétienté, où il ne doive être lû.
Il ajoute que l'Auteur est un homme d'un jugement fort delicat &
fort exquis, qu'il fait voir dans son
livre quelles sont les héresies qui
ont pris leur origine chez les Philo-
sophes, & les refute solidement ;
& que tous ses principes sont tirés
de l'Ecriture Sainte, des Conciles,
des Saints Peres, & des Théologiens ;

en forte qu'il n'y a rien, felon lui, J. B.
de plus utile pour decouvrir d'un CRISPO.
côté les erreurs des Philofophes, &
de l'autre la verité qu'on cherche
dans la Philofophie.

8. *Toppi* marque qu'on trouve
quelques Poëfies de fa façon après
l'Oraifon funebre de *Sigifmond* Roi
de Pologne. Je ne fçai de quelle année eft l'édition de cette Oraifon &
de ces Poëfies. Il eft fûr du moins
que cette Oraifon eft de *Sigifmond*
II. qui mourut le 7 Juillet 1572.

V. *Sa vie par Dominique de An-*
gelis dans le fecond volume des Vite
de' Letterati Salentini. In Napoli 1713.
in-4°. On trouve dans cette vie tout
ce qu'on fçait de *Crifpo*; ce qui fe
réduit à peu de chofes. *Nicolai Top-*
pi Bibliotheca Neapolitana. p. 324.

JEAN OPORIN.

JEAN Oporin naquit à *Basle* le 25
Janvier 1507. de *Jean Herbst*, Pein-
tre de cette ville, & de *Barbe Lup-
farten*.

Comme le nom de sa famille signifie en Allemand l'*Automne*, il le
quitta dans la suite pour en prendre
un Grec, qui signifie la même chose, c'est-à-dire celui d'*Oporin*. Ce
qui fut cause que *Robert Winter* son
Associé dans la Librairie, dont le
nom signifioit l'*Hyver*, prit par la
même raison celui de *Chimerinus*.
Cela donna occasion d'appliquer à
ces deux Imprimeurs ce distique de
Martial.

Si daret Autumnus mihi nomen
ὀπωρινὸς *essem*
　Horrida si Bruma figora, χειμε-
ρινὸς.

Son pere, qui étoit pauvre, prit
d'abord le soin de lui apprendre lui-
même les élemens de la langue Latis

ne; mais ce qu'il en sçavoit se bor- J. OPO-
nant à peu de choses, *Oporin* fut RIN.
bientôt obligé d'aller chercher ailleurs des secours pour s'avancer dans
ses études.

Il se rendit à *Strasbourg*, où il
demeura pendant quatre ans avec
quelques pauvres Ecoliers; & pendant ce peu de temps il fit des progrès si considerables dans la langue
Latine, qu'il acquit la facilité de la
parler assez purement; il apprit même un peu la langue Gréque.

Comme les secours lui manquoient pour subsister plus long-
temps en cette ville, il retourna à
Basle, où il prit des leçons des Pro-
fesseurs qui y enseignoient. Mais la
pauvreté de ses parens l'ayant obligé de chercher quelque employ qui
le mît en état de vivre, il se rendit
à l'Abbaye de *S. Urbain* de la dé-
pendance du Canton de *Lucerne* en
Suisse, & se chargea d'y enseigner
les jeunes enfans, pour les mettre
en état d'entrer au College.

Pendant son séjour en ce lieu, il
fit connoissance avec un Chanoine
de Lucerne, nommé *Xylotecte*, qui

aimoit les Lettres , & faisoit des vers
Latins assez bons pour ce temps-là.
Cet homme ayant embrassé la nouvelle Réligion , & s'étant défait de
ses benefices pour se marier , se retira à *Basle* , où *Oporin* qui s'ennuyoit
d'enseigner la jeunesse , retourna
bientôt après.

Pour y gagner dequoi vivre , il
se mit à copier des Ouvrages des
anciens Peres Grecs , que *Jean Fro-
ben* donnoit ensuite au public sur
ses copies.

Son ami *Xylotecte* étant mort quelque temps après , il crut ne pouvoit
mieux répondre à l'amitié qui les
avoit unis , qu'en épousant sa veuve
en 1527. Mais il eut tout lieu de
s'en repentir ; c'étoit une personne
déja âgée, dont l'humeur imperieuse
& fantasque lui causa mille cha-
grins ; ce qui lui faisoit dire qu'il
avoit eu le même malheur que *Socrate* , & qu'il s'étoit joint à une autre *Xantippe* , qui lui avoit appris à
philosopher.

Trois ans après ce mariage , c'est-
à-dire en 1530. on lui donna la di-
rection de l'Ecole de *Basle* , qu'il

J. OPO-
RIN.

gouverna pendant quelque temps
avec beaucoup de ſuccès & de réputation, Mais réflechiſſant que cela
ne le conduiroit pas loin, il s'en
degoûta bientôt, & réſolut ſuivant
le conſeil de *Jean Oecolampade*, de
ſe tourner du côté de la Medecine.

Le fameux *Paracelſe* demeuroit
alors à *Baſle*, & comme il ſe vantoit
d'avoir dans la Medecine des con-
noiſſances inconnues aux autres,
Oporin s'attacha à lui, & ſe mit même à ſon ſervice afin d'être plus à
portée de profiter de ſes inſtructions.
Il avoit une ſi forte paſſion de ſe
rendre habile, qu'il eut la patience
d'endurer les folies de Paracelſe, qui
avoit coûtume de s'envvrer, & qui
dans cet état, le mettoit ſouvent en
danger de ſa vie.

Ce fameux Medecin lui avoit promis de lui enſeigner le ſecret de ſon
Laudanum, avec lequel il prétendoit faire des cures merveilleuſes,
& l'eſperance de lui voir accomplir
ſa promeſſe engagea *Oporin* à le ſui-
vre en Alſace, lorſqu'il ſortit de
Baſle, & à demeurer encore deux
années avec lui; mais enfin laſſé de

n'en pouvoit rien tirer, & degouté de lui ; il retourna à *Basle*.

Sa femme étant morte à *Lucerne*, où elle alloit tous les ans pour ses affaires domestiques, après huit années de mariage, il crut qu'il auroit d'elle une bonne succession, mais il fut trompé dans son esperance ; car ses parens s'emparerent de tout, & les démarches qu'il fit pour en retirer quelque chose par les voyes de la Justice, ne servirent qu'à lui faire dépenser de l'argent inutilement.

Grynæus, qui professoit alors la langue Gréque à *Basle*, ayant été nommé pour enseigner l'Ecriture Sainte, crut qu'il ne pouvoit avoir de meilleur successeur dans sa chaire de Grec qu'*Oporin*, & sollicita si bien en sa faveur qu'il l'obtint pour lui.

Oporin se voyant alors placé d'une maniere honorable, se remaria. Mais l'humeur depensiere de cette seconde femme ne lui causa pas moins de peine, que les bizarreries de la premiere ; elle contribua même beaucoup dans la suite au dérange

gement de fes affaires domeftiques. J. Opo-
RIN.

Il étoit entierement occupé à remplir les fonctions de la charge de
Profeffeur, lofque l'Univerfité de
Bafle fit un Décret, qui obligeoit
tous les Profeffeurs à recevoir le degré de Maître-ès-Arts. *Oporin*, qui
paffoit alors fa trentiéme année, re-
fufant de fe foumettre à l'examen
qu'il falloit neceffairement fubir
pour l'obtenir, renonça à fa place de
Profeffeur, & embraffa la profeffion
d'Imprimeur.

Comme il avoit toutes les qualitez neceffaires pour s'acquitter dignement de cet employ, il n'eut pas
plûtôt commencé à l'exercer, que
fa réputation fe répandit par tout.
En effet quoiqu'il ait acquis de la
gloire par les Ouvrages qu'il a com-
pofés, il eft certain qu'il s'eft rendu plus celebre par le nombre prodigieux de volumes qu'il a imprimés.

Il s'étoit affocié avec *Robert Winter*, fon parent, & ils firent d'a-
bord rouler plufieurs preffes. Ils en-
tretenoient un grand nombres d'ou-
vriers qu'ils payoient fort cherez

J. Opo-
RIN.

ment, & retiroient même chez eux ceux qui avoient été renvoyés par les autres Imprimeurs ; tout cela joint à sa generosité, ou plûtôt au peu de soin qu'il avoit de se faire payer, & au luxe de sa femme & de celle de son Associé, derangea à la fin ses affaires, & il se vit souvent à la merci de ses Créanciers.

Il perdit sa seconde femme l'an 1564. Cette femme, nommée *Marie Ficin*, mourut de la peste, pendant que son Mari étoit à la Foire de *Francfort*, après avoir vécu avec lui plus de 30 ans.

Comme il ne pouvoit suffire seul à tous les soins de sa Maison, il se remaria encore, & épousa *Elizabeth Holzach*, veuve de *Jean Hervagius* le jeune, qui étoit aussi mort en même temps de la peste.

L'Imprimerie de ce dernier jointe par ce Mariage à la sienne, le mit dans de nouveaux embarras, dont il se seroit cependant bien tiré par le secours de sa nouvelle femme, qui étoit une personne de merite, & qui avoit beaucoup de conduite; mais il eut le chagrin de la voir mou-

fit le quatriéme mois de leur mariage.

Il tâcha de s'en confoler par un
quatriéme mariage, & en époufant
Fauftine Amerbach, fille de *Boniface
Amerbach* Jurifconfulte, & veuve
d'*Ulric Ifelin*, femme d'un merite
diftingué.

Celle-ci le voyant déja âgé & hors
d'état de fe donner toutes les peines
neceffaires pour faire rouler fon Imprimerie, l'engagea à la vendre.

Quelque temps après elle mit au
monde un fils, nommé *Emmanuel*,
qui naquit le 25 Janvier 1568. La
joye que caufa à *Oporin* la naiffance
de ce fils, qui étoit le feul qu'il eût
eu, ne fut pas longue, & il n'eut
pas le plaifir de le voir long-temps;
car cinq mois après il tomba malade
& mourut le 6 Juillet de la même
année, âgé de 61. ans.

L'Attachement qu'il avoit pour
fon Imprimerie, pour laquelle il ne
negligeoit rien, jufques-là qu'il ne
donnoit au Public aucun livre, dont
il n'eût corrigé lui-même les Epreu-
ves, ne lui faifoit pas negliger fes
études particulieres; ainfi après avoir

donné quelques heures à sa profession , il réservoit le reste de son
temps aux occupations de son Cabinet. On dit qu'à l'imitation d'*Alde*
Manuce il avoit fait mettre à la porte cette inscription.

Quisquis es , rogat te Oporinus etiam
atque etiam , ut si quid est quod à se ve-
lis , perpaucis agas , deinde actutum
abeas , nisi tanquam Hercules defesso
Atlante veneris suppositurus humeros,
Semper enim erit quod & tu agas , &
quotquot huc attulerint pedes.

Il avoit pour devise *Arion* sur un
Dauphin , tenant un Violon dans
une main , & un Archet dans l'autre , au milieu de la Mer , avec ces
mots : *Invia virtuti nulla est via , sa-*
ta viam invenient. Arion.

Catalogue de ses Ouvrages.

1. *Scholia in priora aliquot Capita*
C. Julii Solini Polyhistoris. Dans une
édition de *Solin* & de *Pomponius Me-*
la donnée à *Basle* chez *Robert Win-*
ter.

2. *Scholia in Ciceronis Tusculana-*
rum quæstionum libros v. *Basileæ* 1544.
*in-*4°.

3. *Annotationes in quædam Demo-*
sthenis

fthenis loca. Dans l'Edition de *De-* J. Opo-
mofthene faite à *Bafle* chez *Jean Her-* RIN.
vagius l'an 1532. *in-fol.*

4. *Bucolicorum Autores recentiores*
38. *qui à Virgilii tempore ad noftra*
tempora eo Poëmatis genere funt ufi.
Bafileæ 1546. *in-8°.* Oporin a eu foin
de réunir tous ces Ouvrages, & de
les imprimer.

5. *Darii Tiberti Epitome vitarum*
Plutarchi, ab innumeris mendis repur-
gata per Joannem Oporinum. Bafileæ
*in-*12.

6. Il a fait encore des fcholies fur
plufieurs Ouvrages de *Ciceron,* qui
fe trouvent dans les éditions de cet
Auteur faites de fon temps à *Bafle.*

On a donné le Catalogue des Ouvrages qu'il a imprimés fous ce titre. *Joannis Oporini, Typographi Ba-*
filienfis Exuviæ, hoc eft Bibliotheca
librorum impre[[orum. 1571. *in-8°.* Il
fe trouve auffi à la fuite de fa vie
dans les *Vitæ Selectæ quorumdam eru-*
ditiffimorum Virorum. Vratiflaviæ 1711.
*in-*8°.

V. *Oratio de Ortu, Vita, & Obitu*
Joh. *Oporini, recitata in Argentinenfi*
Academia ab Joanne Henrico Hai-

Tome XXVII. Aa

J. Opo-
RIN.

zelio *Augustano* ; *Autore Andrea Jo-*
cisco Silesio, *Ethicorum in eadem A-*
cademia Professore. Argentorati 1569.
& dans les *Vitæ Selectæ* dont je viens
de parler. Cette vie est fort circon-
stanciée. *Melchioris Adami Vita Phi-*
losophorum Germanorum. Les Eloges
de *M. de Thou*, & *les additions de*
Teissier. Les Epitomes de Gesner.

CESAR BARONIUS.

C. BARO-
NIUS.

CESAR *Baronius* naquit à *Sora*,
ville Episcopale du Royaume
de *Naples* le 31 Octobre 1538. de
Camillo Baronio & de *Porcia Phebo-*
nia, qui l'éleverent avec beaucoup
de soin.

Il fit ses premieres études à *Vero-*
li, & alla ensuite à *Naples* faire son
Droit. Mais les troubles de ce Pays
obligerent son pere à l'emmener en
1557. à *Rome*, où il acheva ses études de Droit sous *Cesar Costa*, qui
fut depuis Archevêque de *Capoüe*.

Il s'y mit ensuite sous la discipli-
ne de S. *Philippe de Neri*, fondateur de la Congregation de l'Ora-

toire, qui l'employa dans les Instructions familieres, que ses Clercs
faisoient aux jeunes enfans.

Lorsqu'il eut reçu l'ordre de Prê-
trise, *S. Philippe de Neri* l'envoya
avec quelques-uns de ses Disciples
en 1564. faire un établissement de
sa Congregation dans l'Eglise de *S.
Jean-Baptiste.* Il demeura en ce lieu
jusqu'à l'an 1576. qu'on l'envoya à
Sainte Marie in Vallicella, & dans
ces deux maisons il donna des preuves singulieres de son zele pour le
salut du prochain, de sa pieté, &
de sa charité.

S. Philippe de Neri s'étant démis
en 1593. de la charge de Superieur
de la Congregation de l'Oratoire,
crut ne pouvoir se donner un plus
digne Successeur que *Baronius*, & le
Pape *Clement VIII.* qui connoissoit
son merite, repondant aux desirs de
ce Saint Fondateur, & de sa Congregation, approuva ce choix, &
le prit même quelque temps après
pour son Confesseur.

L'estime que ce Pontife avoit
pour lui, ne fit qu'augmenter à mesure qu'il eut occasion de le mieux

C. BARO-
NIUS.

connoître ; & cette eftime l'engagea
à le faire Protonotaire Apoftolique
en 1595. & enfin à le nommer Cardinal le 5 Juin de l'année fuivante
1596. fous le titre des *Saints Nerée
& Achillée*; dignité à laquelle il
ajoûta depuis la charge de Biblio-
thecaire du S. Siege Apoftolique.

Après la mort de *Clement VIII.*
arrivée en 1605. il eut bonne part au
Pontificat, ayant eu jufqu'à trente-
une voix ; mais les Efpagnols lui
donnerent l'exclufion à caufe de fon
Traité de la *Monarchie de Sicile*, &
lui-même s'oppofa fortement à fon
élection.

Son application trop affidue à l'é-
tude lui caufa un tel épuifement,
& lui affoiblit fi fort l'eftomac, que
fur la fin de fa vie il ne pouvoit prefque plus digerer aucune nourriture,
& il avoit contracté un fi grand de-
goût pour tous les mets qu'on pouvoit lui préfenter, que ce lui étoit
un fupplice, lorfqu'il falloit fe mettre à table.

Il mourut le 30 Juin 1607. âgé de
68 ans & huit mois, & fut enterré
dans l'Eglife de *S. Marie in Valli-*

cellâ, où *François Marie Taurusio*, C. BARO
de la Congregation de l'Oratoire, NIUS,
Cardinal, & son ami particulier,
fut mis l'année suivante dans le même tombeau avec cette Epitaphe,
qui leur est commune.

D. O. M.

Francisco Maria Taurusio, Poli-
tiano, & Cæsari Baronio, Sorano, ex
Congregatione Oratorii, S. R. E. Pres-
byteris Cardinalibus; ne corpora dis-
jungerentur in morte, quorum animi
divinis virtutibus insignes, in vita con-
junctissimi fuerant; eadem congregatio
unum utrique Monumentum posuit.

Taurusius vixit annos 82. Menses
9. Dies 14. Obiit 3. Idus Junii 1608.

Baronius vixit annos 68. Menses
8. Obiit pridie cal. Julii 1607.

On ne peut trop loüer & estimer
la memoire de ce pieux & Sçavant
Cardinal, qui avoit beaucoup de
Religion, de probité, d'équité,
d'érudition, & de lecture, & qui a
travaillé utilement pour le bien de
l'Eglise & pour l'éclaircissement de
l'Antiquité Ecclesiastique. Il seroit à

souhaitter qu'il eût été exempt des preventions que son éducation & son pays lui avoient inspirés. C'est le jugement que M. *du Pin* porte de cet Auteur.

Catalogue de ses Ouvrages.

1. *Annales Ecclesiastici, tomis duodecim distincti. in-fol.* Baronius entreprit à l'âge de trente ans les Annales Ecclesiastiques, sur le refus que fit *Onuphre Panvini* d'y travailler, quelques instances que lui en fît *Baronius*, en presense de *S. Philippe de Neri*, qu'ils consideroient comme leur pere commun, & qui lui dit que ce seroit lui, & non point *Panvini*, qui composeroit cet Ouvrage. En effet *Panvini* étant mort peu de temps après, *Baronius* l'entreprit, & travailla pendant trente ans à recueillir & à digerer ces Matieres, en lisant assiduement les anciens Monumens Ecclesiastiques, tant dans les livres imprimés, que dans les manuscrits de la Bibliotheque du Vatican. Il publia en 1588. le premier tome, qui contient les cent premieres années depuis la naissance de J. C. Le second, qui vint ensui-

te, contient 205. années. Ces deux
volumes font dediés au Pape *Sixte*
V. Le troifiéme dedié au Roi *Phi-*
lippe II. comprend l'hiftoire des 55.
années fuivantes. Le quatriéme dedié à *Clement VIII.* contient l'hiftoire de 34 ans, qui finiffent à l'an
395. Le cinquiéme dedié au même
Pape aufli bien que les fuivans va
jufqu'à l'an 440. Le fixiéme finit à
l'an 518. Le feptiéme renferme 73.
années. Le huitiéme s'étend jufqu'en
714. Le neuviéme dedié au Roi
Henri IV. finit avec l'année 842. Le
dixiéme dedié à l'Empereur *Rodol-*
phe II. commence à l'an 843. & va
jufqu'en 1000. Le onziéme dedié à
Sigifmond III. Roi de Pologne, &
publié en 1605. continue l'hiftoire
jufqu'à l'an 1099. Le douziéme imprimé fous le Pontificat de *Paul V.*
l'an 1607. finit à l'an 1198. Ainfi
l'on a dans ces douze volumes l'hiftoire des douze premiers fiecles de
l'Eglife. *Henri de Sponde* nous apprend que *Baronius* avoit laiffé les
trois volumes fuivans, c'eft-à-dire,
apparemment des Memoires pour
ces volumes qui n'étoient pas en-

C. BARO-core redigés, & qui ont servi à *Odo-*
NIUS, *ric Raynaldus* pour continuer son
Ouvrage. La premiere édition des
Annales de *Baronius* commencée l'an
1588. & continuée les années suivantes à été faite à *Rome* où les premiers volumes ont été réimprimés
en 1593. Elle a été suivie de quelques autres, dans lesquelles *Baro-*
nius a fait quelques changemens,
& quelques additions. Ainsi la seconde est de *Venise* & a été commencée en 1595. La 3e. a été faite à
Cologne en 1596. & suiv. La 4e. est
d'*Anvers* & de l'an 1597. & suiv.
La 5e. a paru à *Mayence* en 1601. La
6e. est de *Cologne* en 1609. Il y en a
eu d'autres depuis à *Anvers* en 1610.
à *Cologne* en 1624. à *Anvers* en 1675.
à *Venise* en 1705. &c. Les plus belles éditions, suivant l'Abbé *Lenglet*,
font celle de *Rome*, qu'on doit toûjours preferer, comme l'original, &
celle d'*Anvers*. Mais la plus commode pour l'étude est celle de
Mayence, parce que les autorités
des Ecrivains Ecclesiastiques y sont
marquées d'un autre caractere que
le discours de *Baronius*, & que l'impression

preſſion en eſt à deux colonnes. Le mê- C. BARO-
me avantage ſe trouve dans l'édition NIUS.
de *Cologne*, quoique mal imprimée.

Le but que *Baronius* s'eſt propoſé
dans ſes Annales, a été, comme il le
témoigne lui-même dans ſa Préface,
de réfuter les Centuriateurs de *Magde-
bourg*, ou plûtôt d'oppoſer à leur Ouvrage fait contre l'Egliſe Romaine un
autre Ouvrage de pareille nature pour
ſa défenſe. Il ſeroit à ſouhaiter qu'il
ſe fût contenté de rapporter ſimple-
ment les faits de l'Hiſtoire Eccleſiaſtique, ſans entrer dans des contro-
verſes & dans des interêts particu-
liers. Cependant il faut avoüer que
ſon Ouvrage eſt bien digeré, plein
de grandes recherches, & compoſé
avec ſoin, & avec autant d'exactitude, qu'on peut en attendre d'un homme qui entreprend le premier un
Ouvrage auſſi vaſte & auſſi difficile
que celui-là. Il eſt vrai qu'on y a remarqué pluſieurs fautes de Chrono-
logie & d'Hiſtoire, que l'on a de-
couvert pluſieurs faits dont il n'a
point eu connoiſſance, qu'il s'eſt
ſervi de pluſieurs monumens ſup-
poſés ou douteux, qu'il a rapporté

Tome XXVII.   B b

C. BARO-NIUS. quantité de faits faux comme véritables, & qu'il s'eſt trompé en pluſieurs endroits. Mais quoique ſans vouloir exagerer le nombre de ſes fautes avec *Luc Holſtenius*, qui diſoit qu'il étoit prêt de montrer huit mille fauſſetés dans les Annales de *Baronius*, on ne puiſſe nier qu'il n'y en ait beaucoup ; il faut néanmoins reconnoître, que ſon Ouvrage ne laiſſe pas, eu égard à ſon étenduë & à la multitude des faits qu'il contient, d'être très-bon & très-utile, & que c'eſt avec raiſon qu'on l'a appellé le Pere des Annales Eccleſiaſtiques. Il faut encore remarquer qu'il a été beaucoup plus exact dans l'hiſtoire des Latins, que dans celle des Grecs, parce qu'il avoit une connoiſſance fort mediocre du Grec, & qu'il étoit obligé de ſe ſervir du ſecours de *Pierre Morin*, de *Jacques Sirmond*, du Cardinal *Guillaume Sirlet*, d'*Aloiſio Lollini*, & d'autres, pour les Monumens qui n'étoient pas traduits en Latin. Son ſtile n'a ni la pûreté, ni l'elegance, qui ſeroit à ſouhaiter dans un Ouvrage de cette nature, & l'on peut dire qu'il

écrit plûtôt en Diſſertateur qu'en
Hiſtorien, il eſt cependant clair,
intelligible, & Methodique.

C. BARO-
NIUS.

Le Cardinal *de Laurea* a fait une
table des Annales de *Baronius* pour
ſon uſage particulier, qu'il a aban-
donnée enſuite au public : *Index
Alphabeticus Rerum & Locorum omnium memorabilium ad Annales Cardinalis Baronii. Opus Poſthumum Rev.
Card. de Laurea. Romæ* 1694. *in-*4°.
Cet Ouvrage eſt Poſthume, parce
qu'ayant été mis ſous la preſſe de
ſon vivant, il n'en eſt ſorti qu'après
ſa mort, arrivée le 30 Novembre
1693.

On a commencé à traduire les
Annales de *Baronius* en pluſieurs
langues ; mais ces traductions n'ont
gueres paſſé le premier volume.

On en a fait auſſi pluſieurs Abregés, dont il faut donner ici le detail. Le plus étendu eſt celui d'*Henri de Sponde : Annales Eccleſiaſtici
Cæſaris Baronii in Epitomen redacti.
Pariſ.* 1612. 1622. 1630. 1639. *in-
fol.* Imprimé pluſieurs autres fois
avec la continuation du même Auteur. *Pierre Coppin* a donné une tra-

Bb ij

C. BARO-
NIUS.

duction Françoise de cet Abregé, aussi bien que des Annales Sacrées du même *de Sponde* à *Paris* en 1652. *in-fol.* deux vol. Il a été aussi traduit en Flamand, & imprimé en cette langue à *Anvers* l'an 1623. *in-fol.* Cet abregé est estimé & suffit à ceux qui ne peuvent pas entreprendre de grandes lectures. Mais comme il a corrigé le Cardinal *Baronius* en quelques endroits, il merite d'être aussi corrigé lui-même (*L'Abbé Lenglet.*)

Un autre beaucoup plus court est celui d'*Aurelio. Ludovici Aurelii, Perusini, Epitome Annalium Ecclesiasticorum Baronii. Romæ* 1634. *in-*12. It. *Paris.* 1637. *in-*12. deux vol. It. *Monasterii Westphaliæ* 1638. *in-*8°. It. *Paris.* 1665. *in-*12. trois volumes. Cet Auteur ne s'est pas contenté de traduire l'Epitome de *Baronius*, il y a ajouté depuis une continuation jusqu'à l'année 1636. Le tout a été traduit en François. *Les Annales Ecclesiastiques de Cesar Baronius reduites en autant de livres fort succincts, que l'Auteur en avoit fait de Tomes prolixes. Par le R. P. Aurele, Perusin, Prêtre de*

l'*Oratoire de Rome, traduites en Fran-* C. BARO-
çois par Charles Chaulmer, Hiſtorio- NIUS.
graphe de France. Paris 1664. *in-*12.
ſix vol. It. *Paris* 1673. *in-*12. huit
tomes, dont les deux premiers ſont
diviſés chacun en deux parties. Ce
traducteur à fait un ſupplément à
ſon Abbreviateur Latin depuis l'an
1636. juſqu'en 1664.

Un troiſiéme Abbreviateur de *Ba-*
ronius eſt *Bzovius. Hiſtoriæ Eccleſia-*
ſticæ ex Ill. Cæſaris Baronii Card. An-
nalibus aliorumque Virorum illuſtrium
Eccleſiaſticis Hiſtoriciſque Monumen-
tis; curâ Abrahami Bzovii, Ord. Præ-
dicatorum. Romæ 1616. *in-fol.* deux
vol. It. *Antuerpiæ* 1616. *in-fol.* deux
vol. It. *cum auctario Joan. Frider.*
Mateneſii. Coloniæ 1617. *in-fol.* deux
vol.

Ajoutons pour le quatriéme *Biſ-*
ciola. Joannis Gabrielis Biſciolæ, Mu-
tinenſis, Societatis Jeſu, Epitome de-
cem Tomorum Annalium Cardinalis
Baronii. Venetiis 1602. *in-*4°. deux
tom. It. *Lugduni* 1602. *in-*4°. It. *Co-*
loniæ 1602. *in-*4°. It. *Coloniæ* 1614.
*in-*4°. Dans les éditions précéden-
tes il n'y a que l'abregé des dix

Bb iij

C. BARO-
NIUS.

volumes de *Baronius*, au lieu que dans cette derniere, on a ajouté celui des deux suivans par *de Sponde*.

Scogli est encore un Abbreviateur de *Baronius*. *A primordio Ecclesiæ Historia Joannis Horatii Scoglii, Cathacensis ; cum Chronologia ab orbe condito ad A.* 1640. *Romæ* 1642. *in-*4°. Cette histoire ne va, comme *Baronius*, que jusqu'à l'an 1198.

Un sixiéme Abbreviateur est le P. *Augustin Sartorius*, Allemand, de l'Ordre de Cîteaux. *Compendium Annalium Ecclesiasticorum Cardinalis Baronii. Cum intermixtis Elogiis. Pra-* *Se trou-* *gæ* 1722. * *in-*8°. douze tomes, qui ve à Paris ne font que trois volumes d'une grosse chez Brias- seur raisonnable. Les Eloges des per- son. sonnes considerables, dont il y est fait mention, sont écrits en stile Lapidaire, & ne sont qu'une suite de jeux de mots, qui font un assez mauvais effet au milieu d'une histoire. Voici le titre d'un entre autres, qui est à la p. 50. du 1r. tome. *S. Jacobus Major, Grand d'Espagne.*

Schultingius n'a donné l'abregé que d'une partie de l'Ouvrage sous ce

titre : *Cornelii Schultingii Theſaurus* C. BARO-
Antiquitatum Eccleſiaſticarum, ex ſep- NIUS.
tem prioribus Tomis Eccleſiaſticorum
Annalium Cæſaris Baronii uſque ad
Gregorium Magnum collectus , cum
ſcholiis ſingularibus adverſus Centu-
riatores Magdeburgenſes & Calvini-
ſtas. Coloniæ 1601. *in-*8°. Cet abregé
n'eſt pas diſpoſé ſelon l'ordre des
temps , mais par matieres & par ordre Alphabetique.

Il s'eſt fait auſſi des Abregés en
d'autres langues. On en a un en François ſous ce titre : *Les Annales Eccle-*
ſiaſtiques de Baronius abregées & tra-
duites par Claude Durand , Joſeph de
la Planche , & Arius Thomas , ſieur
d'Embry. Paris. Guillemot 1616. *in-*
fol. deux *vol.*

Odorico Rinaldi , de *Treviſe ,* Prêtre de l'Oratoire de *Rome ,* qui a
continué l'Ouvrage de *Baronius ,* en
a donné un Abregé en Italien. *An-*
nali Eccleſiaſtici tratti da quelli del
Cardinal Baronio. In Roma 1641. *in-*
4°. 2 vol. It. *Ibid.* 1656. *in-*4°. cinq
tomes. It. *In Roma* 1668. *in-*4°. cinq
tomes. Le cinquiéme volume n'eſt
qu'une table fort étenduë des quatre
autres. B b iiij

On en a donné un abregé en Allemand à *Cologne* en 1600. *in-*4°. &
un autre en Polonois à *Cracovie* l'an
1602.

Il y en a même un en *Arabe* que
je trouve marqué ainsi dans la Biblio-
theque de *Jean Gallois.* N°. 943.
*Annalium Ecclesiasticorum Cæsaris
Baronii Epitome per F. Britium, Ara-
bice. Romæ* 1653. *in-*4°. deux tom.
It. *Latinè & Arabicè. Eodem Autore.
Romæ* 1655. *in-*4°.

Passons maintenant aux Continua-
teurs de *Baronius.* Il y en a trois,
Bzovius, Raynaldus, où *Rinaldi,* &
de Sponde.

Abraham Bzovius a donné une
continuation depuis l'an 1199. jusqu'à l'an 1572. en neuf volumes. *in-
fol.* imprimés à *Rome,* dont le premier parut en 1616. & le dernier en
1672. après la mort de l'Auteur.
Mais ce sont plûtôt les Annales de
l'ordre des Dominicains dont il étoit,
que celles de l'Eglise ; d'ailleurs il
est bien inferieur à *Baronius.*

La continuation d'*Odoric Raynaldus,* qui s'y est servi des Memoires
que *Baronius* avoit laissés, s'étend

depuis l'an 1199. jufqu'en 1567. & C. BARO-
contient auffi neuf volumes *in-fol.* NIUS.
imprimés à *Rome*, le premier en
1646. & le dernier en 1677. après la
mort de l'Auteur. Cette continuation eft encore plus mauvaife que la
précedente.

Celle de *Henri de Sponde* eft beaucoup meilleure. Elle s'étend jufqu'à
l'an 1639. & fut imprimée à *Paris*
cette année 1639. en deux vol. *in-
fol.*

Plufieurs Auteurs ont pris à tâche
de critiquer *Baronius*, pendant que
d'autres fe font efforcés de le defendre.

Ifaac Cafaubon fut un des premiers qui écrivit contre lui dans fes
*Exercitationes contra Baronium. Lon-
dini* 1614. *in-fol.* Mais comme il n'a-
voit pas été plus loin que l'année 34.
on dit avec raifon qu'il n'avoit attaqué l'édifice de *Baronius* que par les
Giroüettes. (V. *Son article dans le* 18.
tome de ces Memoires p. 145.) Le P.
André Eudæmon-Jean, Jefuite crut
cependant devoir prendre la defenfe de *Baronius*; ce qu'il fit dans fa
Defenfio Annalium Baronii, contra

C. Baro-
nius.

Exercitationes *Isaaci Casauboni , Libris duobus.* Coloniæ 1617. *in-*4°. Il fut secondé en cela par *Jules-Cesar Boulenger*, autre Jesuite, qui donna la même année ses *Diatriba ad Casauboni Exercitationes contra Baronium. Lugduni* 1617. *in-fol.* Ce dernier Ouvrage fut attaqué par *Richard Montaigu* dans ses *Anti-Diatriba ad priorem partem Diatribarum Jul. Cæs. Bulengeri contra Isaacum Casaubonum. Geneva* 1625. *in-fol.* D'un autre côté *Jean Dartis* publia ses *Animadversiones in Annales Baronii & Casauboni Exercitationes. Paris.* 1616. *in-*8°.

Les deux Ouvrages publiés sous le titre d'*Anti-Baronius* sont moins que rien. En voici les titres entiers, qui feront connoître ce que c'est.

Anti-Baronius Magenelis, seu Animadversiones in Annales Baronii , cum Epitome lucubrationum Criticarum Casauboni in tomi primi annos 34. *Autore Andrea Magendeo Ecclesiastico Benearnensi. Quibus accesserunt quædam ad Baronium animadversiones Davidis Blondelli. Lugd. Bat.* 1675. *in-fol. pp.* 140. (V. *L'article de David Blondel*

dans le tom. 8. *de ces Memoires* p.
54.)

Chriftiani Kortholti Difquifitiones Anti-Baroniana Kilonii 1677. *in* 4°. Ir. *Cum Adami Tribbechovii Exerci-tationibus ad Baronii Annales. Ham-burgi* 1709. *in-*4°.

Jean Henri Ottius, Théologien Proteftant de *Zurich*, a entrepris auffi d'examiner les Annales de *Ba-ronius* année par année, & il acheva avant fa mort cet Ouvrage qu'il con-duifit jufqu'à l'an 1198. où finit *Ba-ronius*; mais il s'eft plus arrêté dans cet Ouvrage aux queftions de con-troverfe, qu'à celles de l'Hiftoire, & il n'en a paru qu'une partie, qui fe borne aux trois premiers fiecles, fous ce titre : *Examen perpetuum Hi-ftorico-Theologicum in Annales Baro-nii Centuriis tribus. Tiguri* 1676. *in-*4°. Le P. *Auguftin Reding* y répon-dit par ordre du Pape *Innocent XI.* dans un livre, où il y a fort peu d'ordre, & qui eft intitulé : *Vin-dex Veritas Annalium Ecclefiaftico-rum Cardinalis Baronii, adverfus Joh. Henr. Ottii in eofdem examen perpe-tuum : Autore D. Auguftino Reding,*

C. BARO-
NIUS.

Abbate Monasterii Einsildensis Ordinis S. Benedicti. Centuria prima. Typis Monasterii Einseld. 1680. *in-fol.* Cet Auteur n'a pas été plus loin que le premier siecle. *Ottius* répliqua l'année suivante 1681. & sa mort arrivée peu de temps après termina la dispute.

Samuel Basnage de Flottemanville a aussi prétendu critiquer *Baronius* dans un Ouvrage intitulé : *De rebus sacris & Ecclesiasticis Exercitationes Historico-Criticæ, in quibus Cardinalis Baronii Annales ab A. C.* 35. *in quo Casaubonus desiit, expenduntur. Ultrajecti* 1692. *in-*4°. Cet Ouvrage qui ne va que jusqu'à l'an 44. a été un avant-coureur d'un grand Ouvrage, où *Basnage de Flottemanville* s'est proposé, quoique sans succès, de donner quelque chose de meilleur que *Baronius.* Il n'en a paru que trois volumes, qui ont paru sous le titre d'*Annales Politico-Ecclesiastici Annorum* 645. *à Cæsare Augusto ad Phocam usque. Roterodami* 1706. *in-fol.*

Tous ces Ouvrages dont je viens de parler ne sont rien en comparai-

ſon de celui que le P. *Antoine Pagi* C. BARO-
a publié ſous le titre de *Critica Hi-* NIUS.
ſtorico-Chronologica in Annales Baro-
nii. Genevæ 1705. *in-fol.* 4 volumes,
dont le premier avoit déja paru à *Pa-*
ris en 1689.

J'ajoûte que l'on a un Ouvrage
de *Paul Beni*, intitulé : *Diſſertatio de*
Annalibus Baronii. Romæ 1596. *in-* 4°.
pp. 46. qui n'eſt proprement qu'un
Eloge de ce ces Annales.

2. *Martyrologium Romanum reſtitu-*
tum, Gregorii XIII. juſſu editum, cum
Notationibus Cæſ. Card. Baronii. Ro-
mæ 1586. *in-fol.* C'eſt la premiere
édition. *Baronius* donna ſes notes ſur
le Martyrologe Romain, comme un
Eſſay de ſon travail ſur l'Hiſtoire
Eccleſiaſtique. It. *Venetiis* 1587. *in-*
4°. Cette édition a été copiée ſur
celle de *Rome.* Il s'y trouve quelques fautes groſſieres qui ont été
corrigées dans les ſuivantes, entre
autres celle-ci. *Baronius* y parle au
24. Janvier d'une Sainte *Xynoris*
Martyre d'*Antioche*, dont il marque
dans ſes notes que S. *Jean Chryſoſto-*
me a parlé. Voici ſes paroles. *Antio-*
chia Sancta Xynoridis Martyris. De

ea *scribit S. Joannes Chrysostomus Homil. 4. de Lazaro. De alia juniori nobilitate & pietate Clara fœmina Xynoride S. Hieronymus Epist. 8. ad Demetriadem.* Baronius qui sçavoit peu le Grec, n'a pas fait attention que *Xynoris* n'est point dans ces deux Peres un nom propre, mais un nom appellatif, qui signifie une couple, une paire. De maniere que ces Saints Docteurs ont voulu parler, le premier des deux Saints Martyrs *Juventin* & *Maxime*, & le second de la Mere & de l'ayeule de *Sainte Demetriade*. M. *le Fevre*, Precepteur du Roi *Louis XIII.* qui avoit de grandes rélations avec *Baronius*, à qui il fournissoit des mémoires pour ses Annales Ecclesiastiques, fut le premier qui s'apperçut de cette faute, dont il l'avertit aussitôt. Ce Cardinal en fut si touché, qu'il supprima tant qu'il put ces éditions, & se hâta d'ôter cet endroit dans une nouvelle. Il s'en est fait depuis un grand nombre, dont il seroit inutile de donner ici le detail, & dans lesquelles il a, tant qu'il a vécu, toûjours corrigé quelque chose; en-

core s'y trouve - t'il bien des fautes.

3. *Cæfaris Baronii Cardinalis Tractatus de Monarchia Siciliæ. Acceffit
Afcanii Card. Columnæ de eodem Trac-
tatu Judicium, cum Baronii Refpon-
fione Apologetica & Epiftola ad Philippum III. Regem Hifpaniæ. Parif.*
1609. *in-*8°. Le traité de la Monarchie de Sicile avoit été inferée dans
le onziéme tome des Annales, mais
on l'en a retranché dans les éditions
qui s'en font faites à *Anvers.* Il fut
même defendu par un édit de *Philippe III.* Roi d'Efpagne donné le
30 Octobre 1610. & le Cardinal
Afcagne Colonne en fit la cenfure
qu'on voit ici. M. *du Pin* s'eft propofé plus de cent ans aprés de réfuter *Baronius* dans fa *Défenfe de la
Monarchie de Sicile contre les entre-
prifes de la Cour de Rome. Amfterdam*
1716. *in-*12.

4. *Cæfaris Baronii Parænefis ad Rempublicam Venetam. Romæ* 1606. *in-*4°.
Il compofa cet écrit à l'occafion de
l'Interdit de *Venife*, & on le trouve dans le Recueil des Pieces qui
ont été faites fur ce fujet. Il a été

C. BARO-
NIUS.

auffi imprimé quelques autres fois;
& *François Serdonati* en a fait une
traduction Italienne, qui a paru à
Rome en 1606. *in-8°.* Il fut attaqué
auffitôt dans un Ouvrage intitulé:
Nicolai Craffi Junioris, Anti-Para-
nefis ad Cæfarem Baronium Cardina-
lem pro Ser. Veneta Republica. Pata-
vii 1606. *in-4°.* Ouvrage qui fut ré-
futé à fon tour par un autre fort piquant & fort vif, qui porte ce titre:
Nicodemi Macri Senioris cum Nico-
lao Craffo Juniore Difceptatio de Pa-
rænefi Card. Baronii ad Rempublicam
Venetam. Venetiis 1607. *in-8°.*

5. *Cæfaris Baronii contra Ser. Rem-*
publicam Venetam Votum. Cette piece, qui eft fort courte, n'a pas été
publiée par *Baronius* même; c'eft
fon fentiment, tel qu'il l'avoit dit
dans le Confiftoire, & qui fut mis
fous la preffe par d'autres. Il y en a
plufieurs éditions, une entre autres,
où il fe trouve avec un difcours qui
lui eft oppofé. Le tout eft intitulé:
Duo Vota, hoc eft, ex animi voto pro-
latæ fententia. Unum Ill. D. Cæfaris
Baronii Card. contra Seren. Rempu-
blicam Venetam, Alterum Exc. D.
Joanni*

Joannis Marſilii Neapolitani Theologi C. BARO-
pro eadem Republica. 1607. *in-*4°. NIUS.
L'Avis de *Baronius* fut defendu par
les deux écrits fuivans. *Gerardi Lop-*
perſii Friſii Catholici Antagoniſtæ, ſen-
tentiæ Ill. Card. Baronii in ſacro Con-
ſiſtorio dictæ propugnatio, adverſus
Joan. Marſilium, Neapolitanum. Ro-
mæ 1607. *in-*4°. *Pro Voto Ill. Card.*
Baronii Scrutinium F. Felicis Milen-
ſii, Doctoris Ord. Eremitarum S. Au-
guſtini contra Votum Joan. Marſilii,
Moguntiæ 1607. *in-*8°.

6. *Hiſtorica Relatio de legatione Ec-*
cleſiæ Alexandrinæ ad Apoſtolicam ſe-
dem ; quomodo nimirum Clementi VIII.
Pontif. Max. Gabriel modernus Patriar-
cha Alexandrinus ſe cum ſuis Eccle-
ſiis & Diœceſanis ſubjecerit, ſuæque
ſanctitati profeſſionem veræ fidei, &
debitam obedientiam præſtiterit. Aucto-
re Cæſare Baronio Card. Coloniæ 1598.
*in-*8°. *pp.* 77. Cette prétendue réunion de l'Egliſe d'*Alexandrie* au S.
Siege ne fût faite que par des vûes
d'interêt, & ne ſubſiſta pas long-
temps, comme on le peut voir dans
l'*Hiſtoire de la Compagnie de Jeſus*
par *Sacchini,* & dans l'*Hiſtoire Cri-*

Tome XXVII. Cc

C. BARO-
NIUS.

7. *Historica Relatio de Ruthenorum origine, eorumque Miraculosa conversione, & quibusdam aliis ipsorum Regum rebus gestis. Item quomodo progressu temporis ab agnita veritate defecerint; amodo vero partim ad Communionem S. Sedis Apostolicæ recepti fuerint. Autore Cæsare Baronio.* Coloniæ 1598. *in*-8°. Cette Relation, & la précedente, ont paru en François sous ce titre: *Discours de la réunion des Eglises d'Alexandrie & de Russie à l'Eglise Romaine,* trad. du Latin du Card. Cæsar Baronius, par Marc Lescarbot. Paris. 1599. *in*-8°.

8. *Epistola ad Petrum de Villars, Archiepiscopum Viennensem de Molina.* Inferée à la p. 181. de l'*Ordonnance* de M. le Tellier, *Arch. de Reims sur deux Theses des Jesuites.* Paris 1697. *in*-8°.

V. Son Eloge par *Henri de Sponde* à la tête de son Abregé de *Baronius*; c'est ce que nous avons de plus circonstantié sur ce fameux Auteur. *In funere Ill. D. Cæsaris Baronii Cardinalis, Oratio Michaëlis Angeli Buccii,*

Romani, Congreg. Oratorii Presbyteri, *habita in Ecclesia S. Mariæ & S.*
Gregorii in Vallicella 3. Idus Julii
1607. Romæ 1607. *in-*4°. It. A la tête
des Annales de *Baronius*, dans les
éditions faites après sa mort. L'Auteur s'arrête à des generalités qui
n'apprennent rien; il composa depuis une vie fort ample de *Baronius*
en 5 livres, qui n'a point été imprimée; mais *Henri de Sponde* en a eu
communication, & en a copié le
principal dans l'Eloge qu'il a fait de
ce Cardinal. *Justi Baronii, Vetera-*
castrensis, in obitum Ill. D. Cæsaris
Baronii Parentalia. A la tête des Annales. C'est fort peu de chose. *Hie-*
ronymi Barnabæi, Perusini, Congrega-
tionis Oratorii Presbyteri Vita Cæsa-
ris Baronii, Cardinalis. Romæ 1651.
*in-*4°. *Georgii Josephi Eggs Purpura*
docta. Cet Auteur tourne tout du
côté de la dévotion, & se borne
presque là.

C. BARO-
NIUS.

LOUIS MORERI.

LOUIS *Moreri* naquit le 25 Mars 1643. à *Bargemont*, petite ville de Provence dans le Diocèse de *Frejus*, de *François Moreri* & de *Françoise de Bocquy.*

Son Bisayeul, nommé *Chatranet*, étoit de *Dijon*, & passa en Provence pendant les guerres civiles sous le Regne de *Charles IX.* S'étant marié en ce pays, il prit le nom de *Moreri*, d'un village de Provence, dont il devint Seigneur par sa femme.

Louis Moreri ayant fait ses Humanitez à *Draguignan* sous les Peres de la Doctrine Chrétienne, étudia en Rhetorique au College des Jesuites d'*Aix*, où il fit aussi sa Philosophie. De là il alla à *Lyon*, où il étudia en Théologie.

Comme son genie le portoit à travailler pour le Public, il fit imprimer dès l'âge de 18 ans un petit Ouvrage Allegorique intitulé : *Le Pays d'Amour*, & continua depuis à composer des Ouvrages plus utiles & plus serieux.

Il apprit dans ce temps-là les lan- **L. Mo-**
gues Italienne & Eſpagnole, & cette **RERI.**
derniere lui ſervit à nous donner en
François le livre de *la Perfection*
Chrétienne de Rodriguez.

Après avoir reçu les Ordres Sa-
crez, il prêcha la controverſe à *Lyon*
pendant cinq ans avec beaucoup de
fruit ; & ce fut alors qu'il conçut le
deſſein de ſon *Dictionnaire Hiſtorique.*

Il entra en 1674. chez l'Evêque
d'*Apt* en Provence, qu'il accompagna l'année ſuivante à *Paris.* Il y
fut bientôt connu des Prélats du
Clergé, qui tenoient leur Aſſem-
blée à *S. Germain en Laye* & des Sçavans hommes de la Capitale.

Pendant qu'il travailloit à une ſeconde édition de ſon Dictionnaire,
les amis qu'il s'étoit faits le firent
connoître à M. de *Pompone* Secretaire d'Etat, qui l'attira chez lui au
commencement de l'année 1678. Il
pouvoit eſperer de grands avantages
auprès de ce Miniſtre, mais l'application trop aſſidue, qu'il donna au
travail de ſon Dictionnaire, épuiſa
ſes forces, & le jetta dans une langueur preſque continuelle.

M. de *Pompone* ayant quitté sa charge sur la fin de l'année 1679. *Moreri* prit cette occasion de se retirer de chez lui, pour ne s'appliquer qu'à son Ouvrage. Mais il ne put en voir la seconde édition achevée; car sa santé s'affoiblissant de jour en jour, il mourut le 10 Juillet 1680. âgé de 37 ans & trois mois. Il fut enterré dans le Cimetiere de *S. Severin* à *Paris*, comme il l'avoit ordonné.

Il prenoit la qualité de Docteur en Théologie, titre qu'il avoit apparemment reçu dans quelque Université de Province.

Catalogue de ses Ouvrages.

1. *Le Pays d'Amour*, Ouvrage Allegorique, qu'il fit imprimer à l'âge de 18 ans, c'est-à-dire apparemment en 1661.

2. *Les doux plaisirs de la Poësie*, ou Recueil de diverses pieces en Vers, par L. M. Lyon. 1666. *in-12.* Il ne voulut pas mettre son nom à ces deux Ouvrages, & se contenta de le designer par les lettres initiales *L. M.*

3. *Pratique de la perfection Chrétienne & Religieuse*, traduite de l'Espa-

gnol d'*Alphonse Rodriguez.* Lyon 1667. L. Mo-
in-8°. trois vol. RERI.

4. On lit dans le *Dictionnaire Historique* que *Moreri*, après avoir traduit *Rodriguez*, travailla à mettre
les vies des Saints dans la pûreté de
la langue Françoise, & y ajoûta des
Tables Methodiques pour les Predi-
cateurs, avec des Tables Chronolo-
giques. Je ne sçai ce que c'est.

5. *Relations nouvelles du Levant,
où Traités de la Religion, du Gouvernement, & des coûtumes des Perses,
des Armeniens, & des Gaures;* composés par le *P. G. D. C. (Gabriel de
Chinon, Capucin) & donnés au Public
par le Sieur L. M. P. D. E. T. (Louis
Moreri, Prêtre, Docteur en Theolo-
gie.)* Lyon 1671. *in-12. Moreri* a mis
à la tête une longue Préface, où il
fait l'éloge de son Auteur.

6. *Le Grand Dictionnaire Historique, où le Melange curieux de l'Histoire Sacrée & Profane.* Lyon 1674.
in-fol. Cette premiere édition est en
un seul volume. *Moreri* vit bientôt
qu'il y manquoit bien des choses,
& travailla depuis sans relâche à
l'augmenter. Il le mit en état de pa-

roître en deux volumes, mais il
n'eut pas le plaifir de voir fortir de
deffous la preffe cette feconde édition, qui eft de l'an 1681. *Paris. in-*
fol. deux vol. étant déja mort l'année précedente pendant l'impreffion.

La 3e. édition, qui parut à *Paris*
en 1683. eft encore en deux vol. &
a été faite fur la feconde.

Les deux fuivantes, dont la 4e.
eft de l'an 1687. & la 5e. de l'année
fuivante 1688. ont été faites à *Lyon*
en deux volumes, & reffemblent
affez à celle de 1683. fi ce n'eft
qu'elles ont été augmentées de quelques articles. On jugea enfuite à propos de donner un *Supplement où troi-*
fieme volume du Dictionnaire Hiftori-
que, & il parut à *Paris* l'an 1689.
in-fol.

La fixiéme édition, où l'on a mis le
fupplement dans le même ordre Alpha-
betique, corrigé un très-grand nombre
de fautes, & ajoûté quantité d'articles
& de remarques importantes. Amfter-
dam 1691. *in-fol.* 4 tom. M. *Jean le*
Clerc a eu foin de cette édition, où
les articles du fupplement de *Paris*
ont été rangés à leur place, & c'eft
lui

lui qui eſt l'Auteur des additions qui y ont été faites, ſoit de pluſieurs articles nouveaux, ſoit aux Articles, qui y étoient déja.

La 7e. entierement ſemblable à la précedente, à peu de choſes près, ſe fit à *Amſterdam* en 1694. *in-fol.* 4 vol.

La 8e. qui lui reſſemble auſſi, parut encore à *Amſterdam* l'an 1698. en 4 vol: *in-fol.*

La 9e. a été donnée par les ſoins de M. *Vaultier* à *Paris* l'an 1699. en 4 vol. *in-fol.*

La 10e. eſt encore d'*Amſterdam* & à été faite ſur la reviſion de M. *le Clerc* l'an 1702. en 4 vol. *in-fol.*

La 11e. a été donnée par M. *Vaultier* avec de nouvelles augmentations à *Paris* l'an 1704. quatre vol. *in-fol.* Elle avoit été precedée d'un *Projet pour la correction du Dictionnaire Hiſtorique de M. Moreri*, déja revû, corrigé & augmenté dans la derniere édition de *Paris*, par M. *Vaultier, Paris* 1701. *in-*4°. Elle fut ſuivie de *Remarques Critiques ſur la nouvelle édition du Dictionaire Hiſtorique de Moreri* donnée en 1704. *Paris* 1706.

Tome XXVII. D d

L. Mo-in-12. It. *Seconde édition augmentée d'une Préface & de plusieurs notes par un autre Auteur. Rotterdam 1706. in-8°.* Cette seconde édition a été faite par les soins de M. *Bayle*, qui est l'Auteur des Notes.

RERI.

La 12e. porte encore le nom de M. *Vaultier;* elle parut à *Paris* l'an 1707. in quatre vol. *in-fol.*

La 13e. se fit encore à *Paris* l'an 1712. en cinq vol. *in-fol.* M. *du Pin* y a eu bonne part, aussi bien qu'aux éditions suivantes. Deux ans après, c'est-à-dire en 1714. on imprima dans la même ville un gros supplement à part, composé, dit-on dans l'avertissement, *des Articles nouveaux, reformez ou corrigez dans la derniere édition de 1712. pour servir de supplement aux Editions précedentes;* afin que ceux qui en étoient fournis ne fussent pas obligés d'acheter la nouvelle. Ce supplement à été réimprimé avec de grandes augmentations de M. *Bernard* à *Amsterdam* l'an 1716. en deux vol. *in-fol.*

La 14e. est d'*Amsterdam.* 1717. in-fol. 6 vol. Avec le supplement, qui n'y a pas été fondu dans le corps de l'Ouvrage.

L. Mo-
RERI.

La 15e. a été donnée à *Paris* l'année fuivante 1718. en 5 vol. *in-fol.* Les Articles du fupplement de Hollande y ont été mis à leur place , & on y a fait quelques additions. Cette édition a été fort Critiquée. Les Auteurs de *l'Europe Sçavante* ont inferé dans leur 4e. tome p. 230. un Memoire ou l'on fait voir que dans la feule lettre Z. qui eft une des plus courtes, il y a plufieurs fautes , & quantité d'articles omis. M. l'Abbé *le Clerc* a auffi publié des *Remarques fur differens Articles* des trois premiers tomes , imprimées en trois volumes *in-*8°. Le premier en 1719. Le 2e. en 1720. & le 3e. en 1721. Le P. *François Meri ,* Benedictin , a donné auffi fur ce fujet une brochure fous le titre de *Difcuffion critique & Theologique des Remarques de M. fur le Dictionnaire de Moreri de* 1718. *par M. Thomas Docteur de Louvain.* (Orleans) 1720. *in-*8°. *pp.* 96. C'eft une defenfe de quelques endroits du Dictionnaire, contre la Critique que M. l'Abbé *le Clerc* en avoit faite.

La 16e. eft de l'an 1724. & faite à *Paris* en 6 vol. *in-fol.* M. de *la Barre*

L. Mo-
RERI.

en a pris soin. Ce qui regarde la Ge-
nealogie a été retouché par M. *Vail-
ly* , Avocat. M. l'Abbé *le Clerc* y a
fourni cinq ou six mille corrections,
comme il nous l'apprend dans sa Bibliotheque du *Richelet.*

La 17e. a été faite à *Basle* en Suisse
en 1731.

La 18e. enfin a été faite à *Paris* l'an
1732. en 6 vol. *in-fol.*

Cet Ouvrage assez informe & assez
superficiel en sortant des mains de
son premier Auteur , dont il a toûjours retenu le nom , est devenu par
les soins de ceux qui l'ont revû , &
qui y ont fait des additions en diffe-
rents temps , plus étendu & plus
exact ; il s'en faut encore cependant
beaucoup que ce ne soit un Ouvrage
parfait , & on ne doit pas esperer
qu'il le devienne jamais ; on en ôte à
la verité à chaque édition quelques
fautes , mais on y en met de nouvelles ; d'ailleurs on songe plus à le gros-
sir , pour lui acquerir du debit , en y
fourrant des choses assez souvent inutiles , qu'à corriger ce qu'il y a de
defectueux.

V. *Son Article dans son Dictionnaire.*

JEAN ANTOINE MAGIN.

JEAN *Antoine Magin* naquit à *Pa-*
doue le 13 Juin 1555.
  Après le cours ordinaire des études, il s'adonna avec beaucoup d'ardeur aux Mathematiques, pour lefquelles il avoit une inclination particuliere. Il les apprit en partie à *Pa-*
doue de *Pierre Catena*, Venitien, &
de *Joseph Moletius*, de *Meſſine*, &
en partie dans d'autres Univerſités.
Il s'appliqua fur tout à l'Aſtronomie;
ce qui lui donna du goût pour l'A-
ſtrologie, qui étoit en regne de fon
temps.
  Sa réputation le fit appeller fort
jeune à *Boulogne*, pour remplir une
chaire de Mathematique, dont il a
fait les fonctions tout le reſte de ſa
vie avec applaudiſſement.
  Il s'attachoit principalement aux
horoſcopes, & l'on prétend qu'il
réuſſiſſoit à merveilles dans ces fortes de predictions, dont la preven-
tion des hommes fait ſouvent tout
le merite.

J. A.
MAGIN.

L'Empereur *Rodolphe* voulut l'attirer à *Vienne*; mais quoiqu'il n'eût
pû le déterminer à entreprendre ce
Voyage, il ne laiſſa pas de lui faire
des preſens conſiderables.

Il étoit ſi gros & ſi replet, qu'il
n'eſt pas étonnant qu'il ſoit mort
d'Apoplexie. Cette mort arriva le 11
Février 1617. dans ſa 62ᵉ. année.

Tomaſini obſerve qu'il lui avoit dit
long-temps auparavant, auſſi bien
qu'à quelques autres perſonnes, qu'il
craignoit ſa 61 année; en ce cas il
connut mal ſa deſtinée, & tira mal
ſon horoſcope, puiſqu'il paſſa cette
année de près de huit mois. Son difciple *Jean Antoine Roffenus* a mieux
menagé ſon honneur, car ſans faire
aucune mention de l'année 6ͥe. il
s'eſt contenté de dire dans l'Epitaphe
qu'il lui a dreſſée, qu'il mourut ſous
un aſpect des Planettes, qui ſelon ſes
predictions lui devoit être funeſte.
Voici cette Epitaphe, qui eſt dans
l'Egliſe des Jacobins de *Boulogne*, où
il eſt enterré.

D. O. M.

Joanni Antonio Magin, Patavino,
qui è Patria ad ſupremam Mathemati-

tarum fedem in Academia Bononienſi
advocatus, cum multis annis voce, & MAGIN.
ſcriptis, quibus fulgebat doctrinæ radiis
univerſum pene orbem illuſtraſſet, tan-
dem infeſtis Aſtrorum Solis ad corpus
Martis, quos ſibi prænoverat, obtuti-
bus concedens, maximum ſui poſteris
reliquit deſiderium.

Vixit annos 61. *Menſes* 7. *Dies* 28.
Horam 1.

Obiit anno 1617. *tertiö Idus Febr.*
Sole currente prope Diametrum Martis,
& *circa exagonum Saturni.*

Joannes Antonius Roffenus, Philoſo-
phiæ Pub. Profeſſor, & *Mathematica-*
rum ſcientiarum ſtudioſus, ne tanti viri
famam tempus edax abſumeret, hoc
præceptori ſuo grati animi Monumen-
tum ære proprio D. C. Anno Domini.
1618.

Il eut trois fils & une fille. Celle-
ci ſe fit Religieuſe. Deux de ſes fils
moururent avant lui & le troiſiéme
ſe fit Jacobin.

Catalogue de ſes Ouvrages.

1. *Inſtruttione ſopra l'apparenze* &
mirabili effetti dello ſpecchio concavo
sferico. In Bologna 1611. & 1628. *in-*
4°. It. en François : *Inſtruction ſur les*

apparences & les effets du Miroir concave spherique, trad. de l'Italien de Jean Antoine Magini, par Jean-Jacques Boyssier. Paris 1620. in-4°.

2. *Nova cælestium Orbium Theoricæ congruentes cum observationibus Nicolai Copernici. Venetiis 1589. in-4°. It. Moguntiæ 1608. in-4°.*

3. *Ephemerides cœlestium motuum ad annos 40. ab anno 1581. usque ad annum 1620. juxta Gregorianam anni Correctionem supputatæ. Venetiis 1582. in-4°.*

4. *Ephemerides Cœlestium Motuum ab anno Domini 1598. ad 1610. pro Longitudine Veneta; una cum Isagoge in Astrologiam & Quadrante directorio. Venetiis 1599. in-4°.*

5. *Ephemerides Cœlestium Motuum ab anno 1608. ad 1630. pro Longitudine Veneta secundùm Copernicum computatæ, una cum Isagoge in Astrologiam. Francofurti 1608. in-4°.*

6. *Confutatio Diatribæ Josephi Scaligeri de Æquinoctiorum præcessione, in qua nova quædam dogmata de stella polari, & mutatione æquinoctiorum, & stellarum fixarum immobilitate, ac aliis variis rebus Astronomicis impugnantur.*

Romæ 1617. *in-*4°. It. *Venetiis* 1619.

*in-*4°.

7. *Tabulæ secundorum Mobilium cœlestium, pro longitudine Urbis Venetiarum. Venetiis* 1585. *in-*4°.

8. *Supplementum Ephemeridum ac Tabularum secundorum mobilium. Venetiis* 1614. *in-*4°.

9. *Magnus Canon Mathematicus ab ipso Autore auctus, castigatus, & in novam formam redactus. Francofurti* 1610. *in-fol.* It. *Bononiæ* 1619. *in-fol.*

10. *Tabula Tetragonica, seu quadratorum Numerorum, cum suis radicibus. Venetiis* 1592. *in-*4°.

11. *Primum Mobile duodecim libris contentum. Accedunt Trigonometria Sphæricorum & varia Problemata Astronomica ; Magnus Canon Trigonometricus emendatus & auctus ; & Magna Tabula primi Mobilis. Bononiæ* 1609. *in-fol.* It. *Francofurti* 1613. *in-fol.*

12. *De Planis Triangulis liber unus, & de dimetiendi ratione per Quadrantem, & Geometricum Quadratum libri quinque. Venetiis* 1592. *in-*4°.

13. *Tabulæ & Canones primi Mobilis ; item Calculus Triangulorum*

Sphæricorum ; item Apologia Epheme-
ridum suarum contra D. Origanum.
Venetiis 1604. in-fol.

14. *De Astrologica ratione , ac usu*
dierum Criticorum , seu decretoriorum ;
ac præterea de cognoscendis ac meden-
dis morbis ex corporum cælestium cogni-
tione. Opus duobus libris distinctum ,
quorum primus complectitur commenta-
rium in Cl. Galeni librum tertium de
diebus decretoriis ; alter de legitimo A-
strologiæ in Medicina usu. Venetiis
1607. in-4°. It. Francofurti 1608. in-
4°. L'Auteur decouvre ici sa préven-
tion & sa foiblesse pour l'Astrolo-
gie.

15. *La Metoposcopia , o verò com-*
mensuratione delle linee della fronte, da
Ciro Spontoni , con la Fisionomia & al-
tre curiosita del medesimo. In Venetia
1654. in-12. Cet Ouvrage est de *Ma-*
gin , au rapport de *Tomasini ,* & on
l'a publié sous le nom de *Ciro Spon-*
toni , Auteur Boulonois , je ne sçais
pour quelle raison. Il doit y en avoir
eu une édition anterieure.

16. *Commentarius in Geographiam*
& Tabulas Ptolemæi. Coloniæ Agrippi-
næ 1597. in-4°. It. traduit en Italien

par *Leonard Cernoti*, & imprimé avec J. A.
une traduction Italienne de *Ptolemée* MAGIN.
faite par le même à *Venife* l'an 1598.
in-fol. Tomafini s'eft trompé, quand
il a dit que *Magin* avoit été le premier qui eût fait des Commentaires
fur la Geographie de *Ptolemée*, &
qui y eût joint des Cartes; car il avoit
paru avant lui des Commentaires fur
quelques livres de ce Geographe, &
Sebaftien Munfter avoit joint des Cartes à l'édition qu'il en avoit donnée
en 1540.

17. *L'Italia defcritta, con Tavole
Geographiche. In Bologna* 1620. *in-fol.*

V. *Jacobi Philippi Tomafini Elogia*
tom. 1. *p.* 283.

MATTHIAS BERNEGGER.

MATTHIAS *Bernegger* naquit M. BER-
le 8 Février 1582. à *Hall*, pe- NEGGER.
tite ville de l'Autriche, de *Blaife
Bernegger*, Magiftrat de ce lieu, &
d'*Elizabeth Paurnfeind.*

Après avoir commencé fes études
dans fa patrie, il alla les continuer à
Wels, qui eft auffi dans l'Autriche,

M. Ber- & enfuite à *Strasbourg.*

NEGGER.   L'eſtime, qu'il fit concevoir de lui
dans cette derniere ville, ne permit
point aux Magiſtrats de le perdre de
vûë, pendant quelques voyages qu'il
fit après ſes études, & pendant qu'il
demeura à *Dourlac*, où il fut appellé
pour y conduire l'Ecole publique;
ils le rappellerent bientôt à *Strasbourg*, où il fut fait en 1608. Recteur
du College, & cinq ans après Profeſſeur en Hiſtoire; emploi qu'il a
rempli juſqu'à la fin de ſa vie.

Après avoir paſſé pluſieurs fois par
les principales dignités de l'Univerſité, il mourut le 3 Février 1640. âgé
de 58 ans.

Il avoit épouſé le 20 May 1611.
Marie Jaqueline Kehner, dont il eut
ſix enfans, quatre garçons, & deux
filles.

Catalogue de ſes Ouvrages.

1. *Hypobolymæa D. Mariæ Deiparæ Camera, ſeu Idolum Lauretanum,
everſis Baronii, Caniſii, Turriani ac
Turſellini fulcimentis, dejectum: ubi
paſſim è re nata contra Pſeudojubilæum
Petri Ræſtii Jeſuitæ diſſeritur. Argentorati* 1619. *in*-4°.

2. *Lupoldi de Bebenburg Tractatus* M. BER-
de Juribus Regni & Imperii Romano- NEGGER.
rum; nec non Hieronymi Balbi liber de
coronatione; cum notis posthumis Mar-
quardi Freheri in Lupoldum de Beben-
burg; edente Matthia Berneggero. Ar-
gentorati 1624. *in-*4°.

3. *Forma Reipublicæ Argentoraten-*
sis. Argentorati 1627. *in-*24. It. *Auc-*
tior edita per Joan. Casp. Bernegge-
rum Autoris filium. Ibid. 1674. *in-*24.

4. *Cornelii Taciti Opera, recensita*
& edita per Matthiam Berneggerum.
Argentorati 1638. *in-*8°.

5. *C. Plinii secundi Panegyricus*
Trajano dictus, cum notis diversorum
selectis, vita Trajani &c. edente Mat-
thia Berneggero. Argentorati 1635. *in-*
4°.

6. *Galilæi de Galilæis Tractatus de*
Proportionum Instrumento à se invento,
ex Italico Latine per Matthiam Ber-
neggerum. Argent. 1612. *in-*4°.

7. *Quæstiones Miscellaneæ ex C. Ta-*
citi Germania, & Agricolæ Vita, Mo-
derante Matthia Berneggero disputatæ
& editæ à J. Freinshemio. Argent.
1640. *in-*8°.

8. *Orationes. Argent.* 1640. *in-*12.

9. *Proaulium Tubæ Pacis occentum Scioppiano sacri belli Classico, à Salpiste Theodosio Berenico Norico, Historiarum & Patriæ studioso. Argentinæ* 1620. *in-*4°.

10. *Tuba Pacis Anti-Scioppiana, Theodosii Berenici Norici. Argentor,* 1621. *in-*4°. Bernegger s'est caché sous ce nom dans ces deux Ouvrages, qu'il a opposés au *Classicum Belli Sacri,* dans lequel *Gaspar Scioppius* vouloit engager les Princes à extirper les Protestans par les voyes les plus sanguinaires.

11. *Gustavi Magni, Suecorum Regis Laudatio funebris. Argent.* 1633. *in-*4°.

12. *Speculum boni Principis, seu Titi Vespasiani Vita. Argent.* 1625. *in-*4°.

13. *De Peregrinatione studiosorum. Argentorati* 1619. *in-*4°. It. *Cum Petri Mulleri de Jure Peregrinantium & Aug. Buchneri Epistola de Commodis atque incommodis peregrinationum, ut & idea Peregrinantis studiosi. Ibid.* 1686. *in-*4°.

14. *De Regno Hungariæ. Argent.* 1629. *in-*4°.

15. *Diatribæ in C. Suetonii Tranquilli D. Julium Cæsarem Augusti,*

& Titum Vespasianum. Argent. 1632.
1639. 1655. *in-*4°.

16. *Miscellanearum quæstionum ex*
L. Annæi Flori rerum Romanarum Epi-
tome, in eamque notis excerptarum cen-
turiæ septem. Argent. 1633. *in-*4°.

17. *Miscellanearum quæstionum ex*
Justini in Trogi Historias Epitomis uni-
versis, in easque notis excerptarum cen-
turiæ octo. Ibid. 1633. *in-*4°. *Bæcler*
assure dans l'Eloge de *Bernegger* qu'on
trouve dans ces Ouvrages un grand
nombre de choses inconnuës ou omi-
ses par les Critiques precedens, &
ajoûte que personne n'a apporté plus
d'exactitude dans la Critique des Auteurs, & n'étoit mieux fourni que lui
de toutes les qualitez aquises & naturelles pour l'exercer dignement.

18. *Observationes Historico-Politi-*
cæ. Tubingæ 1666. *in-*12. It. *Argent.*
1669. *in-*12.

19. *Oratio, quod de Bonifacio VIII.*
Papa dictum, intrasse ut vulpem, reg-
nasse ut Leonem &c. id æque vere de
universo Papali regno dici posse. Argentor. 1617. *in-*4°.

20. *Disputatio de Aula Principis.*
Argentorati 1624. *in-*4°.

M. BER-
NEGGER.

21. *Justi Lipsii Politicorum libri IV.*
& libri v. capita quinque priora per
Aphorismos ad disputandum proposita,
cum Appendice. Argentorati 1617. *in-*
4°.

22. *De jure eligendi Reges & Princi-*
pes. Ibid. 1627. *in-*4°.

23. *Panegyricus Christianissimo Gal-*
liarum & Navarræ Regi Ludovico
XIII. ob susceptam ab ipso, majoribus-
que libertatis Germanicæ curam, jussu
Procerum Reip. Argentoratensis dictus.
Ibid. 1632. *in-*4°.

24. *Galilæus de Systemate mundi,*
Latine versus. Ibid. 1635. *in-*4°.

25. *Galilæus de S. Scripturæ testimo-*
niis in conclusionibus mere naturalibus
non usurpandis, Latine versus. Ibid.
1636. *in-*4°.

26. *Epistolæ mutuæ Hugonis Grotii*
& Matt. Berneggeri. Ibid. 1667. *in-*
12.

27. *Commercii Epistolaris fasciculus*
primus & secundus. Ibid. 1670. *in-*12.

28. *Epistolæ Joannis Kepleri &*
Matt. Berneggeri mutuæ. Ibid. 1672.
*in-*12.

29. *Commercium Litterarium cùm*
*W. Schickardo. Ibid. in-*12.

V.

V. *Son Eloge par Jean Henri Bœ-* M. BER-
cler, imprimé à Strasbourg en 1640. NEGGER.
*in-*4°. *& réimprimé dans les Memoriæ*
Philoſophorum &c. Henningi Witten
4°. *Decade p.* 486. Le peu de faits
qu'il y a dans cette piece eſt noyé
dans une multitude extraordinaire
de paroles, qui n'apprenent rien.
Theophili Spizelii Templum Honoris
reſeratum. p. 350. *Freheri Theatrum*
virorum doctorum. p. 1534.

ABRAHAM BZOVIUS.

ABRAHAM *Bzovius* naquit A. Bzo-
vers l'an 1567. à *Proſzowice* VIUS.
en Pologne, à quelque diſtance de
Cracovie, de *Thomas Bzovius* & de
Madeleine Veſice, tous deux de familles nobles & anciennes.

Il n'avoit encore que dix-huit
mois, lorſqu'il perdit ſon pere & ſa
mere, qui moururent de la peſte,
qui regnoit dans le Pays; il en fut
attaqué lui-même, mais il eut le
bonheur d'en guerir.

Il commença ſes études dans ſa
patrie, & il y fit de ſi grands pro-

Tome XXVII. E e

A. Bzo-
vius.

grès qu'à l'âge de dix ans, il fçavoit faire des vers Latins & Polonois, il étoit inftruit des regles de l'Arithmetique, il chantoit avec art, & compofoit même des Airs de Mufique.

Lorfqu'il eut 15 ans, on l'envoya étudier fous quelques Sçavans Proteftans, qu'on avoit appellés dans le Pays; mais il fçut profiter de leurs inftructions par rapport aux Belles-Lettres, fans fe laiffer corrompre par leurs difcours fur le fujet de la Religion.

Il paffa enfuite à *Cracovie* où il continua fes études. Il en étoit occupé, lorfqu'il fut attaqué d'une dyffenterie, dont il fut malade jufqu'à la mort; revenu en fanté, & perfuadé qu'il devoit fa guerifon à l'interceffion de *S. Hiacinthe*, il entra dans l'Ordre des Dominicains; où il quitta le nom de *Staniflas* qu'il avoit reçu au baptême, pour prendre celui d'*Abraham*, qui lui fut donné alors.

Lorfqu'il eut été ordonné Prêtre, on l'envoya en Italie, où après s'être appliqué à la Théologie, il enfeigna

aux jeunes Etudians de ſon ordre la A. Bzo-
Philoſophie à *Milan*, & enſuite la vius.
Théologie à *Ferrare* & à *Boulogne*.

De retour en Pologne, il fut fait
Prieur du Couvent de *Cracovie*. Il
commença alors à s'adonner avec
beaucoup d'ardeur à la converſion
des Héretiques, & à la Predication.

Après quelque ſéjour dans ce
Royaume, il eut envie de revoir
l'Italie, & retourna à *Rome* dans le
temps que les Annales de *Baronius*
venoient d'être données au Public.
On le produiſit au Pape *Paul V.*
comme un homme capable de continuer cet Ouvrage, & ce Pontife lui
donna un logement dans le Vatican
avec une penſion, afin qu'il pût y
travailler commodément.

Bzovius demeuroit en ce lieu, lorſqu'un homme prevenû qu'il avoit
de l'argent, alla un jour en ſon abſence dans ſon appartement pour le
voler, & y ayant trouvé ſon valet
ſeul, l'aſſaſſina, & emporta tout ce
qu'il pû trouver. Cet accident le de-
termina à quitter le Vatican, pour
ſe retirer dans ſon Couvent de la Mi-
nerve.

A. Bzo-
vius.

Ce fut là qu'il mourut quelque
temps après, c'est-à-dire le 31 Janvier 1637. âgé de 70 ans. Il fut enterré dans l'Eglise de cette Maison,
avec cette Epitaphe.

D. O. M.

F. Abrahamo Bzovio Polono S. T.
M. O. P. post Cæsarem Baronium An-
nalium Ecclesiasticorum scriptori Reli-
gio posuit. Obiit septuagenarius pridie
Calendas Februarii anno salutis 1637.

Catalogue de ces Ouvrages.

1. *Historiæ Ecclesiastica ex Ill. Cæ-*
saris Baronii S. R. E. Cardinalis An-
nalibus aliorumque virorum illustrium
Ecclesiasticis Historicisque Monumen-
tis : cura Ab. Bzovii. Roma 1616. *in-*
fol. deux vol. It. *Antuerpiæ* 1616. *in-*
fol. deux vol. It. *cum auctuario Joan.*
Frid. Matenesii. Coloniæ 1617. *in-fol.*
deux vol. C'est un abregé des Annales de *Baronius.*

2. *Annales Ecclesiastici post Ill. Card.*
Baronium. in-fol. 9 vol. Le premier,
qui est le 13e. des Annales après *Ba-*
ronius, s'étend depuis l'an 1198. jusqu'en 1299. Il a été imprimé à *Rome*
l'an 1616. & ensuite avec quelques
changemens & quelques augmenta-

tions à *Cologne* en 1621. Le 14ᵉ. qui   A, Bzo-
commence en 1300. & finit en 1378. vius.
parut à *Rome* en 1617. & il s'en fit
une édition augmentée à *Cologne*
en 1623. Le 15ᵉ. va depuis l'an 1378.
jufqu'en 1431. & fut imprimé la même année 1623. à *Rome* & à *Cologne*.
Le 16ᵉ. qui commence avec l'année
1431. & finit avec 1448. parut encore à *Rome* l'an 1623. & fut réimprimé l'année fuivante 1624. à *Co-*
logne. Le 17ᵉ. qui s'étend depuis
1448. jufqu'en 1471. fut donné à
Rome en 1625. & réimprimé à *Co-*
logne la même année. On y voit à la
fin en maniere d'*Appendix*, *Amadei*
Sabaudi Felicis V. in fua obedientia
Bafileenfium dicti vita. Le 18ᵉ. tome,
qui va depuis 1471. jufqu'en 1503.
fut imprimé la même année 1627. à
Rome & à *Cologne*. Le 19ᵉ. qui commence en 1503. & finit en 1534.
parut à *Rome* en 1629. & l'année fuivante 1630. à *Cologne*. Le 20ᵉ. s'étend
depuis 1534. jufqu'en 1567. Il ne fut
imprimé qu'après la mort de l'Auteur à *Cologne* l'an 1641. On y a joint
la defenfe de *Silveftre II.* & la vie de
S. Adalbert, dont je parlerai plus

bas. Le 21. & dernier fut publié sous
ce titre : *Pius Quintus , Romanus Pontifex , sive Annalium Ecclesiasticorum
tomus Posthumus & ultimus.* Romæ
1672. *in-fol.* Ce tome qui finit à l'an
1572. a été publié par les soins du P.
Jean Thomas de Roccaberti , Jacobin.

Cet Ouvrage est fort inférieur à
celui de *Baronius.* L'Auteur s'y est
trop étendu sur l'Histoire de son Ordre , dont il semble faire plûtôt les
Annales que celles de l'Eglise.

Ce qu'il avoit dit , dans le 14. volume , de l'Election de l'Empereur
Louis IV. ayant déplu au Duc de Baviere , qui fit publier , pour y repon-
dre , un Ouvrage de *Jean George Hervart* , qui a pour titre : *Ludovicus IV.
seu V. Imperator defensus à Calumniis
Annalium Bzovii ; cum Mantissa aliorum Bzovii errorum.* Monachii 1618.
*in-*4°. il fut obligé de le corriger
dans la nouvelle édition de ce volume qu'il fit à *Cologne.* Cette correction a été imprimée séparement sous
le titre d'*Abrahami Bzovii O. P. re-
tractatio de Electione Ludovici IV. Imperatoris. Ingolstadii* 1628. *in-*12. Voi-

ci le jugement qu'*Hervart* fait des Annales de *Bzovius*; jugement auquel la paſſion peut avoir eu quelque part, mais qui cependant eſt juſte & vrai en pluſieurs points. *Bzovius non rerum ignarus modo, ſed omnibus etiam hiſtorici partibus eſt deſtitutus; quippe cui ſolertia verum indagandi nulla, acrimonia dijudicandi nulla, memoria dictorum in progreſſu nulla, diligentia ſcribendi parva, fides exigua, affectus partium plurimus, & tamen audet non univerſi orbis ſolum, ſed multarum ætatum hiſtorias aggredi, omneſque mortales docere, docendus ipſe.*

3. *Sylveſter II. Cæſius Aquitanus Pontifex Maximus à calumniis vindicatus. Accedit S. Adalberti Urſini Comitis Roſembergi, Pragenſis Epiſcopi, Gneſnenſis Archiepiſcopi, & Martyris, Boëmorum, Hungarorum, Polonorum, Pruſſorum Apoſtoli vita & paſſio ab ejus ſynchrono & familiari Silveſtro II. P. M. edita. Nunc primum ex Bibliotheca Caſſinenſi cura & ſtudio Abr. Bzovii ſuo Autori vindicata, & notis illuſtrata. Romæ* 1629. *in-fol.* Les Editeurs des Actes des Saints d'*Anvers* mieux inſtruits & meilleurs

A. Bzo- Critiques que *Bzovius*, ont ôté au
vius. Pape *Silvestre II.* cette vie de *S. A-*
dalbert, que celui-ci lui avoit attribuée. Ces deux Ouvrages ont été inferés dans le 20. tome des Annales
Ecclesiastiques.

4. *Romanus Pontifex, seu de præ-*
stantia, officio, autoritate, virtutibus,
felicitate, rebusque præclare gestis fum-
morum Pontificum à D. Petro ad Pau-
lum V. Commentarius in tres libros di-
visus. Coloniæ 1619. *in-fol.* It. *Parif.*
1622. *in-fol.* Mauvais Ouvrage, &
qui n'est recherché de personne.

5. *Paulus V. Burghesius P. M. Ro-*
mæ 1624. *in-*4°. It. avec les vies des
Papes de *Platina* dans l'édition de
Cologne de 1625. *in-*4°.

6. *Vita S. Cunegundis Poloniæ Regi-*
næ à Raineccio Pico Parmæ Placentiæ-
que Duci à secretis ex historicis Polo-
nis Miechovio, Bielscio, Strilcovio,
Cadano, Cromero collecta ac Italice
scripta. Romæ 1633. *in-*4°.

7. *Nomenclator sanctorum professio-*
ne Medicorum, sive de Sanctis Medi-
cis, quorum festivitatem universa colit
Ecclesia. Romæ 1621. *in-*12. It. *Colo-*
niæ 1624. *in-*12. pp. 39. *Guillaume du*
Val

Val a donné quelque chofe de femblable dans fon *Hiftoria Monogram-*
ma, five Pictura linearis fanctorum Me-
dicorum & Medicarum , in expeditum
redacta breviarium. Parif. 1643. *in*-4°.

8. *Sertum gloriæ S. Hyacinthi Polo-*
ni , Ordinis Prædicatorum , vitam &
laudes ipfius octo concionibus & feptem
orationibus complectens , confectum at-
que collectum à Fr. Abrah. Bzovio. Ve-
netiis 1598. *in*-4°. Les huit Sermons
font de *Bzovius ;* les difcours font
d'autres Auteurs.

9. *Sacrum Pancarpium Dominicale,*
feu Concionum Dominicalium totius an-
ni Tomus 1. *Venetiis* 1611. *in*-4°. It.
Coloniæ 1613. *in*-4°. *Tom.* 2. *in omnes*
Quadragefimæ ferias & Dominicas. Ib.
Eod. anno. Tom. 3. *continens fanctorum*
Feftivitates. Ibid. Eod. anno Tomus 4.
continens Thefaurum laudum SS. Dei-
paræ fuper Canticum Salve Reginæ.
Venetiis 1598. It. *Coloniæ* 1615. *in*-4°.

10. *Flores aurei ex S. Scriptura &*
SS. Patribus ad Chriftianam Ethicen
excerpti. Venetiis 1601. *in*-4°. It. *Co-*
loniæ 1612. *in*-4°. deux tom.

11. *Monile Gemmeum divæ Virgini*
Deiparenti facrum , duodenas virtutes

Tome XXVII. F f

A. Bzo-
VIUS.

A. Bzo-
vius.

sacrosanctæ Deiparæ totidem laudationi-
bus explicans , & viginti quatuor mi-
racula insignia apud Iconam ejusdem
magnæ Matris à D. Luca depictam , &
apud Polonorum Clarummontem reli-
giose cultam patrata referens atque re-
putans. Coloniæ 1615. *in-4°.*

12. *Florida Mariana Panegyris* 24.
Venetiis 1612. *in-4°.*

13. *Tutelaris Silesiæ , seu de Vita B.*
Ceslai Odrovansii commentarius. Cra-
covia 1608. *in-4°.*

14. *De Jure statûs , sive de jure di-*
vino & naturali Ecclesiasticæ libertatis
& potestatis. Coloniæ 1600. *in-8°.*

15. *De temporali Ecclesiæ monarchia*
& Jurisdictione adversus impios Politi-
cos. Coloniæ 1602. *in-8°.* Les Bibliothecaires des Jacobins ne parlent
point de ces deux Ouvrages, qui
sont rapportés dans la Bibliotheque
de M. *de Thou.*

V. *Simonis Starovolscii Centum Po-*
loniæ scriptorum Elogia. Scriptores or-
dinis Prædicatorum. Jani Nicii Ery-
thræi Pinacotheca prima.

JEAN MOLANUS.

J EAN *Molanus* (en Flamand *Ver-*
Meulen) naquit l'an 1533. à *Lille*
en Flandre, d'*Henri Ver-Meulen*,
de *Schoonhoven*, qui faiſoit ſon ſéjour
ordinaire à *Louvain*, mais qui étoit
venu paſſer quelque temps à *Lille*,
avec ſa femme, qui étoit groſſe, dans
le deſſein d'y apprendre la langue
Françoiſe.

Comme il ne demeura que peu de
temps dans cette ville, & qu'il retourna bientôt après avec ſes parens
à *Louvain*, d'où il ne ſortit gueres
depuis, il oublia ſa ville natale, &
ne prit dans la ſuite que la qualité
de citoyen de *Louvain*, *Lovanienſis*.

Ce fut-là qu'il fit toutes ſes études. Après ſon cours de Philoſophie,
il ſe donna tout entier à l'étude de la
Théologie & de l'Antiquité Eccleſiaſtique. Il foüilla avec ſoin dans les
Bibliotheques & en tira pluſieurs
choſes, qui lui furent d'un grand uſage pour les Ouvrages qu'il compoſa
dans la ſuite.

F f ij

Il reçut le bonnet de Docteur en Théologie le 12 Septembre 1570. & professa quelques années cette Science. Il fut de plus nommé Censeur des Livres de la part du Pape & du Roi d'Espagne, & Chanoine de l'Eglise de *S. Pierre* de *Louvain.*

Tous ces emplois ne l'empêcherent point de se donner avec ardeur à ses études favorites, & de publier un grand nombre de livres, dont la plûpart sont curieux & remplis d'érudition; ce qui les fait encore rechercher.

Il mourut le 18 Septembre 1585. âgé de 52 ans, & fut enterré dans l'Eglise de *S. Pierre* avec cette Epitaphe.

Conditus hìc jacet D. Joannes Molanus, Lovaniensis, sacræ Theologiæ Professor, Apostolicus ac Regius Librorum Censor, Ecclesiæque hujus Canonicus, qui editis libris clarus, & insigni condito Testamento, quo pauperibus studiosis ad curam pastoralem serio se præparantibus annuos trecentos florenos legavit.

Obiit Lovanii magno sui relicto desiderio an. 1585. Septemb. 18.

Catalogue de ſes Ouvrages. J. MO-
LANUS.

1. *Uſuardi Martyrologium, cum Præfatione, additionibus, metrico Martyrologio Wandelberti, & Annotationibus J. Molani. Lovanii* 1568. *in-*8°. Cette premiere édition eſt la plus recherchée, parce que *Molanus* a été obligé de retrancher dans la ſuite pluſieurs choſes qu'il y avoit dites ſur la ſuppoſition de quelques écrits attribués à des Peres de l'Egliſe, & ſur la fauſſeté de quelques legendes des Saints. It. *Lovanii* 1573. *in-*8°. It. *Antuerpiæ* 1583. *in-*8°.

2. *De Martyrologiis Tractatus.* A la ſuite du Martyrologe d'*Uſuard.*

3. *Indiculus Alphabeticus, & Chronicon ſanctorum Belgii.* A la ſuite du Martyrologe.

4. *Natales ſanctorum Belgii & eorum Chronica recapitulatio. Lovanii* 1595. *in-*8°. It. *Cum auctuario Arnoldi de Raiſſe. Duaci* 1626. *in-*8°.

5. *Medicorum Eccleſiaſticum Diarium. Lovanii* 1595. *in-*8°. *Henri Cuyckius*, qui a publié cet Ouvrage, a mis à la tête un éloge abregé de *Molanus.*

6. *Calendarium Eccleſiaſticum. Antuerpiæ Plantin.* 1574. *in-*12.

J. Mo-
JANUS. 7. *Liber de Picturis & Imaginibus
sacris , cum Responsione quodlibetica ad
tres Quæstiones.* 1ª. *de Imaginum usu in
Ecclesiis.* 2ª. *de precibus pro Martyrio
affectis.* 3ª. *de Communione , supplicio
extremo afficiendorum Eucharistica.*
Lovanii 1570. *in-8°.* It. Ibid. 1594.
in-8°.

8. *De Historia Sacrarum Imaginum
& Picturarum , pro vero earum usu ,
contra abusus libri* IV. *Lovanii* 1595.
in-8°. It. *Antuerpiæ* 1617. 1619. 1626.
in-8°.

9. *De fide hæreticis servanda libri
tres ; quartus item de fide rebellibus
servanda , & quintus de fide ac Jura-
mento quæ à Tyrannis exiguntur.* Coloniæ 1584. *in-8°.*

10. *De Piis Testamentis , & qua-
cumque alia pia ultimæ voluntatis dis-
positione.* Coloniæ 1584. *in-8°.* It. Ibid.
1661. *in-8°.*

11. *Theologiæ Practicæ Compendium ,
per Conclusiones , in quinque Tractatus
digestum.* Coloniæ 1585. & 1590. *in-
8°.* It. *Antuerpiæ* 1626. *in-8°.*

12. *De Canonicis libri tres.* Coloniæ
1587. *in-8°.*

13. *Militia sacra Ducum ac Prin-*

cipum Brabantiæ, cum annotationibus Petri Louwii. Antuerpiæ. 1592. *in-*8°. Ce livre contient l'hiſtoire des guerres que les Ducs de Brabant ont entepriſes pour cauſe de Religion. C'eſt un des plus curieux & des plus rares Ouvrages de *Molanus.*

14. *Annales Urbis Lovanienſis ac Obſidionis illius Hiſtoria. Lovanii* 1572. *in-*4°.

15. *Antuerpias, in qua, præter antiquitatem & veram Hiſtoriam urbis Antuerpiæ, narratio ultimæ obſidionis continetur. Lugd. Bat.* 1605. *in-*8°. Cet Ouvrage, dont *Valere André* ne parle point, ſe trouve dans le Catalogue de la Bibliotheque de M. *Trichet du Freſne.*

16. *Bibliotheca Materiarum Theologica, quæ, à quibus Autoribus, cum antiquis, tum recentioribus, ſint pertractata, una cum Andreæ Schotti Indice Catholicorum S. Scripturæ Interpretum, & Ludovici Carbonis Indice Theologorum Scholaſticorum in D. Thomæ Aquinatis ſummam. Coloniæ* 1618. *in-*4°.

17. *Orationes tres de Agnis Dei, de Decimis dandis, & de Decimis reci-*

J. Mo- *piendis. Coloniæ* 1587. *in-8°.*

LANUS. 18. Il a mis des Prolegomenes à la tête d'une édition de *S. Prosper* donnée par *Jean Vlimmerius* à *Anvers*, l'an 1574.

19. Il a eu aussi part, avec quelques autres Théologiens de *Louvain* à l'édition des Oeuvres de *S. Augustin* faite dans cette ville l'an 1577.

V. *Son Eloge par Henri Cuyckius* à la tête de *son Diarium Medicorum, Cornelii Loos illustrium Germaniæ scriptorum Catalogus. Moguntiæ* 1581. *in-8°. Auberti Miræi Elogia Belgica, Valerii Andreæ Bibliotheca Belgica p.* 539. *& Fasti Academici Lovanienses.* p. 120. *Ant. Sanderus de Scriptoribus Flandriæ. Sweertii Athenæ Belgicæ. Joan. Mollerus de scriptoribus Homonymis p.* 956. *Les Eloges de M. de Thou, & les additions de Teissier.*

JACQUES DE TOURREIL.

JACQUES *de Tourreil* naquit à *Touloufe* le 18 Novembre 1656. de *Jacques de Tourreil*, Procureur Général du Parlement de cette ville, & de *Marguerite Fieubet*, fœur du Premier Préſident du même Parlement, & tante de M. *Fieubet*, Conſeiller d'Etat, qui juſqu'à ſa mort arrivée en 1694. a preſque tenu lieu dé pere à M. *de Tourreil.*

J. DE TOUR- REIL.

Il n'étoit que dans ſes premieres claſſes, lorſque l'on commença à reconnoître en lui une forte paſſion pour l'Eloquence. Il ſe vangeoit aſſez volontiers de ſes Camarades & de ſes Maîtres, par des eſpeces de Declamations, toûjours aſſez ingenieuſes pour être pardonnées à un Ecolier. Son exemple excita l'émulation de quelques jeunes gens du même âge, & il ſe fit entre eux une ſocieté, où l'on travailloit à l'envi l'un de l'autre.

A peine le jeune *de Tourreil* fut il ſorti du College, qu'il eut envie

d'aller à l'armée, & on ne put le retenir qu'en lui proposant l'exemple
de ces Romains fameux, qui avoient
long-temps brillé dans le Barreau,
avant que de paroître à la tête des
Legions. Charmé d'entrer dans un
paralelle si flatteur, il se contenta
de se faire appeller M. le Chevalier
de Tourreil, & demanda à venir à
Paris, pour se perfectionner dans
l'étude du Droit & des Belles-Lettres.

Le goût qu'il y prit pour les Lettres effaça bientôt celui qu'il avoit
eu pour les armes. Ayant entendu
parler de l'Academie Françoise, &
des prix d'Eloquence qu'elle distri-
bue tous les ans, il entra deux fois
en lice, & fut autant de fois vain-
queur. Ces deux discours qui sont
des années 1681. & 1683. commen-
cerent à lui faire un nom.

La traduction de quelques harangues de *Demosthene*, qu'il donna en
1691. augmenta sa réputation; & ce
fut alors que M. *de Pontchartrain*,
Controlleur General, l'attira chez
lui comme un homme de merite &
de confiance, dont le commerce &

les ſoins pouvoient être utiles au Comte *de Pontchartrain* ſon fils, qui ne faiſoit qu'entrer dans le monde.

Il eut la même année 1691. une place dans l'Académie des Inſcriptions, qui n'étoit encore compoſée que de huit perſonnes. Le 14 Février de l'année ſuivante 1692. il fut reçu à l'Académie Françoiſe à la place de *Michel le Clerc*, & peü de temps après le ſort le mit en qualité de Directeur à la tête de cette Compagnie, dans une conjoncture brillante; ce fut quand il fallut preſenter au Roi & aux Miniſtres le Dictionnaire de l'Académie, qui venoit d'être achevé. Il fit à cette occaſion vingt-huit Complimens differens, qui furent tous fort applaudis, & dont il n'a jamais voulu donner de copie.

Il mourut le 11. Octobre 1715. dans ſa 59 année.

» Il penſoit & aimoit à s'exprimer
» d'une façon peu commune, il uſoit
» heureuſement en ce genre, il ame-
» noit ſi finement une penſée, il ſau-
» voit ſi adroitement une expreſſion,
» qu'il venoit à bout de faire paſſer
» avec grace les idées les plus ſingu-

J. DE
TOUR-
REIL.

» lieres, & les plus hardies métapho-
» res. Les saillies, la promptitude,
» & la force des réparties ne lui don-
» noient pas seulement quelque su-
» periorité, elles alloient jusqu'à le
» rendre redoutable dans les conver-
» sations. Zélé partisan de la verité,
» il la cherchoit avec obstination
» dans les choses les plus indifferen-
» tes; il vouloit blâmer impitoya-
» blement ce qui lui paroissoit bla-
» mable & loüer même en public, &
» malgré les plus severes defenses,
» ceux qui meritoient ses éloges.
» Aussi pour excuser auprès de lui un
» defaut, & pour le reparer en quel-
» que sorte, il suffisoit presque de
» l'avoüer. C'est le Caractere que M.
de Boze attribue à ce Sçavant.

Catalogue de ses Ouvrages.

1. Ses deux *discours*, *qui rempor-*
terent les prix à l'Academie Françoise,
ont été inserés dans les Recueils des
années 1681. & 1683. Quoiqu'ils
soient fort inferieurs à ce qu'il composa dans la suite, ils ne laissent pas
d'avoir leur merite, & commence-
rent même sa réputation.

2. *Harangues de Demosthene, avec*

des Remarques. Paris 1691. *in-*8°. On
ne voit ici la traduction que de cinq
harangues de *Demofthene* , fçavoir de
la premiere *Philippique* , des trois
Olynthiennes , & de la *Harangue* fur
la paix. Ce coup d'effai reçut de grandes loüanges, mais qui furent mêlées
de quelques critiques. On prétendit
que c'étoit moins une traduction
qu'une paraphrafe, & que l'éloquence du Traducteur, bien oppofée à
celle de fon Original, étoit trop or-
née, fleurie, brillante, & pompeu-
fe, & bonne feulement pour la para-
de & pour la montre. Cette critique
infpira à *de Tourreil* une nouvelle ardeur pour faire une meilleure traduction, en reformant fon ancienne; ce qu'il executa dans la fuite.

3. *Difcours prononcé à l'Academie
Françoife le* 14 *Février* 1692. *à fa reception. Paris* 1692. *in-*4°. M. *de Pontchartrain* , alors Controlleur Général
des Finances, voulût qu'on retran-
chât dans l'impreffion de ce difcours
un éloge que *de Tourreil* y avoit fait
de lui; mais on l'a remis à fa place
dans l'édition de toutes fes Oeuvres.

4. *Effais de Jurifprudence. Paris* 1694.

J. DE
TOUR-
REIL.

J. DE
TOUR-
REIL.

*in-*12. Il composa cet Ouvrage en
faveur de M. le Comte *de Pontchar-*
train, qui commençoit a s'appliquer
à l'étude du Droit. Son succès ne
répondit pas à l'esperance que l'Auteur en avoit conçuë. On convenoit
bien que la matiere de ces Essais,
étoit excellente, & que les differentes questions qu'il y examinoit
étoient approfondies & decidées sur
des Principes incontestables de la
Loy naturelle, ou sur l'autorité des
plus habiles Jurisconsultes; mais *de*
Tourreil avoit voulu traiter ses sujets
d'une maniere plaisante, & comme
le fond des choses ne présentoit pas
le plaisant de lui-même, il fut obligé de l'aller chercher dans les expressions; il appelle donc un Huis-
sier, *un Monsieur Loyal* ; un exploit,
un compliment timbré; un salaire, *une*
reconnoissance monnoiée &c, & ces af-
fectations firent tomber entierement
l'Ouvrage. *De Tourreil* se rendant depuis aux avis de ses amis, refondit
ses essais, & c'est dans le nouvel état
où il les a mis, qu'on les a inferés
dans le Recueil de ses Oeuvres.

5. *Philippiques de Demosthene avec*

des Remarques. Paris 1701. *in-*4°. It. J. DE
Amſterdam 1706. *in-*12. *De Tourreil* a TOUR-
reformé dans cette édition les cinq REIL.
Harangues qu'il avoit déja publiées
en 1591. & y a ajouté la traduction
de cinq autres, ſçavoir des trois dernieres Philippiques, & des Harangues ſur la Cherſoneſe & ſur la Lettre de *Philippe.* Le tout eſt precedé
d'une Préface Hiſtorique, qui contient l'hiſtoire abregée de l'ancienne
Grece. On peut la regarder comme
un chef-d'œuvre en ſon genre, quoiqu'il y ait un peu trop de brillant,
comme dans toutes les compoſitions
du même Auteur. La nouvelle ver-
ſion fut encore critiquée, & *de Tourreil* la retoucha encore depuis pour
cette raiſon ; c'eſt dans ce dernier
état qu'elle paroît dans le Recueil de
ſes Oeuvres.

6. *Oeuvres de M. de Tourreil.* Paris
1721. *in-*4°. *deux vol. & in-*12. *quatre vol.* M. *Maſſieu,* que *de Tourreil*
avoit chargé par ſon Teſtament de
donner au Public une troiſiéme édition de ſa traduction de *Demoſthène,*
a crû devoir faire davantage, en lui
donnant un Recueil complet des

J. DE
TOUR-
REIL.

Ouvrages de cet Auteur ; & c'est ce qu'il a exécuté ici. Cet éditeur les à partagés en cinq classes.

La 1e. comprend les pieces diverses, qui sont,

Les deux discours qui remporterent les prix de l'Academie des années 1681. & 1683.

Le discours qu'il prononça le 14 Février 1692. à sa Reception à l'Academie Françoise.

La reponse qu'il fit aux Députés de l'Academie Royale de *Nismes*, après qu'ils eurent remercié l'Academie Françoise de l'Association qu'elle leur avoit accordée. Ces discours prononcés le 30 Octobre 1692. furent imprimés séparement la même année à *Paris in-*4°. & dans les Recueils de l'Academie.

La reponse qu'il fit le 19 Août 1694. en qualité de Directeur au Discours de M. l'Abbé *Boileau*, qui y fut alors reçu. Il avoit déja été imprimé à *Paris in-*4°. la même année, & dans les Recueils de l'Academie.

Reponse au discours prononcé dans l'Academie Françoise le 31 Janvier 1704. à la réception de M. *de Rohan*
Coadju-

Coadjuteur de *Strasbourg* ; imprimée
alors *in-*4°. à *Paris.*

J. DE
TOUR-
REIL.

L'Epitre dedicatoire qu'il compofa en fon particulier pour le Dictionnaire de l'Academie Françoife, pendant que cette Compagnie travailloit
en corps à en compofer une. Elle
avoit déja été imprimée à la fin de
fes *Effais de Jurifprudence.*

Le Compliment qu'il fit au Roi en
lui préfentant le Dictionnaire de l'A-
cademie.

L'infcription Latine qui a été gra-
vée fur le piedeftal de la ftatuë, qui
eft au milieu de la place de *Vendo-
me.*

Une defcription en vers Latins de
la maifon de M. *Fieubet,* Confeiller
d'Etat. Il la compofa à l'âge de 18
ans ; & quoiqu'il s'y foit laiffé quelquefois entraîner à fon feu, on peut
dire qu'il paroît prefque par tout
aifé, naturel & élegant. La réuffite
de cette piece, & les difpofitions
heureufes qu'il avoit pour la Poëfie
Latine ne l'empêcherent point de
s'en detacher de bonne heure : il fe
perfuada que comme les Romains,
n'écrivoient point autrefois en Grec,

Tome XXVII. G g

J. DE TOUR- REIL. les François ne doivent point aujourd'hui écrire en Latin, mais consacrer ce qu'ils ont de genie & de talent à illustrer leur Nation, & à perfectionner leur langue.

La 2ᵉ. Classe contient les *Essais de Jurisprudence.*

La 3ᵉ. renferme les Philippiques avec leur Préface.

La 4ᵉ. comprend la traduction de la Harangue d'*Eschine* contre *Ctesiphon*, & de *Demosthene* pour *Ctesiphon*, *sur la Couronne*, avec une Préface particuliere, qui paroissent ici pour la premiere fois.

La 5ᵉ. enfin contient ses Remarques sur toutes les Harangues traduites du Grec, qui précedent.

7. Il est un de ceux qui ont le plus contribué à l'édition de l'Histoire du Roi par Medailles faite en 1702. Elle lui valut une augmentation considerable de la pension qu'il avoit à l'Academie des Inscriptions, & trois ans après elle lui merita le titre de Pensionnaire Veteran, qu'il avoit demandé, pour ne plus s'occuper que de sa traduction de *Demosthene*, qui étoit son Ouvrage favori.

8. Il a prêté sa plume à Messieurs J. DE des Missions étrangeres, pour la TOUR-composition des *Memoires fur les af-* REIL. *faires de la Chine*; ce qu'il fit pour se venger d'un extrait malin, qu'on avoit fait dans les *Memoires de Tre-voux* du mois de May 1704. de sa Reponse au discours que M. de *Ro-han* avoit prononcé à sa reception à l'Academie Françoise.

9. On lit dans une Lettre inserée dans les *Memoires Hiftoriques & Cri-tiques* du mois d'Avril 1722. qu'on a une traduction de sa façon, qui a été imprimée en Hollande, sous le titre de *Reflexions fur les Cultes & les fu-perftitions Chinoifes*, & qu'il y a ajou-té une Préface, qui a été considerée comme un chef-d'œuvre.

V. *Son Eloge par M. de Boze dans* *l'Hiftoire de l'Academie des Infcrip-tions & Belles-Lettres.* tom. 3e. *& à la* *tête du Recueil de fes Oeuvres.*

EDMOND RICHER.

EDMOND *Richer* naquit à *Chource*, petite ville du Diocèse de *Langres* dans le Comté de Champagne, à cinq lieuës de *Troyes* le 30 Septembre 1560. d'une famille peu relevée & peu accommodée des biens de la fortune.

Il n'eut d'abord d'autre instruction que celle qu'on pouvoit lui donner dans les petites Ecoles du lieu de sa naissance : mais son inclination le portoit à l'étude, & lorsqu'il se vit à l'âge de 18 ans, & que ses parens le presserent de se determiner sur le choix d'une profession, qui le mît en état de subsister, il profita de la liberté qu'ils lui donnerent de quitter la maison paternelle, & s'en vint à *Paris*.

Il entra d'abord dans un College, où s'assurant sa subsistance par les services qu'il y rendoit, il donna tout le reste de son temps à l'étude. Il s'appliqua d'abord aux langues Latine & Gréque, avec un travail si

opiniâtre & si heureux, qu'en moins E. RI-
de trois ans il se vit en état de passer CHER.
en Philosophie, & qu'il fut reçu
Maître-ès-Arts deux ans après.

Il étudia ensuite en Théologie,
où il eut pour compagnons ceux qui
avoient été ses Maîtres dans les Classes d'Humanitez.

Ce fut alors, que la fortune, dont
il avoit soûtenu les mauvais traite-
mens pendant cinq ans avec beaucoup de courage, se lassa de le per-
secuter. Un Docteur, nommé *Etien-*
ne Roze, Vicaire de *S. Yves*, le prit
chez lui, & lui fournit tout ce qui
lui étoit necessaire pour mener une
vie plus commode, & pour se mettre en état de se faire recevoir Docteur.

Richer se livra alors à l'étude avec
une nouvelle ardeur. Il ne se con-
tentoit pas de donner à la lecture
toutes les heures du jour qu'il ne
devoit pas absolument aux Classes
de Sorbonne, il y passoit encore les
nuits, sur lesquelles il ne prenoit
que deux heures pour son repos,
profitant des avantages d'une com-
plexion très-robuste, qu'il avoit ap-

E. RI- portée en naissant, & que la dureté
CHER. de la vie qu'il avoit menée dans le
College n'avoit fait que fortifier.

Quelque temps après il fut fait
Professeur dans l'Université, & il fut
ravi d'avoir cette occasion pour cesser d'être à charge à son bienfaiteur.
Il enseigna les Humanitez pendant
deux ans, ensuite la Rhétorique un
an, & enfin la Philosophie; après
quoi il se remit sur les bancs de
Théologie, pour finir sa Licence,
& fut reçu Docteur au mois d'Août
1589.

Il s'appliqua aussitôt après avec
beaucoup d'ardeur à la prédication:
ce qu'il continua pendant plusieurs
années. Sa methode étoit de s'attacher à donner à ses Auditeurs une
intelligence parfaite de l'Ecriture,
dont il leur expliquoit le sens Litté-
ral, & historique, pour le faire servir de fondement aux maximes qu'il
avoit dessein d'établir.

Quelques affaires difficiles & epi-
neuses, que la Sorbonne eût alors,
& dont on attribua la réussite à *Richer*, lui furent par-là avantageuses;
car *Etienne Lasné*, Grand-Maître &

Principal du College du Cardinal le
Moine étant mort quelque temps
après en 1595. on jetta les yeux ſur
lui pour remplir ces deux places.

Ce College étoit fort dérangé, &
il s'y étoit gliſſé bien des deſordres.
Richer entreprît d'y rétablir l'ordre
& la diſcipline, & quelques moyens
que les Bourſiers employaſſent pour
l'en empêcher, il y réuſſit par ſa per-
ſeverance.

L'Univerſité ſe trouvoit auſſi dans
un état, qui avoit beſoin de refor-
mation, & il fut un des quatre Cen-
ſeurs qu'on choiſit en 1600. pour
y travailler. Ils en vinrent de même
à bout, mais ils eurent bien des tra-
verſes à eſſuyer, & les ſoins qu'ils
ſe donnerent n'eurent leur effet, que
parce que rien ne fut capable de les
decourager.

Richer fut élû Syndic de la Faculté le 2 Janvier 1608. en ſon abſence.
Il fit d'abord difficulté d'accepter
cette charge, & declara qu'il ne pouvoit s'en charger, à moins que tous
les Docteurs ne promiſſent de travailler avec lui à rétablir l'ancienne
diſcipline de la Faculté, qui étoit

E. RI-
CHER.

extrémement déchuë. Tous le lui promirent, & on le remercia solemnellement d'avoir des intentions si loüables.

Il commença les fonctions de son Syndicat par revoir tous les titres & les registres de la Faculté, qui étoient ensevelis dans la poussiere & mangez des vers. Il les remit en ordre, & fit suppléer à ce qu'il y avoit de defectueux. Il reprima ensuite la liberté que les Bacheliers se donnoient de faire entrer dans leurs Théses des propositions odieuses, ou même seditieuses, en faisant ordonner par la Faculté, que leurs Théses seroient examinées, avant que d'être soutenuës.

Je ne ferai point ici le detail de tout ce qu'il fit pour arrêter tout ce qui pouvoit attaquer les libertez de l'Eglise Gallicane, on le peut voir dans sa vie, où tout cela est rapporté fort au long.

Le zéle & la vivacité qu'il témoigna dans les differentes occasions, où il crut qu'on les blessoit, lui firent beaucoup d'ennemis, qui n'oublierent rien pour le perdre. Son livre

de

de la *Puiſſance Eccleſiaſtique & Poli-*
tique leur ayant donné priſe ſur lui,
ils ne manquerent pas d'en profiter.
Richer fut depoſé du Syndicat en
1612. en vertu des Lettres-Patentes
du Roi ; il auroit même été entierement retranché de la Faculté, ſi la
Cour avoit ſuivi en tout l'animoſité
de ſes parties.

La même année il prit, en vertu
de ſes Grades, poſſeſſion d'un Canonicat de l'Egliſe de *Paris*, malgré le
refus que le Grand-Vicaire lui fit des
proviſions néceſſaires, & la nomina-
tion que le Cardinal *de Gondi* avoit
faite d'un autre pour le remplir ; &
la poſſeſſion lui en fut conſervée.

Cependant le Pape qui croïoit
qu'il n'avoit pas été puni auſſi ſeve-
rement qu'il le méritoit, pour avoir
publié ſon livre *de la Puiſſance Ec-*
cleſiaſtique, demandoit qu'on l'en-
voïât à *Rome*, pour le faire juger par
l'Inquiſition. La Cour ne voulut
point écouter une propoſition auſſi
contraire aux Droits du Royaume
que celle-là ; mais le Duc d'*Epernon*
fit enlever *Richer*, qui fut mis dans
les priſons de S. *Victor*. Il n'y de-

Tome XXVII.   H h

meura cependant pas long-temps;
car l'Université, qui se trouvoit in-
teressée dans cet emprisonnement,
ayant presenté Requête au Parlement, il fut remis en liberté.

L'an 1615. *Richer* cessa de se trouver aux Assemblées de Sorbonne,
& l'année suivante il se défit de la
Charge de Principal du Collège du
Cardinal-le-Moine, que son âge &
ses infirmités ne lui permettoient plus
de remplir avec son exactitude ordinaire.

Cependant on souhaittoit qu'il se
retractât, & on fit en differens temps
des tentatives pour l'y engager. Il
signa à la fin une déclaration, dans
laquelle *il desaprouvoit & condamnoit
les propositions de son livre, entant qu'elles étoient contraires au Jugement de
l'Eglise Catholique, Apostolique, &
Romaine.*

Cet Acte devoit naturellement
passer pour une rétractation; mais
Richer, qui ne vouloit pas qu'on
lui donnât ce nom, rendit publique
une Protestation, dans laquelle il
soûtenoit qu'il n'avoit abjuré ni son
livre, ni la doctrine qui y est ex-

pliquée, ajoûtant qu'il vouloit mourir dans ſes premiers ſentimens, quelque rétractation qu'on pût lui faire
ſigner.

C'eſt en vertu de cet Acte, que
les Defenſeurs de *Richer* veulent faire
regarder comme une piece abſolu-
ment nulle la rétractation precedan-
te, & celle qu'ils prétendent ſur l'autorité de *Moriſot*, que le *P. Joſeph*,
Capucin, tira par violence de ce
Docteur.

Voici le fait, tel qu'il eſt rapporté
dans une lettre du 25 Avril 1633.
qui eſt dans la ſeconde Centurie de
celles de *Moriſot*. » Le P. *Joſeph*,
» dit-il, fut chargé de ménager la
» rétractation de *Richer*. Il fit pour
» cela inviter pendant les fêtes de
» Pâques le Docteur à dîner. *Richer*
» n'y alla qu'avec peine avec un Doc-
» teur de ſes amis. Ils trouverent
» chez le P. *Joſeph* un Notaire Apo-
» ſtolique, envoyé de Rome exprès.
» On dîna : ſur la fin du repas quatre
» hommes armés parurent dans la
» ſalle, & l'on declara à *Richer* qu'il
» falloit mourir ou ſe rétracter. L'ap-
» prehenſion de la mort fit faire au

» vieillard tout ce qu'on voulut , &
» il signa une rétractation. De-là ra-
» mené en son logis , il m'écrivit
» toute l'histoire de cette violence ,
» & deux jours après il mourut subi-
» tement âgé de 84 ans.

Plusieurs prétendent que cette lettre de *Morisot* est supposée , parce
qu'il s'y trouve plusieurs faussetez.
1°. Elle est datée de l'an 1633. & on
y parle de la mort de *Richer,* comme
d'une chose arrivée depuis quelques
jours ; cependant ce Docteur étoit
mort dès l'an 1631. 2°. Ce fut , suivant la lettre , aux fêtes de Pâques
1633. que se fit cette rétractation de
Richer ; mais elle est datée du 7 Decembre 1629. 3°. Il y est dit que *Richer* mourut âgé de 84 ans , au lieu
qu'il n'en avoit alors que 71.

Quoiqu'il en soit de ce fait , *Richer* ne survêcut pas long-temps à sa
rétractation. Il s'étoit fait tailler en
1629. mais l'operation n'avoit été
faite qu'à demi , & il ne mena plus
dans la suite qu'une vie languissan-
te.

Il mourut le 28 Novembre 1631.
âgé de 71 ans. On l'enterra sans pom-

pe, comme il l'avoit ſouhaitté, dans   E. RI-
la Chapelle de Sorbonne au côté CHER.
droit du grand Autel.

Catalogue de ſes Ouvrages.

1. *De Figurarum arte, & cauſis E-*
loquentiæ. Pariſ. 1605. *in-*8°. On croi-
roit ſur ce titre trouver dans l'Ouvrage quelque choſe ſur la Rhetorique, & cependant on reconnoît en
le liſant, qu'après avoir bien traité
des figures de Grammaire, il ne traite pas de même de celles de Rhetorique. C'eſt le Jugement qu'en porte
Morhof, qui eſt approuvé par M. *Gi-*
bert. (a) Il eſt à preſumer que *Richer*
apperçut ce defaut, puiſqu'il compoſa depuis le livre ſuivant, pour
ſuppléer à ce qui manquoit au premier.

2. *De Arte & cauſis Rhetoricæ. Pa-*
riſ. 1629. *in-*8°. Cet Ouvrage & le
précedent font voir que les grandes
occupations de *Richer* ne l'empê-
choient pas de deſcendre dans un
grand detail pour l'inſtruction de la
jeuneſſe. Le ſtile en eſt bon, ſuivant
M. *Gibert,* & il y a du bon ſens par-
tout.

(a) *Jugemens des Sçavans,* tom. 2. *p.* 378.

H h iij

E. RI-CHER.

3. *De Optimo Academiæ statu.* Parif. 1603. *in-*8°. Cet Ouvrage fut composé au sujet de la Réformation de l'Université, faite par ordre du Roi *Henri IV.* C'est une espece d'Apologie de la conduite que l'Auteur avoit tenuë dans l'affaire de cette Réformation, depuis qu'il avoit été créé un des Censeurs. Il est fait principalement contre *Georges Critton*, Ecossois, Professeur du College Royal, qui la traversoit; mais il a eu soin, pour le ménager, de cacher son nom sous celui de *Palemon.*

4. *Apologia pro Senatus-Consulto adversus Scholæ Lexoveæ Paranomum, ad Senatum Augustissimum.* 1603. *in-*8°. *pp.* 28. *Richer* composa cette Apologie avec l'aide de *Claude Mignaut*, un de ses Collegues pour la Réformation de l'Université, pour répondre à un écrit de *Georges Critton*, publié sous le titre de *Scholæ Lexoveæ Paranomon reæ à verbis Senatus-Consulti ad mentem Senatorum provocatio.*

5. *De Analogia, causis Eloquentiæ, & linguæ patriæ locupletandæ Methodo.* Parif. 1601. *in-*8°. *pp.* 110.

6. *Grammatica obstetricia.* Parif. 1607. *in-*8°.

7. *Obstetrix animorum , seu prudens* E. Ri-
docendi & discendi Methodus. Amber- CHER.
ga 1608. *in-*12. It. *Cum Clarorum vi-*
rorum Opusculis non dissimilis argumen-
ti , & Præfatione Adami Rechenbergii.
Lipsiæ 1693. *in-*4°.

8. *Vita Joannis Gersonii ex ejus ope-*
ribus collecta. A la tête des Oeuvres
de *Gerson* , dans l'édition faite à *Pa-*
ris l'an 1606. *in-fol.* par les soins de
Richer.

9. *Apologia pro Joanne Gersonio ,*
pro suprema Ecclesiæ & Concilii Gene-
ralis autoritate, & independentia Regiæ
potestatis ab alio quam à solo Deo. Ad-
versus Scholæ Parisiensis & ejusdem
Doctoris Christianissimi obtrectatores ,
per E. R. D. T. P. (Edmundum Ri-
cherium Doctorem Theologum Parisien-
sem) Lugd. Bat. 1676. *in-*4°. *Richer*
composa cette Apologie l'an 1606.
pour l'opposer à un écrit Italien ,
que *Bellarmin* avoit fait contre deux
traités de *Gerson* , imprimés en Italie pour la défense de la République
de *Venise.* L'ayant montrée à *Nico-*
las le Fevre ; d'autres personnes qui
en eurent communication par son
moyen , la firent imprimer l'année

E. RI-
CHER.

suivante en Italie, mais d'une maniere si défectueuse, que *Richer* eut
honte de la reconnoître en cet état ;
il voulut la donner lui-même dans
la suite, après y avoir travaillé de
nouveau ; mais l'occasion lui ayant
manqué, ce ne fut qu'après sa mort
qu'on la fit imprimer en Hollande.

10. *De Ecclesiastica & Politica po-*
testate liber. Paris. 1611. *in-4°.* Cet
Ouvrage ne contient que 30 pages;
ce qui a fait donner à *Richer* par
quelques-uns de ses Adversaires la
qualité de *Magister triginta pagina-*
rum. On peut voir dans sa vie par
Baillet ce qui l'occasionna, & toutes les disputes qui s'en suivirent. Ce
n'est proprement qu'un extrait de
l'Apologie de *Gerson*, dont je viens
de parler. Il a été réimprimé plusieurs fois ; on en a même une traduction Françoise, qui n'est bonne
ni par rapport à la fidelité, ni par
rapport à l'expression. Elle a été imprimée à *Paris* en 1612. *in-8°.* & la
même année à *Caën*, avec le texte
Latin, *in-8°.* Ce livre fut d'abord
attaqué de toutes parts, & il parut
contre lui les Ouvrages suivans.

La Monarchie de l'Egliſe, contre E. Ri-
les erreurs du Livre de la Puiſſance Ec- cher,
cleſiaſtique & Politique d'Edmond Richer. Paris 1612. in-8°. Pierre Pélle-
tier, nouveau Converti, en eſt l'Auteur.

*Avis d'un Docteur en Théologie, ſur
un livre intitulé :* De la Puiſſance Eccleſiaſtique & Politique. *Paris 1612.
in-8°.* Ce Docteur eſt *Claude Durand.*

*Jacobi Coſmæ Fabricii Notæ Stigma-
ticæ ad Magiſtrum triginta paginarum.
Francofurti 1612. in-4°.* Le P. Jacques Sirmond s'eſt caché ici ſous le
nom de *Fabricius.*

*Andreæ du Val, Theologi Pariſien-
ſis, Elenchus Libelli de Poteſtate Eccle-
ſiaſtica & Politica, pro ſuprema Romani Pontificis autoritate. Pariſ. 1612. in-
8°.* C'eſt le plus outrageant de tous
les Ouvrages qui furent alors faits
contre *Richer.*

D'un autre côté le Cardinal *du Per-
ron* Archevêque de *Sens* aſſembla à
Paris les Evêques de ſa Province ;
& ces Prélats au nombre de huit, con-
damnerent le 13 Mars 1612. l'Ecrit
de *Richer,* qui en appella comme

E. RI-
CHER.
d'abus. La Censure des Prélats a été imprimée à *Paris* 1612. *in-8°.* & l'appel de *Richer* l'a été avec la défense de son livre, dont je vais parler.

11. *Demonstratio libelli de Ecclesiastica & Politica Potestate ; cùm Autoris Testamento. Paris.* 1622. *in-4°.* It. quelques autres fois depuis.

12. *Vindiciæ Doctrinæ Majorum Scholæ Parisiensis, seu constans & perpetua Scholæ Parisiensis Doctrina de autoritate & infallibilitate Ecclesiæ in rebus fidei ac morum, contra defensores Monarchiæ Universalis, & absolutæ Curiæ Romanæ. Coloniæ* 1683. *in-4°.*

13. *Historia Conciliorum Generalium, in quatuor libros distributa. Coloniæ* 1683. *in-8°.*

14. *De Potestate Ecclesiæ in rebus temporalibus liber, & defensio Articuli, quem tertius Ordo Comitiorum Regni Franciæ pro lege fundamentali defigi postulavit anno* 1614. *&* 1615. *Coloniæ* 1692. *in-4°.*

15. *Edmundi Richerii Libellus de Ecclesiastica & Politica Potestate ; nec non Libelli ejusdem per eundem Riche-*

rium demonstratio. Nova editio, aucta E. R
ejusdem Opusculi defensione, nunc de-
mum typis edita, ex MS. ejusdem Au-
toris, in duos tomos divisa, cum aliis
ejusdem opusculis. Coloniæ 1701. *in-*4°.
deux tom. Cette édition paroît avoir
été faite fort à la hâte, & il s'y trouve bien des fautes d'impression.

16, *Considerations sur le livre inti-*
tulé: Raisons pour le desaveu fait
par les Evêques de France &c. *Par*
Timothée, François Catholique. 1628.
*in-*8°. Voici ce qui donna occasion
à cet Ouvrage. Il parut en 1625. un
livre imprimé sous ce titre: *G. G. R.*
Theologi ad Ludovicum XIII. Admo-
nitio. Augusta Francorum 1625. *in* 4°.
où l'on prétendoit montrer, que la
France, au sujet de la guerre de la
Valteline, avoit fait une alliance
honteuse & impie avec les Protestans, & entrepris contre les Catholiques une guerre, qu'elle ne pouvoit continuer sans détruire la Religion. Cet Ouvrage fut d'abord ttri-
bué à *Jean Boucher,* fameux Ligueur;
mais *Baillet* croit qu'il est d'*André*
Eudemon-Jean, Jesuite. Le Clergé le
condamna aussitôt, avec un autre de

E. RI-
CHER.

même genre intitulé : *Myfteria Politica*, & attribué à un Jefuite Allemand, nommé *Jacques Keller* ; & fa
Cenfure parut fous ce titre : *Cardi-
nalium, Archiepifcoporum, Epifcopo-
rum, cæterorumque ex univerfis Regni
Provinciis, qui Ecclefiafticis Comitiis
interfuerunt, de Anonymis quibufdam
& famofis Libellis fententia, data die
13. Decembris 1525. Parif. 1525. in-
4°.* Le Cardinal de *la Rochefoucault*
n'oublia rien pour engager les Prélats à révoquer cette Cenfure ; mais
ne pouvant y réuffir, il attendit que
l'Affemblée fût finie. Ayant alors
retenu quelques Evêques, il les af-
fembla dans fon Abbaye de *Ste. Genevieve*, & leur fit dreffer un defaveu
de la Cenfure, & pour le juftifier, fit
publier un Ouvrage intitulé : *Rai-
fons pour le defaveu fait par les Evêques du Royaume, d'un livre intitulé,
Jugement des Cardinaux, Archevê-
ques, Evêques &c. fur quelques libelles diffamatoires, contre les Schifmatiques de ce temps. Paris 1626. in-*
4°. C'eft fur cet Ouvrage, que *Richer*
fit fes *Confiderations*, pour la defenfe
de ceux de fon parti, qu'on avoit

voulu defigner dans le titre par la qualité de *Schifmatiques de ce temps.*

17. *Tertullianus de Pallio, Latine & Gallice, per Edm. Richerium.* Pa-*rif.* 1600. *in*-8°.

V. *Sa vie par Adrien Baillet. Liege* 1714. *in*-12.

FORTUNIO LICETI.

FORTUNIO *Liceti* naquit le 3. Octobre 1577. à *Rapallo* dans l'Etat de *Genes*, de *Jofeph Liceti* Médecin, natif de *Reco* dans le même Etat, qui pratiqua quelque temps la Médecine à *Rapallo*, & qui alla depuis s'établir à *Genes*.

Il vint au monde le feptiéme mois de la groffeffe de fa mere, dont l'accouchement fut avancé par l'agitation de la mer, en allant de *Reco* à *Rapallo.* Le bonheur qu'il eut de vivre malgré cet accident, lui fit donner le nom de *Fortunio.* Auffi prit-on des précautions extrêmes pour lui conferver la vie.

Son pere, ayant remarqué en lui des difpofitions pour les Sciences, eut lui-même soin de son éducation, l'instruisit dans les Belles-Lettres, & lui apprit les Elemens de la Philosophie & de la Médecine, jusqu'à ce qu'il eût dix-sept ans.

Il l'envoya alors le 1 Janvier 1595. à *Boulogne* pour y continuer ses études, & le jeune *Liceti* y étudia en Médecine sous *Jean Costeo* de *Lodi* qui y professoit cette Science, & chez lequel il demeura jusqu'à la mort de ce Professeur, laquelle arriva le 27 Avril 1598. Il passa ensuite dans la maison de *Frederic Pendasi*, de *Mantouë*, qui professoit la Philosophie à *Boulogne*, & conçut tant d'amitié pour lui, qu'il voulut dans la suite donner son nom à son fils aîné.

Après quatre ans & demi de séjour dans l'Université de *Boulogne*, pendant lesquels il se partagea entre la Philosophie & la Médecine, il fut rappellé par son pere, qui étoit attaqué d'une maladie dangereuse. *Liceti* partit aussitôt pour se rendre à *Genes*, mais il eut le chagrin en y arrivant au mois d'Octobre 1599. de le trouver enterré depuis deux jours.

On a de lui l'Ouvrage fuivant que
fon fils donna au public. *La Nobilta*
de' principale membri dell' Vomo, Dia-
logo di Giufeppe Liceti , Medico Chi-
rurgo Genovefe ; nel quale fi tratta dell'
ufo ed eccellenza di effi membri. In Bo-
logna 1599. *in-*8°. Les interlocuteurs
de ce Dialogue font le cœur , le
cerveau , le foye , & les tefticules.
Son fils parle auffi d'un Dialogue
Italien qu'il avoit publié fous le titre
de *Ceva* , & où il traitoit de l'ufage
& de l'excellence des parties genita-
les.

Six mois après , c'eft-à-dire le 23
Mars 1600. il fe fit recevoir Docteur
en Philofophie & en Médecine à *Ge-*
nes , & fongea à fe procurer de l'emploi. Sa belle-mere s'étoit tuée en
tombant d'une fenêtre fort élevée
de fa maifon , & les affaires de fa famille fe trouvoient en affez mauvais
état. Il travailla d'abord à les mettre
en ordre , après quoi il fe rendit le
3 Novembre de la même année 1600.
à *Pife*, où fes Protecteurs lui avoient
fait donner une chaire de Logique.
Après l'avoir remplie pendant cinq
ans, on le fit paffer en 1605. à une

F. LI-
CETI.

autre, qui l'engageoit à expliquer la Philosophie naturelle d'*Aristote*; & il garda cette nouvelle pendant quatre ans.

Le 25 Août 1609. il fut appellé à *Padoüe*, pour y être Professeur extraordinaire en Philosophie, & il prononça son discours d'installation le 1er. Novembre suivant. On lui assigna pour lors 350. florins de gages, qui furent augmentés le 2 Août 1615. jusqu'à 500.

Il quitta cette chaire le 2 Avril 1622. pour en prendre une de Professeur ordinaire en Philosophie dans la même Université avec 600. florins de gages, qui furent augmentés le 4 Février 1630. jusqu'à mille.

Cesar Cremonin, premier Professeur en Philosophie à *Padoüe* étant mort en 1631. *Liceti* brigua fort pour avoir sa place, mais il ne put réüssir dans ses poursuites, & elle fut donnée à *Jean Thomas Zilioli*. Il souffrit patiemment pour cette fois cette preference; mais *Zilioli* étant mort en 1637. & ayant sollicité de nouveau inutilement pour être son successeur, il se dégoûta de l'Université

de

de *Padouë*, & en ſortit après y avoir
profeſſé 24 ans, pour aller à *Boulogne* remplir une chaire qu'on lui
avoit offerte avec des appointemens
conſiderables.

Cependant l'Univerſité de *Padouë*
regrettant la perte qu'elle avoit faite
d'un ſi excellent ſujet, lui fit dans
la ſuite tant d'inſtances pour le rap-
peller, qu'il y retourna prendre poſſeſſion d'une chaire de Premier Profeſſeur en Médecine Théorique; ce
qui ſe fit le 28 Septembre 1645. *Tomaſini* qui nous inſtruit de tout ce
détail, dit qu'en 1653. il rempliſ-
ſoit ce poſte avec 1300. florins d'ap-
pointement.

Il mourut à *Padouë* l'an 1656. âgé
de 79 ans.

Catalogue de ſes Ouvrages.

1. *De ortu Animæ humanæ libri tres.
Genuæ* 1602. *in-*4°. It. *Francofurti*
1606. *in-*8°. It. *Genève* 1619. *in-*4°.
Cet Ouvrage doit ſon origine à l'envie que *Liceti* avoit de tirer quelque
argent de ſon père, pendant qu'il
étudioit à *Boulogne*. Pour ſe le rendre plus favorable, il crut qu'il devoit lui envoyer quelque choſe de

F. LI-
CETI.

sa façon, & composa ce traité qu'il intitula par une affectation de jeune homme : *Gonopsychanthropologia, sive de Anima seminis humani.* Son pere le lut avec beaucoup de plaisir, & le fit lire à quelques Médecins de ses amis, qui ne se contenterent pas de loüer l'Ouvrage, mais pretendirent qu'il ne pouvoit venir d'un jeune homme, & qu'il falloit que *Costeo*, ou *Pendasi* y eussent mis la main. Un jugement si favorable engagea *Liceti* à le retoucher, & il le publia quelques années après à la sollicitation de ses amis sous le nouveau titre que j'ai rapporté. Il y suit les sentimens des Peripateticiens, comme il a fait dans tous ses autres Ouvrages.

2. *Peripatetica, Medicaque placita, Papirio Caballetto disputanda oblata. Genuæ* 1605. *in-4°.* Ce sont des Théses qu'il fit soutenir à *Pise* au mois de Mars de cette année par Caballetto, qui étudioit sous lui.

3. *De Vita libri tres. Genuæ* 1606. *in-4°.*

4. *De his qui diu vivunt sine alimento libri* IV. *In quibus diuturna inedia observationes, opiniones & causæ*

ſumma cum diligentia explicantur. Pa-
tavii 1612. *in-fol,* Une fille qui faiſoit alors du bruit par ſes longs jeû-
nes, & que la Grande Ducheſſe avoit
donnée à examiner aux Médecins, &
aux Philoſophes, occaſionna cet Ouvrage, où *Liceti* rapporte pluſieurs
Hiſtoires d'abſtinences ſemblables,
& en recherche les cauſes. Il fut attaqué par *Etienne Rodrigués de Caſtro*,
Portugais, Profeſſeur en Médecine
à *Piſe*, dans un livre intitulé : *De
Aſitia Tractatus. Florentiæ* 1630. *in-*
8°. Mais *Liceti* le défendit depuis
contre ſes attaques, comme je le di-
rai plus bas.

5. *De Animarum coëxtenſione corpori libri duo. In quibus ex rei natura,
conſulto ſemper Ariſtotele, oſtenditur
Animam, tum Vegetalem, tum Sentien-
tem, tum Rationalem ſubdito ſibi corpori toti coëxtendi, ac in omnibus ejus
particulis ſigillatim ſuam eſſentiam ha-
bere omniquaque diffuſam, nullamque
animam in ulla viventis corporis par-
ticula, quantumvis principe, velut in
ſuo domicilio totam contineri, quidquid
cum Platone plerique paſſim opinentur.
Patavii* 1616. *in-4°.*

F. LI-
CETI.

6. *De perfecta constitutione Hominis in utero liber unus; in quo causæ omnes fœtum constituentes, singularum functiones & rationes operandi ex rei natura in Peripato explicantur, speciatimque ostenditur, ut Parentum imaginatio maculas expetitorum filiis inurat; ut fœmineum semen non raro sit Masculeo viribus æquipollens, & aliquando actuosius; ut menstruum, quo conceptus gignitur, specie ortuque differat ab eo quo fœtus enutritur. Patavii* 1616. *in*-4°. *pp.* 119. Cet Ouvrage est une espece d'introduction au suivant.

7. *De Monstrorum causis, natura, & differentiis, libri duo. Patavii* 1616. *in*-4°. It. *Ibid.* 1634. *in*-4°. Cette seconde édition est fort augmentée, & on y a joint des figures, qui manquoient dans la premiere; mais il y a beaucoup de fautes d'impression, & plusieurs omissions & transpositions. It. sous ce titre: *Fortunius Licetus de Monstris ex recensione Gerardi Blasii, qui Monstra quædam nova & rariora ex recentiorum scriptis addidit. Amstelodami* 1665. *in*-4°.

8. *De Spontaneo Viventium ortu libri* IV. *in quibus de generatione Ani-*

mantium quæ vulgo ex putri oriri di-
cuntur, accurate aliorum opiniones om-
nes primum examinantur; cauſæ ſin-
gulæ propoſiti deinde cum generatim,
tum etiam ſpeciatim ex rei natura dete-
guntur, patefacto præſertim Efficiente
proximo univoco eorum, quæ in Fun-
gorum, Plantarum, Zoophytorum, &
animalium genere ſponte naſcuntur. Vi-
centiæ 1618. *in-fol.*

9. *De Lucernis Antiquorum recon-*
ditis libri VI. *Venetiis* 1621. *in-*4°. It.
Utini 1652. *in-fol.* Il y a beaucoup
d'érudition dans cet Ouvrage, mais
Liceti n'y apprend point ce qu'il fau-
droit ſçavoir, c'eſt-à-dire, le ſecret
de ces Lampes perpétuelles dont il
ſoûtient l'exiſtence, quoiqu'il y ait
aſſez d'apparence que tout ce qu'on
en dit ſont des contes.

10. *De Novis Aſtris & Cometis,*
Venetiis 1622. *in-*4°. Il parut à *Pa-*
douë le 27 Novembre 1618. une Co-
mete, qui ſervit de matiere aux rai-
ſonnemens des Aſtronomes & des
Philoſophes. *Jean Camillo Glorioſo,*
Profeſſeur en Mathematiques dans
l'Univerſité de cette ville, jugea à
propos l'année ſuivante de faire quel-

ques Leçons sur les Cometes, dans
lesquelles il s'éloigna des sentimens
d'*Ariſtote*. Il ne les rendit pas publiques d'abord ; mais *Liceti* ayant publié le livre, dont je viens de rapporter le titre, il les fit imprimer ſous
ce titre : *De Cometis Diſſertatio Aſtro-
nomico-Phyſica publice habita in Gym-
naſio Patavino anno.* 1619. *Venetiis*
1624. *in-4°.* Il y mêla pluſieurs choſes contre le livre de *Liceti*, qui irri-
ta ſi fort ce Sçavant, qu'il n'a pas
daigné le nommer dans l'Hiſtoire de
ſes Ouvrages, & qu'il lui repondit
avec beaucoup de vivacité dans le
livre ſuivant.

11. *Controverſiæ de Cometarum attributis, ſeu quiete, loco Boreali ſive
occaſu, Parallaxi Ariſtotelea, ſede cœ-
leſti, & exacta Theoria Peripatetica.
Venetiis* 1625. *in-4°.* Glorioſo ne demeura pas dans le ſilence, mais op-
poſa à l'Ouvrage de *Liceti* une repli-
que ſous ce titre : *Reſponſio ad Con-
troverſias de Cometis Peripateticas. Venetiis* 1626. *in-4°.* On peut dire que
dans cette diſpute on ſe battit plûtôt
par des injures que par des raiſons.

12. *Scholium de Camelo Bulla. Pa-*

tavii 1627. *in-fol.* A la suite de l'Ouvrage suivant : c'est une nouvelle réponse au dernier livre de *Glorioso* encore plus violente que tout ce qu'ils avoient écrit jusques-là, à laquelle celui-ci repliqua encore sur le même ton. Ce fut ainsi que se termina cette dispute, qui ne meritoit pas qu'on s'échaufât tant.

13. *De Intellectu agente libri* v. *Patavii* 1627. *in-fol.*

14. *Elogia varia Heroum nostri temporis. Patavii* 1627. *in-fol.* Ce sont des Eloges de plusieurs Senateurs Vénitiens en stile lapidaire, disposés de maniere qu'ils forment differentes figures, comme d'un Autel, d'une hache, d'un œuf &c. Pur badinage, qui ne merite pas d'occuper un homme d'esprit ; mais qui a plû tellement à *Liceti*, qu'il a crû devoir faire un Recueil de toutes les figures, dont on pouvoit se servir pour construire de semblables pieces ; c'est ce qu'on trouve dans le livre suivant.

15. *Imitationes figurati metri à Simmia Rhodio inventi. Patavii* 1627. *in-8°.* Toutes les pieces de ce Recueil sont à la loüange de *Jerôme Landi* Se-

nateur de Venise, qui quittoit alors le Gouvernement de *Padouë*, pour retourner à *Venise*.

16. *De Animorum rationalium immortalitate secundùm opinionem Aristotelis. Patavii* 1629. *in-fol.*

17. *Allegoriæ Peripateticæ de Generatione, Amicitia, & Privatione ad antiquissimum* Elia Lelia Crispis *Epitaphium libri duo. Patavii* 1630. *in-4°.* *Liceti* étoit à peu près comme ces Alchymistes, qui voyent par-tout le grand Oeuvre; il trouvoit par-tout les dogmes & la Philosophie d'*Aristote*, qui étoit son idole.

18. *Encyclopædia ad Aram Nonarii Terrigenæ. Patavii* 1630. *in-4°.* C'est un Commentaire sur une piece en stile lapidaire, qui represente un Autel, & dont l'Auteur a pris le nom de *Nonarius Terrigena*. Il lui a donné le nom d'Encyclopedie, parce qu'il a emprunté, à ce qu'il dit lui-même, le secours de toutes les Sciences, pour le composer. On peut assurer que la chose n'en valoit pas la peine.

19. *Encyclopædia ad Aram Publilii Optatiani Porphyrii. Patavii* 1630. *in-4°.*

in-4°. Piece aſſez ſemblable à la précedente.

20. *De Anima ſubjecto corpori nihil
tribuente ; deque ſeminis vita, & efficientia primaria in conſtitutione fœtus.
Patavii* 1630. *in-4°.* Antoine Ponce
Santacruz, premier Medecin du Roi
d'Eſpagne, ayant attaqué l'Ouvrage
de *Liceti de Spontaneo Viventium ortu*
dans un Traité *de Hippocratica Phi-
loſophia*, imprimé à *Madrit* en 1622.
in-fol. celui-ci n'eut pas plûtôt vû
ſon livre, qu'il prit la plume & compoſa en quarante jours la réponſe
dont il s'agit ici.

21. *De Feriis Altricis Animæ Ne-
meſetica diſputationes : in quibus Ency-
clopædiæ, Medicinæ, Philoſophiæ, cel-
ſioriſque ſapientiæ præſidio propulſantur
ab olim culto mirabili Mortalium Jeju-
nio vulgata recens oppugnationes Aſi-
tiaſtis de Caſtro. Patavii* 1631. *in-4°.*
C'eſt une réponſe à ce qu'*Etienne
Rodriguès de Caſtro* avoit écrit contre
ſon livre *de his qui diu vivunt ſine
alimento.* Elle fut imprimée à *Padouë*
pendant que la peſte y regnoit ; mais
Variſco Variſci qui l'imprimoit,
étant mort de cette maladie avec tou-

F. Li-CETI.

te sa Famille, avant que l'impreſſion en fût achevée, *Liceti* fut obligé de faire imprimer les deux dernieres feüilles à *Veniſe.*

22. *Pyronarcha, ſive de Fulminum natura, deque Febrium origine libri duo; in quibus & Fulminum in Mundo Magno, & Febrium in Mundo Parvo cauſſæ Naturales omnes, modus originis, idea, proprietates, differentiæ, ac effectus admirabiles accurate tractantur; diligenter explicato Vetere Gripho Pyronarchæ, à Cœlio Igiano inter Flores Medicos deſcripto. Patavii* 1634. *in-*4°. *pp.* 126.

23. *De Natura primo movente libri duo. Patavii* 1634. *in-*4°. *Liceti* dedia cet Ouvrage à la jeuneſſe Allemande, qui étudioit à *Padoüe*, & en reçut en reconnoiſſance une taſſe de vermeil ciſelée avec ſon couvercle.

24. *De rationalis Anima varia propenſione ad corpus, Libri duo. Patavii* 1634. *in-*4°.

25. *De propriorum operum hiſtoria libri duo ad Gabrielem Naudæum. Patavii* 1634. *in-*4°. *pp.* 55. Cet Ouvrage eſt curieux & n'eſt pas commun. Le premier livre traite des livres déja imprimés, qui ſont les 24 dont j'ai déja

parlé. Il s'agit dans le ſecond de ceux F. LI-
qui étoient ſous la preſſe, ou qui CETI.
étoient en état d'y être mis.

26. *Encyclopædia ad Aram Lem-*
niam Doſiada; in qua plurima vete-
rum hiſtoriarum, Poëtarum, & Philo-
ſophorum abditiſſima ſenſa enucleantur,
patefactis ſpeciatim Ignium naturalibus
attributis. Pariſ. 1635. in-8°. *Liceti*
avoit envoyé cet Ouvrage avec le
ſuivant à M. *Bourdelot* pour le faire
imprimer à *Paris,* dans la penſée
qu'il le ſeroit mieux en cette ville,
qu'à *Padouë.*

27. *Encyclopædia ad ſecurim Epei à*
Simmia Rhodio conſtructam; in qua
multa vetuſtatis recondita Monumenta,
rerum hiſtorias & naturas complecten-
tia, recluduntur. Pariſ. 1635. in-8°.

28. *De Mundi & Hominis Analo-*
gia, Liber unus. Utini 1635. in-4°.

29. *Ulyſſes apud Circen; ſive de qua-*
druplici transformatione, deque varie
transformatis hominibus. Dialogus. Utini 1636. in-4°.

30. *De duplici calore corporum na-*
turalium Dialogus Phyſico-Medicus.
Utini 1636. in-4°.

31. *Athos perfoſſus; ſive Rudens eru-*

*ditus in Criomixi quæstiones de Alimen-
to Dialogus prior. In quo Montis Atho
tetriores umbræ supra quadringentas,
locutionum præsertim, & morum omne
genus, nec non etiam variarum disciplinarum classem obtenebrantes, discu-
tiuntur. Patavii* 1636. *in-*4°.

32. *Lilium Majus, sive de Natura
assistente Dialogus. Utini* 1637. *in-*4°.

33. *Lilium Minus, sive de Anima
ad corpus Physice non propensa Dialogus. Utini* 1637. *in-*4°.

34. *De Quæsitis per Epistolas à Claris Viris Responsa Fortunii Liceti Ge-
nuensis. Bononiæ* 1640. *in-*4°. *pp.* 325.
Il y a dans ce Recueil 37. Lettres de
Liceti, qui roulent toutes sur des
matieres sçavantes.

35. *De secundo-quæsitis per Epistolas à Claris Viris, ardua, varia, pul-
chra, & nobilia quæque petentibus in
Medicina, Philosophia, Theologia,
Mathesi, & alio quovis eruditionum
genere, Responsa Fortunii Liceti. Utini* 1646. *in-*4°. *pp.* 389. Ce second
volume contient 27. Lettres de *Liceti,* qui sont accompagnées, comme dans tous les autres, de celles
qui y ont donné occasion.

36. *De tertio-quæsitis per Epistolas*

Clarorum Virorum Medicinalia potissi- F. LI-
mum & aliarum disciplinarum arcana CETI.
postulantium Responsa F. Liceti. Utini
1646. *in-4°. pp.* 237. Cette partie
renferme 16. Lettres de *Liceti.*

57. *De motu sanguinis, origine ner-*
vorum, Cerebro leniente Cordis astum,
imaginationis viribus, quarto-quæsitis
per Epistolas Cl. Virorum Responsa
Medico-Philosophica F. Liceti. Utini
1647. *in-4°. pp.* 150. Il n'y a que trois
Lettres fort longues dans ce volume.

38. *De Providentia: Nimbiferi Gry-*
pho: Terræ motu, aliisque pluribus ad-
mirandis & arduis quinto-quæsitis per
Epistolas à Claris Viris Responsa F.
Liceti. Utini 1648. *in-4°. pp.* 346.
Ce sont plûtôt des Traités, que des
Lettres.

39. *De sexto-quæsitis: Resurrectione*
multiplici: Ænigmate mirabili: Mor-
borum enormi Catastrophe: Diaria
Phlebotomiam renuente: Muliebri com-
plexione calidiore virili, Responsa F.
Liceti. Utini 1648. *in-4°. pp.* 209.

40. *De septimo-quæsitis: Creatione*
filii Dei ad intra Theologice denuo con-
troversa: Numinis efficientia, sive con-
cursu Dei cum Causis secundis ad effec-

*tus producendos & pravos speciatim:
salute animæ Aristotelis: Diabolo ho-
micida ab initio, qui nec in veritate
stetit, quia mendax est & Pater ejus:
Oraculo S. Paulini: Esto Peripateticus
Deo, & Pythagoreus Mundo: Ratione
ac Origine moris antiqui, singulariter
in Convivio bibendi: simplicibusque
Complexionibus, inter Medicos Principes controversis Responsa F. Liceti. Utini* 1650. *in-*4°. *pp.* 296. Ce sont là
les sept volumes des Lettres de *Liceti.*

41. *Litheosphorus, sive de Lapide
Bononiensi, lucem in se conceptam ab
ambiente Claro mox in tenebris mire
conservante liber. Utini* 1640. *in-*4°.

42. *De Luminis natura & efficientia,
libri tres. Utini* 1640. *in-*4°.

43. *De Terra unico centro motus singularum Cœli particularum Disputationes. Utini* 1640. *in-*4°.

44. *De Centro & Circumferentia, libri duo. Utini* 1640. *in-*4°.

45. *De Regulari motu, minimaque
Parallaxi Cometarum Cælestium. Utini*
1640. *in-*4°.

46. *De Luna subobscura luce prope
conjunctiones & in deliquiis observationes. Utini* 1640. *in-*4°.

47. *De Lucidis in ſublimi, liber unus.* F. LI-
Patavii 1641. *in*-4°. CETI.

48. *De Natura & arte libri duo.*
Utini 1641. *in*-4°.

49. *De pietate Ariſtotelis erga Deum*
& homines, libri duo. Utini 1645. *in*-4°.
pp. 222.

50. *De Annulis antiquis liber ſingu-*
laris, in quo explicantur eorum nomina
multa, primæva origo, materia multi-
plex, figuræ complures, cauſa efficiens,
fines, uſuſve plurimi, differentiæ, vir-
tutes admirabiles, magnitudines, pre-
tia, multitudo, geſtatio, locus, con-
ſervatio. &c. Utini 1645. *in*-4°.

51. *Hieroglifica, ſive antiqua Schem-*
mata Gemmarum annularium diligen-
ter explicata. Patavii 1653. *in-fol.*

52. *Encyclopædia ad Syringem Theo-*
criti. Utini 1655. *in*-4°.

53. *Hydrologia Peripatetica, de Ma-*
ris tranquillitate, deque Fluminum or-
tu & Montibus. Utini 1655. *in*-4°.

54. *Encyclopædia ad alulas Amoris*
divini. Patavii 1640. *in*-4°.

V. *Elogii d'Huomini Letterati di Lo-*
renzo Craſſo. tom. 1. *p.* 288. L'article
que *Craſſo* donne de *Liceti* eſt plus
exact que la plûpart des autres qu'il

K k iiij

a donnés ; mais le Catalogue de ses Ouvrages est rapporté d'une maniere ridicule & impertinente. *Licetus de propriis Libris.* On y trouve plusieurs particularités de sa vie. *Oldoini Athenæum Ligusticum.* Article fort superficiel. *Jacobi Philippi Tomasini Gymnasium Patavinum.* Ce livre fournit plusieurs dates qu'on ne trouve point ailleurs. *Baillet* a parlé de *Liceti* dans ses *Enfans celebres par leurs études*, p. 270. mais il a donné un tour romanesque à ce qu'il en dit.

MARIN CUREAU DE LA CHAMBRE.

MARIN *Cureau de la Chambre* naquit au *Mans* vers l'an 1594. Il se fit bientôt connoître par la beauté de son esprit, & par son habileté dans la Medecine ; & le Chancelier *Seguier* prevenu en sa faveur par la réputation qu'il avoit aquise dans le monde, voulut l'avoir auprès de lui, non seulement en qualité de Medecin, mais encore comme un homme consommé dans la

Philoſophie & dans les Belles-Lettres.

Le Cardinal de *Richelieu*, qui le
vit peu après, conçut une eſtime ſin-
guliere pour lui, & le deſtina à être
un des Membres de l'Académie,
qu'il avoit établie depuis peu. Il fut
reçu dans cette Compagnie le 2 Janvier 1635. & il y fit le 19 Mars ſuivant un diſcours, où il ſe propoſa
de faire voir, *que les François ſont
les plus capables de tous les peuples, de
la perfection de l'Eloquence.*

Le Cardinal de *Richelieu* le choiſit
depuis parmi le grand nombre d'E-
crivains, qui s'étoient attachés à ſa
fortune, pour répondre à l'*Optatus
Gallus.* Le Roi *Louis XIV.* l'honora
auſſi d'une affection particuliere, &
là lui fit connoître en le nommant
un des premiers entre les gens de
Lettres, qui devoient avoir part à
ſes gratifications, & en le mettant
au nombre de ſes Medecins ordinaires; qualité que M. *Pelliſſon* lui donne. Il fut auſſi choiſi pour remplir
une des premieres places dans l'Academie des Sciences.

Il mourut le 29 Novembre 1669.

M. C. dans sa 75ᵉ. année. Il avoit naturel-
DE LA lement de l'éloquence, & étoit sça-
CHAM- vant en toutes sortes de Literatures;
BRE. & ces qualités étoient soûtenues par
un grand fond d'honneur & de probité. Il étoit pour tous les hommes
de Lettres un ami qui ne leur manquoit jamais au besoin.

Il laissa deux fils, qui soûtinrent
par leur merite la réputation qu'il
s'étoit acquise; *François* qui a été premier Medecin de la Reine, & *Pierre*, dont je parlerai dans l'article suivant.

Catalogue de ses Ouvrages.

1. *Nouvelles pensées sur les causes
de la Lumiere, du debordement du
Nil, & de l'amour d'inclination.* Paris 1634. *in-*4°.

2. *Nouvelles Conjectures sur la di-
gestion.* Paris 1636. *in-*4°.

3. *Les Characteres des Passions.* Paris *in-*4°. cinq tomes. Le 1ᵉ. en 1640.
le 2ᵉ. en 1645. les 3ᵉ. & 4ᵉ. en 1659.
& le 5ᵉ. en 1662. It. *Amsterdam* 1658.
& suiv. *in-*12.

4. *Traité de la connoissance des Ani-
maux.* Paris 1648. *in-*4°. It. *Paris*
1658. *in-*12. It. traduit en *Anglois.*
Londres 1657. *in-*8°.

5. *Nouvelles obſervations & con-* M. C.
jectures ſur l'Iris. *Paris* 1650. *in-8°.* DE LA

6. *Obſervations de Philalethe ſur un* CHAM-
libelle intitulé : Optatus Gallus , de BRE.
cavendo Schiſmate. Inſerées à la ſuite des Oeuvres poſthumes de *Guy*
Coquille. Paris 1650. *in-4°.*

7. *Diſcours ſur les Principes de la*
Chiromance. Paris 1653. *in-8°.*

8. *Nová Methodi pro explanandis*
Hippocrate & Ariſtotele ſpecimen. Pa-
riſ. 1655. *in-4°.* It. *Ibid.* 1668. *in-*
12.

9. *Le premier livre de la Phyſique*
d'Ariſtote traduit en François. A la
ſuite du livre précédent. Il avoit traduit les ſept autres livres , & l'Abbé de *la Chambre* avoit promis de
publier cette traduction entiere avec
tous les Ouvrages de ſon pere ; mais
il n'a point executé cette promeſſe.

10. *Traité de la Lumiere. Paris* 1657.
*in-*4°.

11. *L'Art de connoître les Hommes ,*
où ſont contenus les diſcours preliminai-
res qui ſervent à cette Science. Paris
1659. *in-*4°. It. *Amſterdam* 1660. *in-*
12.

12. *Le Syſtème de l'Ame,* ou 2ᵉ par-

M. C.
DE LA
CHAM-
BRE.

tie de l'*Art de connoître les Hom-mes.* Paris 1664. in-4°.

13. *Recueil des Epîtres, Lettres, & Prefaces de M. de la Chambre.* Paris 1664. in-12.

14. *Discours sur les causes du débor-dement du Nil ; avec un Discours de la Nature divine ; selon la Philosophie Platonique.* Paris 1665. in-4°. M. de la Chambre attribue le debordement du Nil & les effets qu'il produit, au Nitre dont ses eaux sont remplies. Le discours de la Nature divine est une partie d'un traité entier de la Philosophie Platonique, qu'il avoit composé autrefois, mais dont le reste s'est perdu.

15. *L'Art de connoître les hommes ; troisiéme partie, qui contient la defense de l'extension & des parties libres de l'Ame.* Paris 1666. in-4°.

16. *Discours où il est prouvé que les François sont les plus capables de tous les peuples, de la perfection de l'Elo-quence.* Paris 1686. in-4°. Imprimé avec les discours de son fils. C'est ce-lui qu'il prononça dans l'Académie Françoise en 1635. suivant l'usage établi alors.

V. L'Hiftoire de l'Academie Françoife par M. Pelliffon & les additions
de M. l'Abbé d'Olivet.

PIERRE CUREAU DE LA
CHAMBRE.

PIERRE *Cureau de la Chambre*,
né à *Paris* de *Marin Cureau de
la Chambre*, dont je viens de parler,
fe deftina à la Médecine, qu'il étudia pendant quelque temps; mais
frappé de furdité de bonne heure,
il abandonna cette étude, & fe tourna du côté de l'Eglife.

  Ses amis lui ayant confeillé de
voyager, pour diffiper fon mal, il
alla en Italie; & ce fut là qu'il fit
amitié avec le Cavalier *Bernin*, dont
il a publié l'Eloge. Il avoit deffein
de donner auffi la vie de cet illuftre
Sculpteur & Architecte, mais comme la réputation, que le *Bernin* avoit
acquife en France, tomba tout d'un
coup, il ne jugea pas à propos de
s'expofer aux Critiques de fes envieux, & abandonna ce deffein.
D'ailleurs il étoit pareffeux, & n'en-

P. C.
DE LA
CHAM-
BRE.

P. C.
DE LA
CHAM-
BRE.

treprenoit pas aisément de grands Ouvrages. Il disoit qu'il étoit comme Socrate, qui ne produisant rien de lui-même, aidoit aux autres à produire & à enfanter. En effet on n'a point vû d'homme presser davantage les bons esprits à travailler pour l'utilité publique, & ç'a été par ses exhortations que des personnes habiles, mais timides, ont mis au jour de fort bons Ouvrages.

Il aimoit la Poësie, mais il n'étoit point Poëte, & n'avoit jamais fait qu'un seul vers ; ce qui donna sujet à M. *Despreaux*, à qui il le recitoit, de s'écrier en l'admirant : *Ah ! Monsieur, que la rime en est belle.*

Sa grande inclination étoit pour les livres Italiens & Espagnols ; car il possedoit fort bien ces deux langues.

Il fut reçu à l'Academie Françoise en 1670. à la place de M. de *Racan.*

Il prend en quelques Ouvrages la qualité d'Aumônier du Roi ; je ne sçai si ce n'a pas été à son égard une qualité purement honoraire. Il devint ensuite Curé de *S. Barthelemi*,

& il a poffedé cette Cure pendant
plufieurs années.

Il mourut au mois d'Avril 1693.
Catalogue de fes Ouvrages.

.1. *Panegyrique de S. Charles. Paris*
1669. in-4°.

2. *Panegyrique de Sainte Rofe. Pa-*
ris 1670. in-4°.

3. *Oraifon funebre de M. le Chan-*
celier Seguier. Paris 1672. in-4°.

4. *Panegyrique de Sainte Therefe*
prononcé devant la Reine. Paris 1678.
in-4°.

5. *Panegyrique de S. Louis pronon-*
cé dans l'Eglife de S. Louis des RR.
PP. Jefuites. Paris 1681. in-4°.

6. *Eloge de M. le Cavalier Bernin.*
Paris 1681. in-4°.

7. *Difcours prononcés dans l'Aca-*
demie Françoife par Meffieurs de la
Chambre. Paris 1686. in-4°.

Il avoit travaillé à un Recueil de
tous les Ouvrages de fon pere, tant
imprimés, que manufcrits, qu'il devoit donner au public en deux volumes *in-fol.* Mais fa mort a prevenu
fon impreffion, & fon deffein n'a
pas eu de fuite.

V. *Les Melanges d'Hiftoire & de*

400 *Mém. pour servir à l'Hist.*
Litterature de Vigneul Marville tom.
1. p. 82. & le Dictionnaire de Morery.

AUGUSTIN MASCARDI.

A. MAS-
CARDI.

AUGUSTIN *Mascardi* naquit à
Sarzane, ville de l'Etat de *Ge-*
nes l'an 1591. de *Alderan Mascar-*
di, celebre Jurisconsulte, dont on
a quelques Ouvrages, & de *Fausti-*
ne de' Nobili de *Vezzano.*

Il fit voir dès sa premiere jeunesse
beaucoup d'inclination & de dispo-
sition pour les Sciences, ausquelles
il s'appliqua avec succès.

Etant entré dans la Compagnie de
Jesus, il y demeura pendant quelques
années; mais sentant ensuite qu'il
n'étoit point appellé à cet état, il en
sortit, & continua dans le Monde à
cultiver les lettres, dans lesquelles
il avoit fait de grands progrès pendant son séjour chez les Jesuites.

Les Ouvrages, qu'il mit alors au
jour, lui firent un si grand nom, que
le Pape *Urbain VIII.* le mit au nombre de ses Cameriers d'honneur, &
lui donna ensuite une pension de
cinq

cinq cens écus, pour enfeigner la
Rhetorique à *Rome* dans le College
de *la Sapience*. Le Bref, par lequel
le Pape fonda pour cela une Chaire
en fa faveur, eft du 8 Avril 1628.

Cette penfion auroit dû mettre
Mafcardi un peu au large; mais c'é-
toit un homme qui aimoit le plaifir,
qui ne prenoit aucun foin de fes affaires domeftiques, qui n'ayant aucune demeure fixe, logeoit chez le
premier ami où il fe rencontroit, &
qui fongeoit plus à depenfer qu'à
amaffer; ainfi il fut toûjours dans
l'indigence, & accablé de dettes.

Son peu de ménagement, tant dans
fes plaifirs, que dans fes études, al-
tererent bientôt fon temperament,
& lui cauferent un Phtifie, dont il
mourut en 1640. dans fa 49. année.

Il étoit de l'Academie des Hu-
moriftes, dont il fut même Prince
pendant quelque temps; & fon Oraifon funebre y fut prononcée par *Ti-
berio Cevoli*, qui la fit imprimer l'année fuivante à *Rome*.

Catalogue de fes Ouvrages.

I. *Delle lodi dell' Ill. & Ecc. Sign.
D. Francefco Gonzaga, Principe d'Im.*

Tome XXVII.   L l

A. MAS-
CARDI.

perio, e di *Castiglione Oratione reci-*
tata nell' esséquie celebrate in Casti-
glione nel mese di Novembre 1616. In
Modona 1617. in-4°.

3. *Oratio habita ad Ill. & Rev. S.*
R. E. Cardinales de subrogando Pon-
tifice. Roma 1621. in-4°. Ce discours
fut prononcé après la mort de *Paul*
V. arrivée le 28. Janvier de cette année 1621.

4. *Oratione nella Coronatione del*
Ser. Sign. Georgio Centurione Duce
della Republica di Genova. In Genova
1622. in-4°.

5. *Silvarum libri IV. Antuerpiæ.*
Plantin 1622. in-4°. Ce sont les Poësies qu'il a composées dans sa jeunesse.

6. *Le Pompe del Campidoglio per la*
santita di N. S. Papa Urbano VIII.
quando piglio il posséssò. In Roma 1624.
in-4°. It. In Milano 1625. in-8°. It.
In Venetia 1625. & 1630. in-4°. On
a une traduction Espagnole de cet
Ouvrage.

7. *Prose volgari. Parte prima. In*
Venetia 1626. in-8°. It. Ibid. 1630.
in-4°. It. Divise in due parti, con
molte aggiunte. In Venetia 1646. in-4°.

It. *Ibid.* 1653. & 1663. *in-*12. On a A. Mas-
joint à ces dernieres éditions *l'Ora-* CARDI.
zione di Mascardi per l'elettione in Re
de' Romani di Ferdinando d'Austria.
Mascardi écrivoit fort purement en
sa langue, & il est un des principaux Auteurs que cite le Dictionnaire de *la Crusca.*

8. *Discorsi Morali su la Tavola di*
Cebete Tebano. In Venetia 1627. *in-*
4°. It. *In Torino* 1629. *in-*8°. It. *In*
Venetia 1638. & 1642. *in-*4°. It. *Ibid.*
1653. & 1662. *in-*12.

9. *La Congiura del Conte Giovan*
Luigi de' Fieschi. In Venetia 1627.
& 1629. *in-*8°. It. *In Anversa* 1629.
*in-*4°. It. *In Milano* 1629. *in-*8°. It.
Con aggiunta d'alcune opposizioni e di-
fesa alla detta Congiura, In Bologna
1639. *in-*4°. It. *In Venetia* 1637. *in-*
4°. It. *In Roma* 1647. *in-*24. It. En
François : *La Conjuration du Comte*
de Fiesque, traduite de l'Italien du
Sieur Mascardi par le Sieur de Fon-
tenay-Sainte Genevieve. Paris 1639.
*in-*8°. *Mascardi* a attaqué souvent
dans cette Histoire celle qu'*Hubert*
Folieta avoit donnée du même évene-

Ll ij

ment, & il a été critiqué à son tour
par *Brunor Taverna*. *Michel Giusti-
niani* dit avoir vû en manuscrit la
Réponse que *Mascardi* avoit faite à
Taverna, & qui portoit pour titre :
*Risposta all' Oppositioni fatte da Bru-
noro Taverna sopra la Congiura del
Conte Luigi Fieschi.* Sur quoi *Bayle*
témoigne ignorer, si cette réponse
avoit vû le jour. Il auroit été pleinement instruit de ce fait, si au lieu
de s'arrêter à ce que dit *Giustiani*,
il avoit jetté les yeux sur l'*Aggiunta
d'alcune Oppositioni e difesa alla detta
Congiura*, qui suit l'Histoire de la
Conjuration dans les dernieres éditions, & qui ne contient autre chose que les difficultez de *Taverna*, &
la réponse de *Mascardi*.

10. *Saggi Accademici dati in Roma
nell' Accademia del Ser. Principe Cardinale di Savoia, da diversi nobilissi-
mi ingegni, raccolti e publicati da A-
gostino Mascardi. In Venetia* 1630.
in-4°.

11. *Due Lettere, una di Agostino
Mascardi all' Achillini, e l'altra di
Claudio Achillini al Mascardi sopra
le presenti Calamità, Firenze* 1631.

in-4°. La Peste regnoit alors en Italie.

12. *In Morte di Girolamo Alean-*
dro Oratione di Gasparo de Simeoni-
bus, detta in Roma nell' Accademia
degli Humoristi à 21. *di Decembre*
1631. *In Parigi* 1636. *in*-4°. On voit
à la tête de ce discours une Epitre
dedicatoire assez longue d'*Augustin*
Mascardi à *François Auguste de Thou,*
où il fait l'Eloge de *Gaspar de Si-*
meonibus.

13. *Dell' Arte Historica Trattati V.*
d'Agostino Mascardi co' i sommarii di
tutta l'opera estratti dal Sign. Girola-
mo Marcucci. In Roma 1636. *in*-4°.
It. Con dodeci capi di Paolo Pirani
appartenenti all' Arte Historica e con
nuove dichiarationi. In Venetia 1646.
in-4°. Ce Traité est curieux, plein de
grands préceptes, de reflexions sages, & de beaux exemples; mais il
est trop étendu, ce qui en rend la
lecture ennuyeuse. Ce fut apparemment pour cette raison, que *Mas-*
cardi fut trompé sur son debit, comme nous l'apprenons de *Naudé* dans
son *Mascurat* p. 70. où il parle ainsi: » *Comme toutes ses œuvres s'é-*

A. MAS-
CARDI.

» toient parfaitement bien venduës,
» il en fit tirer plus d'exemplaires
» de celle-ci, qu'il n'avoit fait de
» toutes les précedentes ; ce qui tou-
» tes-fois lui réüssit si mal , à cause
» du peu de personnes qui se plai-
» soient à de semblables matieres,
» que la plus grande part de tous ces
» exemplaires lui demeura. De quoi
» comme il se plaignoit un jour à
» Monseigneur *Mazarini* (qui fut
» depuis Cardinal) il lui offrit d'en
» envoyer des balles à *Paris*, où il
» avoit un homme pour ses affaires,
» qui auroit soin de les vendre , &
» qui lui feroit tenir l'argent qu'il en
» auroit touché : ce que ledit Sieur
» *Mascardi* ayant accepté très-vo-
» lontiers , il fut par ce moyen sou-
» lagé d'une grande perte , qui lui
» étoit presque inevitable.

14. *Laudatio Ferdinandi II. Cæsa-*
ris Augustissimi , dicta Romæ in B. V.
inclytæ Nationis Germanicæ templo.
Romæ 1637. *in-4°.*

15. *Per l'Elettione del Rè de' Ro-*
mani Ferdinando d'Austria Rè d'Un-
gheria Oratione recitata nell' Accade-
mia del Ser. Principe Cardinale di Sa-

voia. In Roma 1637. *in-*4°.   A. MAS-

CARDI.

16. *Diſſertationes de Affeſtibus, ſive*
perturbationibus Animi, earumque cha-
raſteribus. Pariſ. 1639. *in-*4°.

17. *Proluſiones Ethicæ. Pariſ.* 1639.
*in-*4°.

V. *Janii Nicii Erythræi Pinacothe-*
ca prima. Li Scrittori della Liguria
di Raffaële Soprani. In Genova 1667.
*in-*4°. *Li ſcrittori Liguri deſcritti dall'*
Abbate Michele Giuſtiniani. In Roma
1667. *in-*4°. C'eſt l'Auteur qui en
parle le plus exaſtement. *Athenæum*
Liguſticum Auguſtini Oldoïni. Ghilini
Teatro d'Huomini Letterati, part. 1.
p. 2. *Gloria degli Incogniti. Lorenzo*
Craſſo, Elogii d'Huomini Letterati tom.
1. *p.* 252. *Leonis Allatii Apes Urba-*
næ. Bayle, Diſtionnaire.

Fin du vingt-ſeptiéme Volume.

TABLE NECROLOGIQUE
des Auteurs contenus dans ce Volume.

MANTUAN (Baptiste) m. le 20 Mars 1516.

CALCAGNINI (Celio) m. en 1540.

BOUCHET (Jean) m. après l'an 1550.

QUINTIANUS STOA (Jean François) m. le 7 Octobre 1557.

OPORIN (Jean) m. le 6 Juillet 1568.

MURET (Marc Antoine) m. le 4 Juin 1585.

MOLANUS (Jean) m. le 18 Septembre 1585.

SAINT-JULIEN (Pierre de) m. le 20 Mars 1593.

CRISPO (Jean-Baptiste) m. après l'an 1594.

DANEAU (Lambert) m. en 1596.

REUSNER (Nicolas) m. le 12 Avril 1602.

CONSTANTIN (Robert) m. le 27 Decembre 1605.

BARONIUS (Cesar) m. le 30 Juin 1607.

MAGIN

TABLE NECROLOGIQUE.

MAGIN (Jean-Antoine) m. le 11 Février 1617.

MARCILE (Théodore) m. le 8 Avril 1617.

SWEERTIUS (François) m. l'an 1629.

RICHER (Edmond) m. le 28 Novembre 1631.

BZOVIUS (Abraham) m. le 31 Janvier 1637.

ROULLIARD (Sebaſtien) m. en 1639.

BERNEGGER (Matthias) m. le 3 Février 1640.

MASCARDI (Auguſtin) m. en 1640.

LICETI (Fortunio) m. en 1656.

DAVENNE (François) m. avant l'an 1662.

MORIN (Simon) m. le 14 Mars 1663.

BOCHART (Samuel) m. le 16 May 1667.

CHAMBRE (Marin Cureau de la) m. le 29 Novembre 1669.

MORERY (Louis) m. le 10 Juillet 1680.

KIRCHER (Athanaſe) m. en Novembre 1680.

TABLE NECROLOGIQUE.

VAVASSEUR (François) m. le 16 Decembre 1681.

CHAMBRE (Pierre Cureau de la) m. en Avril 1693.

GUIDI (Alexandre) m. le 12 Juin 1712.

TOURREIL (Jacques de) m. le 11 Octobre 1715.

COUTURE (Jean-Baptiste) m. le 16 Août 1728.

Fin de la Table Necrologique.

TABLE

Des Auteurs contenus dans ce Volume,
selon l'ordre des matieres qu'ils ont
traitées dans leurs Ouvrages.

A.

Antiquitez.

J. B. Couture,   *p.* 96. & *suiv.*
A. Kircher,   191. 192

Astronomie.

J. A. Magin,   320
F. Liceti,   381

B.

Bibliothecaires.

F. Sweertius,   266

Botanique.

R. Constantin,   250

M m ij

TABLE

C.

Controverse.

L. Daneau, 26. & suiv.
S. Bochart, 206. & suiv.

Critique.

M. A. Muret, 168
M. Bernegger, 324. & suiv.

D.

Droit Civil.

M. A. Muret, 169. & suiv.
N. Reusner, 222. & suiv.
S. Roulliard, 253. & suiv.
J. de Tourreil, 349

Droit Canonique.

S. Roulliard, 255. & suiv.
E. Richer, 367. & suiv.

E.

Ecriture Sainte.

L. Daneau, 24
F. Vavasseur, 137. 138

DES MATIERES.

A. Kircher,   198
S. Bochart,   207. *& suiv.*

Eloquence.

F. Vavasseur,   135
M. A. Muret,   154. *& suiv.*
N. Reusner,   229
J. de Tourreil,   348. *& suiv.*
E. Richer,   365. 366
P. C. de la Chambre,   399

G.
Geographie.

F. Sweertius,   263
J. B. Crispo,   269

Geometrie.

J. A. Magin,   321

Grammaire Gréque.

R. Constantin,   248

Grammaire Latine.

R. Constantin,   249
E. Richer,   366

TABLE

H.
Histoire Universelle.

L. Morery,   311. & suiv.

Histoire Ecclesiastique.

B. Mantuan,   122
S. Roulliard,   254. & suiv.
C. Baronius,   286. & suiv.
A. Bzovius,   332. & suiv.
J. Molanus,   341. & suiv.
E. Richer,   370

Histoire Orientale.

A. Kircher,   196

Histoire Romaine.

M. Bernegger,   325. & suiv.

Histoire de France.

J. Bouchet,   7. & suiv.
P. de Saint-Julien,   177. 178

Histoire des Pays-Bas.

F. Sweertius,   265
J. Molanus,   343

DES MATIERES.

Histoire d'Italie.

C. Calcagnini ,   240
A. Mascardi ,   403

Histoire des Sçavans.

J. B. Crispo ,   269

L.

Lettres.

M. A. Muret ,   162
N. Reusner ,   230
C. Calcagnini ,   238
M. Bernegger ,   328

M.

Mathematiques.

A. Kircher ,   194 & suiv.

Medecine.

A. Kircher ,   194
R. Constantin ,   249
F. Liceti ,   378. & suiv.

M m iiij

TABLE

Metaphysique.

F. Liceti,   377. & suiv.

Morale.

L. Daneau,   23
B. Mantuan,   123
C. Calcagnini,   239
A. Mascardi,   407

P.

Saints-Peres.

T. Marcile,   130

Philosophie.

M. A. Muret,   171

Physique.

A. Kircher,   190. & suiv.
C. Calcagnini,   239. & suiv.
J. A. Magin,   319. & suiv.
F. Liceti,   380. & suiv.
M. C. de la Chambre,   394. & suiv.

DES MATIERES.

Poësies Gréques.

S. Bochart,   206

Poësies Latines.

J. B. Couture,   96
J. F. Quintianus Stoa, 101. & suiv.
B. Mantuan,   112. & suiv.
T. Marcile,   127. & suiv.
F. Vavasseur,   137. 138
M. A. Muret,   169. & suiv.
S. Bochart,   208. 214
N. Reusner,   221. & suiv.
C. Calcagnini,   244
S. Roulliard,   256
F. Sweertius,   263. & suiv.
J. Oporin,   281

Poësies Françoises.

J. Bouchet,   5. & suiv.
S. Roulliard,   252
L. Morery,   310

Poësies Italiennes.

A. Guidi,   185. & suiv.

TABLE DES MATIERES.

J. B. Crispo,   269
A. Mascardi,   402. & suiv.

S.

Satyres.

F. Davenne,   72

Sermons.

S. Bochart,   214
A. Bzovius,   337.

Fin de la Table des Matieres.

APPROBATION.

J'AY lû par ordre de Monseigneur le Garde des
Sceaux le vingt-septiéme Volume des Memoires pour servir à l'Histoire des Hommes Illustres
dans la République des Lettres , & j'ai crû qu'on
en pouvoit permettre l'impression. A Paris ce 11
Août 1733.

HARDION.

PRIVILEGE DU ROI.

LOUIS, par la grace de Dieu , Roi de France
& de Navarre: A nos amez & feaux Conseillers, les Gens tenans nos Cours de Parlement ,
Maîtres des Requêtes ordinaires de notre Hôtel ,
Grand Conseil, Prevôt de Paris, Baillifs , Séné-
chaux, leurs Lieutenans Civils, & autres nos Ju-
sticiers qu'il appartiendra; SALUT. Notre bien amé
ANTOINE-CLAUDE BRIASSON , Libraire à Paris,
nous ayant fait remontrer qu'il lui auroit été mis
en main un Manuscrit, qui a pour titre : *Memoires
pour servir à l'Histoire des Hommes Illustres dans la
République des Lettres , avec un Catalogue raisonné
de leurs Ouvrages*, qu'il souhaiteroit faire imprimer & donner au Public , s'il nous plaisoit lui
accorder nos Lettres de Privilége sur ce nécessai-
res , offrant pour cet effet de le faire imprimer
en bon papier & beaux caractéres , suivant la
feuille imprimée & attachée pour modéle sous le
contre-scel des présentes ; A CES CAUSES, voulant
traiter favorablement ledit Exposant, Nous lui
avons permis & permettons par ces Présentes , de
faire imprimer lesdits Memoires & Catalogue ci-
dessus specifiés, en un ou plusieurs volumes, con-
jointement, ou séparément , & autant de fois que
bon lui semblera, sur papier & caractéres conformes à ladite feuille imprimée & attachée pour
modéle sous notredit contre-scel, & de le vendre ,
faire vendre & débiter par tout notre Royaume,
pendant le tems de *huit années* consecutives, à
compter du jour de la date desd, Présentes. Faisons

défenſes à toutes ſortes de perſonnes de quelque qualité & condition qu'elles ſoient, d'en introduire d'impreſſion étrangére dans aucun lieu de notre obéïſſance ; comme auſſi à tous Libraires, Imprimeurs & autres, d'imprimer, faire imprimer, vendre, faire vendre, débiter, ni contrefaire leſdits Memoires & Catalogue ci-deſſus expoſé, en tout ni en partie, ni d'en faire aucuns Extraits, ſous quelque prétexte que ce ſoit, d'augmentation, correction, changement de Titre, ou autrement, ſans la permiſſion expreſſe & par écrit dudit Expoſant ou de ceux qui auront droit de lui, à peine de confiſcation des Exemplaires contrefaits, de trois mille livres d'amende contre chacun des contrevenans, dont un tiers à Nous, un tiers à l'Hôtel-Dieu de Paris, l'autre tiers audit Expoſant, & de tous dépens, dommages & intérêts. A la charge que ces Préſentes ſeront enregiſtrées tout au long ſur le Regiſtre de la Communauté des Libraires & Imprimeurs de Paris, & ce dans trois mois de la date d'icelles, que l'impreſſion de ce Livre ſera faite dans notre Royaume & non ailleurs, & que l'Impetrant ſe conformera en tout aux Réglemens de la Librairie, & notamment à celui du 10. Avril 1725. & qu'avant de l'expoſer en vente, le manuſcrit ou imprimé qui aura ſervi de copie à l'impreſſion dudit Livre, ſera remis dans le même état où l'Approbation y aura été donnée, és mains de notre très-cher & feal Chevalier Garde des Sceaux de France le ſieur Chauvelin, & qu'il en ſera remis deux exemplaires dans notre Bibliotheque publique, un dans celle de notre Château du Louvre, & un dans celle de notre très-cher & feal Chevalier Garde des Sceaux de France le Sr. Chauvelin, le tout à peine de nullité des Préſentes ; du contenu deſquelles vous mandons & enjoignons de faire jouir l'Expoſant ou ſes ayans cauſe pleinement & paiſiblement, ſans ſouffrir qu'il leur ſoit fait aucun trouble ou empêchement. Voulons que la copie deſdites Préſentes qui ſera imprimée tout au long au commencement ou à la fin dudit Livre ſoit tenue pour dûement ſignifiée, & qu'aux copies collationnées par l'un de nos amez & féaux Conſeillers & Sécretaires,

foi soit ajoutée comme à l'original. COMMAN-
DONS au premier notre Huiſſier ou Sergent de
faire pour l'exécution d'icelles, tous Actes requis
& néceſſaires, ſans demander autre permiſſion,
& nonobſtant Clameur de Haro, Charte Norman-
de, & Lettres à ce contraires: CAR tel eſt notre
plaiſir. DONNE' à Paris le 28 Novembre l'an de
Grace mil ſept cens vingt-ſix, & de notre Regne
le douziéme, Par le Roi en ſon Conſeil.
                              DE S. HILAIRE.

*Regiſtré ſur le Regiſtre VI. de la Chambre Royale
des Libraires & Imprimeurs de Paris, No. 530.
Fo. 421. conformément aux anciens Réglemens confir-
mez par celui du 28. Février 1723. A Paris le
3. Decembre 1726.*
                    Signé, VINCENT, Adjoint.

De l'Imprimerie de GISSEY.

www.ingramcontent.com/pod-product-compliance
Lightning Source LLC
Chambersburg PA
CBHW050732030726
47505CB00002B/230